走·近·巴·金

纪念巴金诞辰 120 周年

讲真话的书

1986—1999

巴金 著

四川人民出版社

1987年，巴金在自贡为读者题签

目　录

| 一九八六年 |

《全集》自序
　　　　——随想录一三四　/003

四谈骗子
　　　　——随想录一三五　/005

答卫××
　　　　——随想录一三六　/008

可怕的现实主义
　　　　——随想录一三七　/011

衙　内
　　　　——随想录一三八　/013

"牛　棚"
　　　　——随想录一三九　/014

纪　念
　　　　——随想录一四〇　/016

讲真话的书 (1986—1999)

我与开明
　　——随想录一四一　/021

我的责任编辑
　　——随想录一四二　/029

"样板戏"
　　——随想录一四三　/033

官　气
　　——随想录一四四　/036

"文革"博物馆　/040

二十年前
　　——随想录一四六　/043

怀念非英兄
　　——随想录一四七　/050

三说端端
　　——随想录一四八　/063

老　化
　　——随想录一四九　/067

《无题集》后记　/071

怀念胡风
　　——随想录一五〇　/074

致青年作家　/085

《巴金六十年文选》代跋

　　（给李济生的信）　/089

一九八七年

《怀念集》增订本代跋

　　（复采臣信）　/095

《随想录》合订本新记　/097

《巴金全集》第四卷代跋

　　（致树基）　/104

《巴金全集》第五卷代跋

　　（致树基）　/106

《收获》创刊三十年　/108

给李致的信　/112

《巴金全集》第七卷代跋

　　（致树基）　/113

《巴金全集》第六卷代跋

　　（致树基）　/115

一九八八年

《巴金译文选集》序　/119

讲真话的书 (1986—1999)

《巴金全集》第九卷代跋

（致树基）/123

《巴金全集》第十卷代跋

（致树基）/125

《冰心传》序 /127

怀念从文 /130

《巴金全集》第十二卷代跋

（致树基）/145

| 一九八九年 |

《巴金书信集》序

——致刘麟同志 /151

《回忆》后记 /153

致黎烈文夫人许粤华女士 /155

| 一九九〇年 |

《巴金全集》第十五卷代跋

（致树基）/159

《巴金全集》第二十一卷代跋

（致树基）/161

目 录

《巴金全集》第十六卷代跋

（致树基） /164

《巴金全集》第十七卷代跋（一）

（致树基） /166

作家靠读者养活

——关于传记及某些文艺现象与徐开垒的谈话 /170

《巴金小说全集》小序 /180

《巴金短篇小说集》小序 /181

| 一九九一年 |

《巴金全集》第十七卷代跋（二）

（致树基） /185

让我再活一次

——写在前面的话 /187

怀念井上靖先生 /188

《巴金全集》第二十卷代跋

（致树基） /191

向老托尔斯泰学习 /195

怀念二叔 /197

讲真话的书 (1986—1999)

| 一九九二年 |

《巴金小说精选》后记 /205

《巴金全集》第十九卷代跋（一）
　　（致树基） /207

《巴金全集》第十九卷代跋（二）
　　（致树基） /210

《巴金全集》第十八卷代跋
　　（致树基） /211

《巴金全集》第二十五卷代跋
　　（致树基） /214

《巴金全集》第二十二卷代跋
　　（致树基） /216

| 一九九三年 |

最后的话 /221

端端编《巴金散文选》小序 /227

没有神 /229

《随想录》线装本后记 /230

一九九四年

西湖之梦
　　——写给端端 /233

关于《全集·书信编》 /237

怀念亲友 /239

关于克刚 /240

《巴金译文全集》序 /241

怀念卫惠林 /243

我永远忘不了他 /246

一九九五年

《再思录》序 /249

《十年一梦》增订本序 /250

《巴金译文全集》第一卷代跋 /251

《巴金译文全集》第二卷代跋
　　（致树基） /255

《巴金译文全集》第三卷代跋
　　（致树基） /258

讲真话的书　(1986—1999)

《巴金译文全集》第四卷代跋

　　（致树基） /260

《巴金译文全集》第五卷代跋

　　（致树基） /262

| 一九九六年 |

《巴金译文全集》第六卷代跋

　　（致树基） /267

《巴金译文全集》第七卷代跋

　　（致树基） /271

《巴金译文全集》第八卷代跋

　　（致树基） /274

《巴金译文全集》第九卷代跋

　　（致树基） /277

《巴金译文全集》第十卷代跋

　　（致树基） /279

《杂文自选集》自序　/281

告别读者　/282

一九九七年

《巴金书简》小序 /285

一九九八年

怀念曹禺 /289

一九九九年

怀念振铎 /295

附 录

从"存目"谈起
——兼致范用兄　李　致 /305

后　记 /309

一九八六年

《全集》自序
——随想录一三四

我是一个充满矛盾的人。四年前编选十卷本《选集》的时候，我在《后记》里写着"我不会让《文集》再版"[1]。去年出版社找我商谈编印《全集》的事，我几次没有同意，可是终于给朋友树基[2]说服了。无怪乎我的女儿小林向我提出质问："你连十四卷《文集》都不肯重印，怎么又答应编印《全集》？"她问得有理。答应出版全集，我的确感到压力，感觉到精神上的负担。我多么愿意让我的全部作品化为灰烬，化作尘土，让我的名字在人间消失，被读者忘记。这样，我最后闭上眼睛或者会感到一点轻松。写作五六十年，我欠了读者太多的债。现在即使躺在病床上，我仍然担心我的文章对读者会不会有帮助，会不会有启发。我真不愿意它们给读者带来精神上的伤害！因此我宁愿让它们同我一起消亡。这大概就是所谓社会责任感吧。

但是有一件事却不能由我自己说了算。任何一部作品发表以后就不再属于作家个人。它继续存在，或者它消灭，要看它的"社会效益"，要根据读者的需要和判断来决定。所谓不属于个人，并非说它就是"社会财

---

[1] 《巴金文集》在"文革"期间被称为十四卷"邪书"，作为"大毒草"受到多次批判。

[2] 树基：即王仰晨。

富",只是因为它已经产生了社会影响,好的或者坏的影响,作者便不能推卸责任,譬如欠债要还。编印《全集》,不过是给我五六十年的创作实践作一个总结,算一算我究竟欠下多少债,我自己心中有数,才可以安心地放下这支已经变得有千斤般重的笔。

现在是结算的时候了。我有一种在法庭受审的感觉。我不想替自己辩护,我也不敢对自己提出严格的要求,害怕自己经受不住考验。但我认为作家对自己的要求一定要严格。我不寻求桂冠,也不追求荣誉。我写作一生,只想摒弃一切谎言,做到言行一致。可是一直到今天我还不曾达到这个目标,我还不是一个言行一致的人。可悲的是,我越是觉得应当对自己要求严格,越是明白做到这个有多大的困难。读者在这《全集》里可能发现我的文章前后矛盾,常常跟自己打架——往好的方面解释,我在不断地追求;朝坏的方面说,那就是我太软弱,缺乏毅力,说得到却做不到。

我将用《全集》来检查自己,解剖自己。读者也可以用《全集》对照我的言行来判断我究竟是什么样的人。树基是我的老友,他比较了解我,熟悉我的写作的道路,我是四十年代在桂林认识他的,把编印的工作交给他,我放心。虽然来日无多,精力有限,我还是愿意充当他的助手,做好这个工作。《全集》出"全",可能要花费几年的功夫,而且对《全集》的"全"字我们可能还有不同的看法,不要紧!我只希望它成为一面大镜子,真实地、全面地反映出我的整个面目,整个内心。

新年前我接到不少朋友寄来的贺年片,祝我"健康长寿"。我惭愧我不能用笔表达出我的感激之情,我抱歉我不一定能满足他们好心的祝愿,但是我仍然要尽最大的努力朝着我一生追求的目标前进。

不能用笔表达的,还可以用行动写出来,我这样地相信。

一月十日

四谈骗子
——随想录一三五

一九七九年九月到一九八一年一月,不过一年半的时间里我写了三篇谈小骗子的随想。有人怪我多事,他们说在我们这个十亿人口的大国里出现几个小骗子,不值得大惊小怪,何必让大家知道,丢自己的脸。还有少数几个受了骗的人想起自己在这出丑戏中的精彩表演,不由得恼羞成怒,忘记自己是受害者,反倒认为别人揭露骗子就是揭露他们,就是跟他们过不去。更奇怪的,是当时不少人都有这样一种主张:家丑不可外扬,最好还是让大家相信我们这个社会里并没有骗子。所以连揭露骗子的话剧也演不下去了。

我也就没有再写谈骗子的文章。今天是一九八六年一月中旬,整整过去了五年。是不是骗子们就"自行消亡"了呢?没有。这一段时间里,我虽然又老又病,不能出门上街,可是我也听到这样那样的大道小道消息,看到或者买过、用过假药假货,甚至接触过一些睁起眼睛说谎、吹牛的人。我不声不响,反正心中有数,我不想捞到什么好处,偶尔遇到骗子也不会吃大亏。

我说过,即使在我们这个新社会里,也会有各种各样的骗子。骗子的产生有特殊的原因,有土壤,有气候。他们出现了,生存了,这就说明我们社会还有不少毛病,还有养活骗子的大大小小的污水塘,首先就应当搞好清洁卫生。对付骗子的最好办法,不是一笔勾销,否认他们的存在,而

讲真话的书 (1986—1999)

是揭露他们，培养大家识别骗子的能力，不让一个人受骗。必须找到产生他们的原因、土壤和气候，消灭原因，破坏土壤，改变气候，不让骗子在新社会中生存。

骗子并不是神仙，他们也"食人间烟火"；骗子并非一出现就很"成熟"，他们也是逐渐长成的。供给他们各种养料，让他们迅速成长起来的，就是各样受骗的人。那些人替骗子们创造活动的条件，提供活动的机会，即使后来明白自己上了当，也要保护骗子过关，表示本人"一贯正确"，或者让骗子漏网，大事化了，或者让大家相信新社会万事大吉，不用杞人忧天。那些人从喜欢听好话，发展到喜欢听假话，再发展到喜欢讲假话，这样同骗子们就有了共同的语言，开始把骗子当成了自己人，此其一。不知从什么时候起暴发户变成了人们学习的榜样，大家挖空心思，带头发财，改善生活，提高消费。于是"向钱看"推动一些人向前飞奔。目标既然是发财，是改善，是提高，手段不妨各式各样，只要会动脑筋，手腕灵活，能说会道，就会左右逢源，头衔满身，买卖越做越大，关系越来越多，这不是走上了大家富裕的"光明大道"？此其二。当然还有其三、其四、其五……但用不着我多说了。

现在不会有人重读剧本《假如我是真的……》了，否则他会吃惊地发现连骗子的面貌也大大地改变了。他们不再是打着"高干子弟"假招牌活动的小骗子了。他们也不再用假话为个人谋小利，过舒适的生活。他们是人们眼里的"财神爷"。他们中间有的行骗九个省市，诈骗金额百余万元，如上海的黄奎元案；有的涉及十七省市，骗出资金一千九百多万元，如广东的刘浩然案；有的涉及七省二十个县市，共诈骗一亿多元，如福建的杜国桢案。名字多，人多，到处都有，我也无法一一地举出来，而且也不必列举，因为他们招摇过市，有目共睹。他们像老鼠一样，啃我们社会的高楼大厦；他们是一群白蚁，蛀我们国家的梁木支柱，他们散布谎言好像传播真理，他们贩卖灵魂，仿佛倾销廉价商品，一帆风顺，到处都为他们大开绿灯；家丑不怕外扬，受害人也会变作同伙。这完全不是一九七九

一九八六年

年的场面了。是不是还要让骗子们再来一个大发展呢？不！现在应当向某些人大喝一声："睁开眼睛"了！

请那些"一贯正确"的人相信并非我对骗子有特殊的兴趣，坦白地说，《四谈骗子》的标题，本来就是《最后谈骗子》。因为已经到了人民与骗子不两立的时候，不需要我在这里讲空话了。

一月二十日

答卫××
——随想录一三六

来信收到,我读了很难过。我还以为你们已经到了泉州,在大学里找到了"理想的工作"。没有想到你还在美国医院治疗,又病到了这样。我有病,小林又忙,无法代笔,因此久未给你去信。我责备自己只顾到我的困难,失去几次跟你们联系的机会,现在突然得到你这封信,似乎一切都完了!

这两年我常常在想自己的事情,我这个病也是不治之症,我也是靠药物在延续生命。我整天感到浑身不舒服,而且坐立不安。我估计再活二至三四年,一直在考虑怎样安排生活,安排工作。万想不到你会落在比我更坏的境地里。你和我不同,我活了八十多年,多少做过一些事情,你却是这么年轻。你是你父亲最小的女儿,你活泼爱动,又学到一些本领,你一直想把自己真诚的感情献给我们这个"多灾多难"的国家。甚至在第一次动手术以后,你还准备回到你父亲熟悉的地方,"找一个工作园地,好好地将所学用出来,在祖国人民中间平静地过一段日子,等病魔再来时,走得也心安理得,就像有一种沙漠植物,四十年开一朵花,花高四十尺,花落,整个植物的生命也就结束了"。

你讲得多好!多么美的愿望!哪里像是晚期癌症患者的信函?我拿着信,从我熟悉的那些字迹上感觉到春天的暖气。我仿佛看到了你那颗火热的心。你第一次回国前后我并不理解你,你准备舍弃比较舒适的生活环境，放弃比较方便的工作条件，回来长期工作，我还以为你只是一时的冲动。我和你父亲分别多年，你在台湾长大成人，又在美国读书就业，我单单在一九八〇年同你见几次面，怎么能接触到你的内心？我只看出你的乐观和干劲，却并不理解你的毅力和深沉。你从未谈过你对祖国的感情和对事业的理想。今天反复念着你这次病中写的那些字句，我才明白什么是对祖国的爱，事业在你心里占什么样的位置。原来你这位建筑设计师六七年前还没有发病的时候就设想在先人生长的故土上修建千万间广厦。你为这个理想到处奔走，就在它快要实现（你是这样看吧）的时候，突然来了可怕的病，开刀时发现癌细胞已经扩散、转移。目前你正在进行药物治疗，是否有效，说是三个月后便见分晓。你说："我只盼望这药物延续的生命不只是维持一个接受药物的肉体，不只是锻炼我和家人的耐力，但愿能找到个有意义的'事'把时间投入，免得白白地浪费。"

你正在经受生与死的考验，一切希望都濒于破灭，四十年一次开花的机会已经"没有可能"，你还在挣扎，争取生命的延续，你念念不忘的仍然是你的理想、你的事业。你还在考虑把争取回来的宝贵时间怎样用在有意义的事业上。你要走得心安理得。你用了一个"走"字，这说明你有毅力工作到最后的一刻。你不只要锻炼你和家人的耐力，你用了"耐力"这个词组，就说明你有决心坚持到最后一息。这都是我以前没有想到的。你在讲自己的心愿和心情，你的每一句话，仿佛你拿了刀把它们刻印在我的心上，你的确是在给我指路。我也应该锻炼自己的"耐力"，不让靠药物延续的生命白白浪费；我也应当"走"得平静、从容。而心烦意乱、思想集中困难，这说明我不能坚持到最后一刻了。你这番话使我出了一身冷汗。写到这里，我的眼前起了一阵雾，满腔泪水中我看见一朵巨大的、奇怪的、美丽的花。那不就是沙漠中的异卉？不，不是，我从未到过沙漠。它若隐若现，一连三天，不曾在我脑中消失，也有可能它永远不会消失。它就是生命的花吧。我明白了，只有深沉的爱、强烈的爱、真诚的爱、执着的爱才能够开出这样的花。你不要太多地折磨自己，你让我睁开了眼

讲真话的书 （1986—1999）

睛,这是你的生命在开花,你得到了我追求一生却始终不曾得到的东西。

爱,尤其是像你有的那种对祖国、对事业的爱,要战胜疾病,战胜死亡!

问候你的老父亲,你的病对他是多大的打击!三年前他回国讲学即将结束的时候在广州病倒,是你接他回去就医,那时我患骨折,给拴在病房中牵引架上动弹不得,少同你们联系。行动不便,讲话困难,他一直同你相依为命。他为你的病"落过几回泪",这情景我想象得到。虽然还有你姐姐和你哥哥,可是他多么需要你!你真能撇开他"走得心安理得"么?但愿你的"耐力"、你们一家人的"耐力"能创造奇迹!

一月二十五日

可怕的现实主义
——随想录一三七

二月十四日《大公报》头版头条新闻有一个这样的标题：《北京惩处作恶衙内》。原来在上海有三名"强奸、流氓犯"给判了死刑，其中有两名是高干子弟。到十九日这三名犯人真的给送往刑场枪决了，于是大家拍手称快，说是"大得人心，大快民意"。这几天到处议论纷纷，没有人不关心这件事情。当然各有各的看法，没有经过充分讨论，还不会有一致的意见。我也读了各报评论员的文章，它们对我很有启发。但是我想来想去，还有两个问题一直得不到解决。

先说第一个，那就是关于"衙内"的。我最早知道衙内是从施耐庵的《水浒传》来的，我读这部小说时不过十二三岁，林冲的故事使我入迷，我爱英雄，所以我憎恨高衙内父子和陆谦、富安之类的走狗，可以说印象很深，至今还忘不了。我还看过一些公案小说，如《彭公案》《施公案》，书中也有强占民女的恶霸、衙内、采花贼，等等；这类人在地方戏中，我也见到不少，他们都不是单干户，大都没有好下场。我从未想过要做他们那样的人。解放后衙内仍然常在戏曲舞台上出现，而且似乎更多了些，可能是为了反映旧社会的黑暗、腐败的现象吧。但是我过目就忘，今天还在我眼前"活灵活现"的就只有一个杨衙内，那是由于川剧名丑笑非同志精彩的演技，这出戏叫《谭记儿》，人物还是从元代戏剧家关汉卿的名剧《望江亭》里来的。一个高衙内，一个杨衙内，刻画得十分逼真，

讲真话的书　（1986—1999）

非常出色，却都是元代作家塑造出来的人物。我很奇怪这两位大作家当时怎样深入生活、进行创作，居然写出了几百年以后在社会主义社会中"活动"的人，即使二十世纪八十年代的衙内坐摩托车或者小轿车，开家庭舞会，住高级宾馆是关、施两位所梦想不到的，但他们的所作所为始终跳不出那两位作家的掌心。作为一个读者，我理解关施二公当初塑造那两位衙内是在鞭挞他们、批判他们，绝非拿他们做学习的榜样。可是现在偏偏有人要学他们而且学得很像，好像两部作品就是为这些人写的一样，人物的思想、感情、心境、人事关系又是那么近似。我读报上发表的几篇报道，有些地方读来读去始终弄不明白，总觉得有些话没有讲出来，后来我想起《水浒传》找出来翻了翻，来龙去脉，讲得清清楚楚，我才恍然大悟。

　　这是因为什么？因为什么？……难道不就是讲真话的作用吗？……难道不就是现实主义作品的伟大成就吗？

　　我今天才理解现实主义的威力。可怕的现实主义！然而现代的衙内究竟是怎样"成长"起来的？这个问题我仍然没有完全解决，我还在思考。

二月二十二日

衙　内
——随想录一三八

　　衙内的问题其实我已经想了多时了。每当报纸沉默的时候，小道消息就特别活跃，"某某人的儿子做了什么事情"，"某某人的儿子给抓起来了"，这一类的话早就在人们中间传播开来。案情越传越大，终于到了公开宣判、押赴刑场的一天。那些人的儿子的确是按照一种"不以人的意志为转移"的规律慢慢成长起来的，那就是从无到有、从小到大。这一点我也懂了，渐渐地懂了。我不明白的却是另一件事。

　　从仅有的几篇内容差不多的报道中，任何读者都会看出那些年轻犯人的思想感情，那样的精神境界，真是一片漆黑，令人战栗的一片漆黑啊！残忍、贪婪、破坏、毁灭、发泄兽欲、占有一切，以损害别人为乐……那也是高衙内、杨衙内的精神状态啊！

　　报纸又沉默了，事情也应该结束了。是不是我们必须忘记它？可是我还在想，我不能不想，这样一种可怕的精神境界，怎么会发生在高干子弟的身上？怎么会出现在革命家庭的中间？有人说："这是资本主义腐朽生活方式对青年人的影响。"那么我们不妨堵住这个口子试试看。不过高衙内、杨衙内以及各式各样的衙内都是旧中国封建主义的土特产，因此要搞好清洁卫生，还是要大反封建主义。

　　是的，要反封建主义，不管它穿什么样的新式服装，封建主义总是封建主义，衙内总是衙内。

二月二十三日

"牛　棚"
——随想录一三九

别人说我坚强，其实我脆弱，或者可以说有时也很软弱，举一个例子：春节期间在电视节目里一连几天听见人唱"样板戏"，听了几段，上床后我就做了一个"文革"的梦，我和熟人们都给关在"牛棚"里交代自己的罪行。一觉醒来，心还在咚咚地跳，我连忙背诵"最高指示"，但只背出一句，我就完全清醒了。我松了一口气，知道大唱"样板戏"的时代已经过去，"牛棚"也早给拆掉了，我才高兴地下床穿衣服。

第二天有位朋友来找我。我谈起这个梦，他笑着说："还是那句老话：你心有余悸嘛。"这朋友也是一个知识分子，他的遭遇比我的好不了多少。他的笑却引起我的反感，我反问："难道你就没有余悸？"

他收敛了笑容，过了一会，才说："五十年代，我万万想不到会有'文化大革命'。今后，我又能够向你保证什么呢？我只能说我绝不再进'牛棚'。"

"那么你是想消极抵抗吗？"

他理直气壮地回答："倘使没有牛，那么也就用不着'横扫一切牛鬼蛇神'的天将了。"

我们又谈到所谓衙内的一些事情，当时衙内尚未处决，但关于判决的各种小道消息已经在社会上传开。他认识两衙内中的一个，但并不熟，他说："是不是可以说他也是受害者？"

"是资产阶级腐朽生活方式的受害者吗？"我问。"不，我是说'"文化大革命"的受害者'，可以这样说吗？""为什么？""因为那些年他们让这个'大革命'抓在手里，抛来抛去，一上一下、一下一上。他们认为自己受了不公平的待遇，不甘心，存心向别人报复，干出了种种坏事。"

"不，我不同意。你我不是也受了不公平的待遇吗？""你我不同，你我是长了尾巴的知识分子。他们出身好，父母为人民立过功。""那么是不是你我还要进'牛棚'割掉尾巴？"他没有作声。他似乎回答不出来了。客人告辞以后，我还坐在沙发上胡思乱想。"难道我还要准备再进'牛棚'吗？"我越想越糊涂了。

二月二十五日

纪　念
——随想录一四〇

　　近来几次梦见自己回到大唱"样板戏"的日子，醒来我总感觉心情很不舒畅。二十年了！怎么我还是这样软弱？在上一篇"随想"里我提到重进"牛棚"割尾巴的事。难道我真相信知识分子都有一条应当割掉的叫作"知识"的尾巴吗？请不要笑我愚蠢，有一个时期，一个相当长的时期，我的确相信过，我甚至下过决心要让人割掉尾巴，所以二十年前我给关进"牛棚"以后，还甘心做一辈子的"牛"，认为自己低人一等，而且十分羡慕那些自认为比我高一等的人。当时只有他们才有资格唱"样板戏"、哼"样板戏"。无怪乎最近听见人唱"样板戏"，即使是清唱也罢，我就记起我们曾经有过一个任意划分人的等级的时代，一个把"知识"当作罪恶的尾巴的时代。那难熬的、可怕的十年像一些巨大的鬼影又在我的眼前出现了。我才明白我上次说"'牛棚'早给拆掉"，只是一句空话。那十年中间我进过各种各样的"牛棚"，只要有人作为"牛"给揪了出来，什么房子都可以成为"牛棚"，无所谓"修"，也无所谓"拆"。我至今心有余悸，只能说明我不坚强，或者我很软弱。但是十年中间我究竟见过多少坚强的人？经过接连不断的大大小小的运动之后，我的不少熟人身上那一点锋芒都给磨光了。有人"画地为牢"，大家都不敢走出那个圈圈，仿佛我们还生活在周文王的时代①。包括我在内，我们都害怕"造反派"的"勒令"，这"勒令"其实也不过是一种封建的手段（"四人帮"贩卖的全是封建的土产）。在二十年后的今天我们的眼睛应该睁大了，应该是真正"雪亮"的了。即使过去的许多"看牛人"现在还在各处活动，好像在等待什么，但只要我们不再走进"牛棚"，任何人的"金口玉言"，都不会有变人为兽的魔法。没有牛，再多的"看牛人"也起不了作用！

问题在于我们要严肃地对待自己，我们要尊重自己。能做到这样，就用不着害怕什么了。我那位决心"不再进'牛棚'"的朋友可能很有道理，我对他有了更多的好感。

下一次他来探病，我继续同他交谈。他坐下来就问："你现在还怕给人揪去割尾巴吗？"不等我回答，他又接下去说："是不是有尾巴，你瞧，明明是在玩弄文字游戏，大家却这样给摆弄了这么些年。多大的浪费！前不久我还在一份文学刊物上读到一篇小说《五个姑娘和一根绳子》。五个可爱的姑娘吊死在一根绳子上，她们还以为自己看见了天堂。想着这些纯洁的少女，我很难过，她们也是'文革'的受害者。各种各样的人都成了这场'文字游戏'的受害者。以反对知识开始的这场'大革命'证明了一件事情：消灭知识不过是让大家靠一根绳子走进天堂。办得到吗？——"我不等到他讲完，便插嘴问："那么衙内也是'文革'的受害者吗？你上次这样说过。"

他明白地回答："我今天还是这样看。你应该记得那年我们在奉贤'五七'干校，一起靠边的老王几次请假回家处理儿子的事情。他们夫妇在两个干校学习、劳动，不得不把九岁的小孩留在家里，邻居也无法照顾，孩子开始落到小流氓手中，听流氓的话干起坏事来。老王夫妇最后只好把儿子送到宁波阿姨家中，请她代管。这一类的事当时的确不少。不让父母管孩子，又没有老师来管他们，他们怎么能躲开流氓呢？没有办

---

① "画地为牢，竖木为吏"和樵子武吉的故事，见《封神演义》第二十三回。

讲真话的书　(1986—1999)

法的人就只好丢下儿女让流氓去摆弄了。那些衙内在父母被当作'走资派'，或者'叛徒'，隔离审查、挨批斗的时候，也曾落进流氓手中受过'教育'，用各种方法给培养成一批现代的衙内。在今天的电视剧、故事片里面，你也会看到类似这样的镜头。你记不记得他们当初鼓动年轻学生抄家、打人、强占房屋、设司令部，你家里楼下住房不是也给占去了吗？六六年有个时期刚刚传说不让学生到处抄'四旧'，张春桥马上发表谈话要学生继续上街，晚上许多人家又遭了殃。你还记得吗？"

"我怎么不记得，"我说，"那天晚上几个中学生翻墙进来，带头的一个不过十四五岁，是从北京来的干部子弟，就是他用铜头皮带打伤了萧珊的眼睛。他们闹了几个小时，最后把我和萧珊，还有我两个妹妹，还有我二十一岁的女儿全关在厕所里面。他们随意搬走了一些东西。厕所的门并未上锁，可是他们走后半个多小时，我们还不敢开门出去。第二天早晨萧珊向机关报告了，没有用。学生照样地来，乱翻乱拿。不过衣橱、书架都由机关贴上了封条，还没有人动过。大约过了一年多，机关要我们全家搬到楼下去，把楼上的房间封起来。接着大学生又'进驻'了我们机关。他们最初进来的时候，我们这些'牛'都被叫去审问，大家跪在大厅里，还有人给打掉了牙齿。这机关就是当时的作协分会，作家们在这里被当作'牛'受尽折磨，真是莫大的讽刺！这大概是六八年一月下旬的事情，那天审问结束，一个造反派头头把我们叫到草地上去训话。我们受了侮辱以后，又挨骂，却没有人敢哼一声。我和一位同'棚'的朋友走出机关，同路回家，我对他说了一句：'你要保重啊。'他痛苦地回答我：'你说，我怎么保重？！'这天他生病在家，开会时特地把他找了来，他还不知道为了什么事情开会。这个时候我已经不再是周文王治下的樵子武吉了。我也不完全相信'画地为牢'式的'勒令'了，可是我仍然害怕它，我不得不听话。我也明白自己已经完全解除了武装，现在只好任人摆布了。我有满脑子的'想不通！'我想起了我唯一的法宝：通过受苦净化心灵，但一味忍受下去，真的能净化心灵吗？无论如何，我们要活下去——"

朋友打断了我的话,他说:"你是不是想说'坚持就是胜利'?我们大家都这样说过,只有坚持下来的人才见到了今天。可是那些孩子,那些年轻人,他们经了风雨,见了世面,升上来又给打下去。我想起一件事,六七年我的儿子到安徽插队落户,我去车站送他,车上挤满了年轻人,火车开动的时候,孩子们一片哭声。为什么不让他们好好地上学念书呢?我想都不敢想。那个晚上下着大雪,我出站挤不上车,走了一段路,回家晚了。老婆替我担心,又替孩子担心,含着眼泪向我问这问那。我说,孩子很高兴,他和同学们高唱革命歌曲离开上海。她不相信,想着孩子,她一夜没有睡。当时哪一家不是这样?对我自己我无话可说,可是对我们孩子这一代,想想我不能不心疼!"

我说:"我觉得我们应该高兴,你我的孩子都不曾落到流氓的手里,好险啊!不然我们怎么办?回想起来我真害怕。"

他说:"你放心,你我的孩子还没有做衙内的资格。那些衙内是'受害者',他们又害了别人,他们自己有责任,别人也有责任。不过我担心的倒是另一件事。那个时候我们开口闭口都是'紧跟',幸好只是口说而已,我们并没有'紧跟'的机会,否则你我将作为'四人帮'的爪牙遗臭万年了。想到这个我不能不出一身冷汗。二十年过去了。现在天天开纪念会,这也纪念,那也纪念,是不是也要开一个会纪念'文革'二十周年或者庆祝'四人帮'垮台十周年?为了不再做'牛',我要用自己的脑子思考,站起来,挺起胸膛做一个人!"

"不容易啊!"我摇摇头说,"有人说:'我们应当忘记过去。'有人把一切都推给'文革',有人想一笔勾销'文革',还有人想再搞一次'文革';有人让'文革'弄得家破人亡、满身创伤,有人从'文革'得到好处,至今还在重温旧梦,希望再有机会施展魔法,让人变'牛'。所以听见唱'样板戏'有人连连鼓掌,有人却浑身战栗。拿我们来说,二十年之后痛定思痛,总得严肃地对待这个问题,严肃地对待自己,想想究竟我们自己犯了些什么错误。大家都应当来一个总结。最好建立一个'博物

讲真话的书　(1986—1999)

馆'，一个'文革博物馆'。"我终于把在心里藏了十年的话说出来了。

他说："我读过你写的那篇《奥斯威辛集中营的故事》，我受到很大的震动，我好像亲身参观了那个纳粹杀人工厂一样。我也是这样想，应该把那一切丑恶的、阴暗的、残酷的、可怕的、血淋淋的东西集中起来，展览出来，毫不掩饰，让大家看得清清楚楚，牢牢记住。不能允许再发生那样的事。不让人再把我们当牛，首先我们要相信自己不是牛，是人，是一个能够用自己脑子思考的人！"

"对，对。"我连声表示同意，"那些魔法都是从文字游戏开始的。我们好好地想一想、看一看，那些变化，那些过程，那些谎言，那些骗局，那些血淋淋的惨剧，那些伤心断肠的悲剧，那些钩心斗角的丑剧，那些残酷无情的斗争……为了那一切的文字游戏！……为了那可怕的十年，我们也应该对中华民族子孙后代有一个交代。"

"所以要建立一个博物馆，一个纪念馆，你这个意见我完全赞成。要大家牢记那十年中间自己的和别人的一言一行，并不是不让人忘记过去的恩仇。这只是提醒我们要记住自己的责任，对那个给几代人带来大灾难的'文革'应该负的责任，无论是受害者，或者是害人者，无论是上一辈或者是下一辈，不管有没有为'文革'举过手点过头，无论是造反派、走资派，或者逍遥派，无论是龙是凤或者是牛马，让大家都到这里来照照镜子，看看自己为'文革'做过什么或者为反对'文革'做过什么。不这样，我们怎么偿还对子孙后代欠下的那一笔债，那笔非还不可的债啊！"他的声音嘶哑了。

我紧紧地握着他的手。

四月一日

我与开明

——随想录一四一

一

去年国内出版界为了纪念开明书店创建六十周年，召开座谈会，编印纪念文集，有几位朋友希望我有所表示。我患病在家，不能到会祝贺，想写文章，思想不集中，挥毫又无力，只好把一切推给渺茫的未来。现在我已经不为任何应景文章发愁了，我说过："靠药物延续的生命，应该珍惜它，不要白白地浪费。"但怎样照自己的想法好好地利用时间呢？我不断思考，却还不曾找到一个答案。

我始终相信未来，即使未来像是十分短暂，而且不容易让人抓住，即使未来好像一片有颜色、有气味的浓雾，我也要迎着它走过去，我不怕，穿过大雾，前面一定有光明。《我与开明》虽然是别人出的题目，但"回顾过去"却是我自己的事情。每天清早，我拄着手杖在廊下散步，边走边想。散步是我多年的习惯，不过现在走不到两圈，就感到十分吃力，仿佛水泥地在脚下摇晃，身子也立不稳。我只好坐在廊上休息。望着尚未发绿的草地上的阳光，我在思考，我在回顾。《我与开明》这个题目把未来同过去连接在一起了。这一段时间里，我不曾在纸上落笔，我的思想却像一辆小车绕着过去的几十年转来转去，现在的确是应该写总结的时候了。

讲真话的书 （1986—1999）

可以说，我的文学生活是从开明书店开始的。我的第一本小说就在开明出版，第二本也由开明刊行。第二本小说的原稿曾经被《小说月报》退回，他们退得对，我自己也没有信心将原稿再送出去，后来……过了一个时期我在原稿上作了较大的改动，送到开明书店，没有想到很快就在那里印了出来。这小说便是《死去的太阳》，它是一部失败的作品。所以在谈到开明时我想这样说：开明很少向我组稿，但从第一本小说起，我的任何作品只要送到开明去，他们都会给我出版。我与他们并无特殊关系，也没有向书店老板或者任何部门的负责人送过礼，但也可以说我和书店有一种普通关系，譬如，淡淡的友情吧。书店的章锡琛"老板"当初离开商务印书馆创办《新女性》的时候，我给这份月刊投过稿（我翻译过一篇爱玛·高德曼的论文《妇女解放的悲剧》）。后来在我去法国的前夕，我的朋友索非做了这个新书店的职员，他写的那本回忆录《狱中记》也交给书店排印了。关于我的小说《灭亡》的写成与发表的经过，我自己讲得很多，不用再啰唆了。叶圣陶同志就是在开明见到我从法国寄回来的原稿、拿去看了以后，才决定发表它的。索非进开明可能是由于胡愈之同志的介绍，他和愈之都学过世界语，他认识愈之，我一九二八年初秋从沙多-吉里到巴黎，才第一次见到愈之，这之前只是一九二一年在成都同他通过一封信。我在巴黎大约住了两个月，常常到愈之那里去。愈之当时还是《东方杂志》的一位负责人，那个时候全世界正在纪念列夫·托尔斯泰诞生一百周年，巴比塞主编的《世界》上发表了一篇托洛茨基的《托尔斯泰论》，愈之要我把它翻译出来，我在交给他的译稿上署了个笔名："巴金"。我寄给索非的《灭亡》原稿上署的也是这个名字。可是我的小说下一年才在《小说月报》上分四期连载，《东方杂志》是综合性的半月刊，纪念列夫·托尔斯泰的文章在本年就发表了。这是我用"巴金"这个名字发表的第一篇文章。

《灭亡》就在《小说月报》连载的同一年（一九二九年）由开明书店出版，稿子是索非交去的，作为他主编的《微明丛书》的一种。这个袖珍本的丛书在开明一共出了八种，其中还有索非自己写的《狱中记》等三部，我写的《死去的太阳》和我译的日本秋田雨雀的短剧《骷髅的跳舞》，苏联阿·托尔斯泰的多幕剧《丹东之死》，后面两部小书都是从世界语译出的。还是一种《薇娜》是索非把我新译的短篇小说和李石曾的旧译四幕剧《夜未央》编辑成册的，它们是同一位年轻的波兰作家廖·抗夫的作品。《薇娜》是我翻译的第一篇小说，我只知道抗夫写过《夜未央》，我在十六七岁时就读过它，我的朋友们还在成都演过这本描写一九〇五年俄国革命的很感人的戏。一九二七年我在巴黎买到《夜未央》的法文本，卷首便是小说《薇娜》，一看就知道作者在写他自己。一九二八年年初我译完《薇娜》，从沙多－吉里寄给索非，这年八月下旬我离开沙多－吉里时就收到开明出的那本小书。接着在将近两个月的巴黎小住中，作为消遣我翻译了全本《夜未央》，回国后交给另一家书店刊行，译本最初的名字是《前夜》，印过一版，一九三七年在文化生活社重排时我便改用李石曾用过的旧译名，因为开明版的《薇娜》早已停版，那个短篇也由我编入另一本译文集《门槛》了。

　　请原谅我在这里唠叨，离开题目跑野马，这的确是我几十年文学工作中治不好的老毛病，但这样东拉西扯也可以说明我那几年的思想情况和精神状态：我很幼稚，思想单纯，可是爱憎非常强烈，感情也很真挚。有一个时期我真相信为万人谋幸福的新社会就会和明天的太阳一起出现；又有一个时期我每天到巴黎先贤祠广场上卢梭铜像前诉说我的痛苦，我看不见光明。我写作只是为了在生活道路上迈步，也可以说在追求，在探索，也就是在生活。所以我为了最初出版的书不好意思收取稿费，我或者把版税送给朋友，或者就放弃稿酬。当然开明书店是照付版税的。它是作家和教师办的书店，因此对每一位作者不论他的书是否畅销，它一样地对待，一种书售缺了，只要还有读者，就给安排重印。我最初写作不多，后来发表稿子的地方多起来，出书的机会就多了，向我组稿的人也逐渐增加。我从法国回来，和索非住在一起，在闸北宝山路宝光里一幢石库门楼房，他同

讲真话的书 （1986—1999）

新婚的妻子住在二楼，我住在楼下客堂间。那些杂志的编辑先生大都知道我是开明的作者，又有个朋友在开明工作，他们向我要稿就找索非接洽，我写好稿子也请索非带出去，我的小说就这样给送到各种各样的报刊，用不着我携带稿子去拜访名人，我只消拿着笔不断地写下去。我有话要说，我要把自己心里的东西倾倒出来。我感觉到我有倾吐不尽的感情，无法放下手中的笔，常常写一个通宵，文章脱稿，我就沉沉睡去，稿子留在书桌上，索非离家上班会把它送出去。我不去拜会编辑，也少有人知道我的真名实姓，我并不为我的文章操心，反正读者要看，我的作品就有发表和出版的地方，人们把稿费送到开明书店，索非下班后会给我带来。我一个人生活简单，过日子并不困难，我的朋友不算多，但都很慷慨，我常常准备要是文章无处发表，我就去朋友家做食客。所以我始终不把稿费放在心上，我一直将"自己要说话"摆在第一位，你付稿费也好，不付也好，总之我不为钱写作，不用看行情下笔，不必看脸色挥毫。我还记得有一个时期在上海成立了图书杂志审查会，期刊上发表的文章都得接受审查，我有半年多没有收取稿费，却在朋友沈从文家中做客，过着闲适的生活，后来又给振铎、靳以做助手编辑《文学季刊》，做些义务劳动。此外我还可以按时从开明书店拿到一笔版税，数目虽小，但也可以解决我一个人的生活问题。一九三二年后我不同索非住在一起了，但我和开明的关系并没有什么变化，索非和开明照常替我转信；我的作品不断地增多，也有了来找我约稿的人。我把稿子交给别家书店出版，开明不反对，后来我把卖给别人的三本短篇集和其他的书收回来送到开明去，开明也会收下，给印出来。在开明主持编辑事务的是夏丏尊，他就是当时读者众多的名著《爱的教育》的译者，他思想"开明"，知道我写过文章宣传无政府主义，对我也并不歧视。我感谢他，但我很少去书店，同夏先生见面的机会不多，更难得同他交谈。我只记得抗战胜利后我第一次回上海，他来找我，坐了不到一个小时，谈了些文艺界的情况和出版事业的前景，我们对国民党都不抱任何希望。他身体不好，近几年在上海敌占区吃够了苦，脸上还带病容。

这是我最后一次看见他，他同我住在一个弄堂里，可是我不久又去重庆，第二年四月在那里得到了他的噩耗。

我和章锡琛"老板"也不熟，他因为写了反对封建主义的文章被迫脱离《妇女杂志》，才动手创办《新女性》月刊。他这段反封建的个人奋斗的光荣历史使我和朋友卢剑波都很感动。剑波先给《新女性》寄稿，我看见剑波的文章发表了，便也寄了稿去，一共两篇，都给采用了。我同章并无私交，记得抗战胜利后我回到上海，同索非在章家吃过一顿饭，却想不起同章谈过什么事情。索非同章处得不好，说他"刻薄"，一九四六年去台湾，便脱离开明一直留在那边开办新的书店。全国解放后，一九五三年开明书店与青年出版社合并，章去哪里工作，我并不清楚，当时我也很忙，只能应付找上门来的事。后来听说章做了"右派"，这时我记起了索非的话，我怀疑他是不是讲话"刻薄"得罪了人。想想二十年代的进步人士到五十年代却会成为"右派分子"挨批挨斗，有些惋惜。有时我也暗暗地自言自语："不管怎样，他办了开明书店，总算做了一件好事。"在五十年代，在六十年代，在可怕的"文革"期间，没有人敢讲这样的话，也没有人敢听这样的话，那个时候不仅是章老板，还有几个我在开明的熟人都给"错划为右派"，其中在抗战期间"身经百炸"的卢芷芬先生甚至给送到北大荒去劳改，竟然死在那里，据说他临终前想"喝上一碗大米稀粥而不可得"。这些人今天也许会在泉下拜读新编的纪念文集，知道他们曾经为之献身的事业也有好的传统和好的作风，对祖国的文化积累也有贡献。那么我们也不必为过去的一切感到遗憾了。

二

我还要继续讲下去。新编的纪念文集中有一幅三十年代的照片和一篇介绍这照片的文章，作者认为它是在书店成立十年纪念的日子拍摄的。我看不是，那次的宴会是为了另一件事情，记得是为了减少版税。原来的

讲真话的书 (1986—1999)

税率是初版抽百分之十五,再版抽百分之二十。这次书店请客要求修改合同,不论初版再版一律支付百分之十五。我听索非说,在开明出书拿版税最多的是英语教科书的编者林语堂,其次就是夏丏尊,他翻译的《爱的教育》当时是一本畅销书。他们两位同意减少稿费,别人就不会有意见了。我对稿费的多少本无所谓,只要书印得干干净净,装得整整齐齐,我就十分满意,何况当时在开明出书的作者中我还是无足轻重的一个。后来在抗战期间开明几次遭受较大的损失后又减过一次版税,税率减为一律百分之十,大概是在一九四一年吧,我第二次到昆明,卢芷芬给我看一封开明负责人的来信,要他跟我商谈减少稿费的事情。那个时候我在开明已经出了不少作品,跟书店的关系比较密切,书店又是知识分子成堆的地方,我在内地各个分店结交了不少朋友。书店的情况我也熟悉,它提出减少稿费,我不好意思断然拒绝。而且我个人对稿费的看法,一直不曾改变,今天还是如此。读者养活我,我为他们写作。我在这里重提这件事情,不过说明开明书店毕竟是一家私营企业,为了发展这个事业,它还要考虑赚钱,它似乎并没有讲过要"为人民服务"。不用说,它即使讲了,我也不会相信,因为根据我多年的经验,喜欢讲漂亮话的人做起事来不见得就漂亮。但是我同开明接触多年,我始终保留着好的印象,有两点我非常欣赏:一是,它没有官气,老老实实,以平等的态度对待作者;二是,不向钱看,办书店是为了繁荣祖国的文化事业,只想勤勤恳恳认真出几本好书,老老实实给读者送一点温暖。作为读者,作为作者,我都把开明看作忠实的朋友。

上面提到的那位开明负责人便是后来的总经理范洗人,我那些熟人中他"走"得最早,我也只有在他一个人的灵前行礼告别,那是在一九五一年,开明还不曾结束。记得在抗战后期我在上海、在桂林、在重庆常见到他,同他一起喝过酒、躲过警报、吃过狗肉,可惜我的酒量比他差得远。那些年我写文章、办书店、讲恋爱,各处奔跑。最后离开广州和桂林,两次我几乎都是"全军覆没",一九三八年"逃难"到桂林,连过冬的衣服也没有。在狼狈不堪的日子里我常常得到开明的支持。可以说,没有开明，就不会有我这六十几年的文学生活。当然我也会活下去，会继续写作，但是我不会编印文化生活社出的那许多书，书印出来就让敌军的炸弹和炮火毁掉。一批书刚刚成了灰烬，第二批又在读者眼前出现；一个据点给摧毁了，新的据点又给建立起来。没有开明，我不可能赤手空拳在抗战八年中间做那些事情。在那些年我常说：什么地方只要有开明分店，我就有依靠，只要找着朋友，我的工作就会得到支持，用不着为吃饭穿衣担忧，只愁自己写不出读者需要的好作品。那些年我经常同开明往来，我写作，我编印书刊，我想的就是这件事情。

我在开明出版的最后一本书是高尔基的短篇小说《草原集》。一九五〇年老友徐调孚向我组稿，并且要我像从前那样给开明介绍稿子，他们打算出一些翻译小说（不用解释，大家也知道，出译文比较保险）。调孚兄是《小说月报》的助理编辑，协助郑振铎、叶圣陶做具体的工作，一九三二年初商务印书馆编译所被日军炮火摧毁，他便去开明做编辑，我的大部分小说的原稿他都看过，也向别处推荐过我的稿子。这次他找我帮忙，我知道汝龙打算翻译高尔基的小说，就同汝龙商量为开明编了六本高尔基短篇集，其中一本是我的译稿。一九五〇年八九月我看完这本书的校样，给开明编辑部送回去。当时开明总店已经迁往北京，在福州路的留守处我只见到熟悉的周予同教授，好像他在主持那里的工作。他是著名的学者、受尊敬的民主人士和"社会名流"。后来我和他还常在会场上见面。他是一个矮胖子，我看见他那大而圆的脸上和蔼的笑容，总感到十分亲切。这位对中国封建文化下苦功钻研过的经学家，又是五四时期冲进赵家楼的新文化战士。不知道因为什么，"文革"开始他就给"抛"了出来，作为头一批"反动学术权威"点名批判。最初一段时期他常常被各路红卫兵从家里拖出来，跪在门口一天批斗五六次。在批林批孔的时期，这位患病的老学者又被押解到曲阜孔庙去忍受种种侮辱。后来他瞎了眼睛，失去了老伴，在病榻上睡了五六年，仍然得不到照顾。他比其他遭受冤屈的开明朋友吃苦更多，不同的是他看到了"四人帮"的灭亡，他的冤案也得到

讲真话的书 （1986—1999）

昭雪。但是对他那样一个知识分子来说，把一切都推给"四人帮"是解决不了问题的。他要是能活到现在，而且精力充沛像六十七年前攻打赵家楼的大学生那样，那有多好！今天也还需要像他那样的人向封建文化的残余，向封建主义的流毒进攻。不把那些封建渣滓扫除干净，我们是建设不好"四化"的。关于开明的朋友我还有许多话要讲，可是我怀疑空话讲多了有什么用。想说而未说的话，我总有一天会把它们写出来，否则我不能得到安宁。一九五三年开明并入中国青年出版社，朋友顾均正写信告诉我开明已经找到"光荣归宿"，书店愿意送给我一部分旧作的纸型，由我挑选，另找出路。我写了回信寄去。不久果然给我运来了一箱纸型，我把它们转赠给平明出版社，我的一些旧作才有机会重见读者。开明结束，我和过去那些朋友很少见面，但是我每次上京，总要去探望顾均正夫妇。前两年我在医院中还写过怀念文章重温我和这一家人的淡如水的友情。我在知识分子中间生活了这几十年，谈到知识分子，我就想起这位不声不响、踏踏实实在书桌跟前埋头工作了一生的老友。这样的正直善良的知识分子正是我们国家不可少的支柱。不知为什么，在新社会里也还有人不信任他们。眼光远大的人愿意做识别千里马的伯乐，却没有想到国家属于全体公民，在需要的时候每个公民可以主动地为祖国献身。开明是知识分子成堆的书店，它不过做了一点它应当做的事情，因此在它结束以后三十几年还有人称赞它的传统，表扬它的作风。然而可惜的是只有在拜金主义的浪潮冲击我们的出版事业，不少人争先翻印通俗小说、推销赚钱小报的时候，才有人想起那个早已不存在的书店和它的好传统、好作风，是不是来迟了些呢？

　　当然迟来总比不来好。[①]

五月三日写完

[①] 谈开明我没有提叶圣陶老人，并不是遗漏，我打算在另一篇"随想"里讲他。

我的责任编辑
——随想录一四二

我和丁玲同志一样，我的第一本小说也是由叶圣陶老人介绍给读者的，不过晚几个月。一九二八年十二月上旬我从法国回到上海，丁玲的短篇集《在黑暗中》在开明书店出版，受到人们的注意。我并不认识叶圣老，也不曾跟他通过信，我后来托索非把中篇小说《死去的太阳》转给《小说月报》时，他早已不代编《月报》了。我还在《月报》上发表过几个短篇。叶圣老在一九三一年也曾向索非要过我的稿子，是为了他主编的《妇女杂志》组稿（好像他担任这个职务并不久）。我写了《亚丽安娜》交给索非转过去。那是一个波兰革命姑娘的真实故事，小说很快就刊了出来。其实说快，也是在几个月之后，当时商务印书馆发行的几种杂志都脱期，而且总是落后几个月。但它们都是名牌刊物，独家经营，没有竞争对手，不愁卖不出去，因此脱期成了家常便饭。我只记得我拿到发表《亚丽安娜》的那期刊物时，叶圣老已经离开《妇女杂志》，或者甚至离开了商务印书馆。我以后也就不曾再给《妇女杂志》写稿，因为新的主编思想右倾。那个时候情形复杂，但又有趣，人们并不随便把别人划成"右派"，也不需要请人给自己戴上帽子。不过进步与落后的划分却是十分明显、非常自然。即使你有钱有势，读者也不会跟着你跑。商务印书馆那些杂志经常变换它们的主编，官方施加压力，刊物便朝右摆。过了一段时间刊物又逐渐恢复本来面目，因为它们不愿被读者抛弃。但是第二年初

讲真话的书 （1986—1999）

"一·二八"上海事变发生，商务印书馆编译所给日军炮火轰毁，这以后除了《东方杂志》不久复刊外，其他的刊物都自动停刊。《东方杂志》由胡愈之继续编了一个时期，我的中篇小说《新生》的初稿，一九三二年同《小说月报》编辑部一起烧成灰烬，我重写了它。一九三三年《东方杂志》连载了《新生》的第二稿，徐调孚兄为它花费了不少的心血。《小说月报》停刊后调孚兄去开明书店工作，业余为《东方杂志》编辑文艺栏，每期发表两三篇作品。《东方杂志》月出两册，办得很精彩，思想进步，受读者欢迎。但是不说也想得到，从上面来了压力，南京讲话了。然后愈之离开，换上汪精卫派的李圣五，他把杂志抓在手里，一直到抗战全面爆发，杂志停刊，他跟着主子走上了绝路。

叶圣老离开商务后到开明书店编《中学生》月刊，我原是这杂志的撰稿人，也继续为它写稿。但我很少有机会见到叶圣老。我不和索非住在一起的那一段时期中，先在我舅父家住了将近一年，以后又去南北一些地方旅行，我不是为了游山玩水，只是去寻求友谊。我认识了不少的朋友，为这些朋友我写了更多的文章。直接向我组稿的人多起来了。我无法隐姓埋名，只好用文章应酬朋友，于是我成了所谓"多产"的作家，在各种各样的刊物上都出现了我的名字。我在一篇题作《灵魂的呼号》的序文中诉苦说："拿文章来应酬，到后来就是拿名字来应酬，自己糟蹋文章，糟蹋名字，到后来就是文章和名字被人糟蹋……"不过我又说："我的文章是写给多数人读的。我永远说自己想说的话。……"记得就是在这个时期叶圣老和调孚兄托索非带口信来，劝我慎重发表文章，我没有认真考虑他们的意见，可是我感谢他们的关心。特别是对叶圣老，我渐渐地领会到他把我送进文坛后，虽然很少跟我接触，很少同我交谈，却一直在暗中注视着我。

我常常这样想，也仿佛常常看见那张正直、善良的脸上的笑容，他不是在责备我，他是在鼓励我。即使失去了信心，我也会恢复勇气，在正路上继续前进。我指的不仅是写作的道路，还有做人的道路。这样的朋友我不止有一位，但叶圣老还是我的老师。这样的老师我也有不止一位，而叶圣老还是我的头一本小说的责任编辑。我还说过他是我的一生的责任编辑，我的意思是——写作和做人都包括在内。当然我的一切应当由我自己负责，但是我的一举一动、一言一行，我每向前走一步，总要想到我那些朋友，我那些老师，特别是我的"责任编辑"，那就是叶圣老，因为他们关心我，我不愿使他们失望，我不能辜负他们对我的信任，我今天还是这样想，还是这样做，还是这样地回忆那些忘不了的往事。

现在简单地讲三件事情。第一件：一九四九年初北平解放，叶圣老他们从香港到了北方，当时那边有人传说我去了台湾，他很着急，写信向黄裳打听，黄裳让我看了他的来信。几个月后我去北平出席第一次全国文代会，我紧紧握着他的手，我们谈得多高兴。

第二件："文革"期间叶圣老得到解放之后，到上海来要求见几个人，其中有一个就是我，他仍然为我的安全担心。据说徐景贤说我是"反革命"不给见，好像丰子恺先生也不能出来，他就只见到周予同教授，但已经双目失明，瘫痪在床，给折磨成那个样子！旁边还有人监视；即使是老朋友见面又能谈些什么呢？看到一位进步知识分子如此可悲的下场，看到一位老友含冤受屈的惨痛遭遇，而自己毫无办法，他的心情我很了解，他后来不曾对我讲过什么，他把一切都咽在肚里了。但是他在上海知道了一个事实：他要看望的人还活着。听说那次和他同来的人中还有胡愈之同志。

第三件："四人帮"下台了。长期给关在活葬墓中的我终于看到了一线光明，一线希望。我叫起来，我想用我的声音撞破四周的岑寂。于是从朋友们那里来了鼓励，来了安慰；从四面八方伸过来援助的手。愈之寄信说："今天从《文汇报》读到你的一封信，喜跃欲狂。尽管受到'四人帮'十多年的迫害，从你的文字看来，你还是那样的清新刚健，你老友感到无比的快慰。先写这封信表示衷诚的祝贺。中国人民重新得到一次大解放。你也解放了！这不该祝贺吗？"叶圣老不但几次来信，而且还写了一

讲真话的书 (1986—1999)

首诗赠给我，他这样说："诵君文，莫计篇，交不浅，五十年。平时未必常晤叙，十载契阔心怅然。今春《文汇》刊书翰，识与不识众口传。挥洒雄健犹往昔，蜂蚕于君何有焉。杜云古稀今曰壮，伫看新作涌如泉。"

我似乎又回到了五十年前了。这样的友情！这样的信任！我还有什么话好说呢？我应当高兴：我有这样的朋友，这样的老师，这样的责任编辑！愈之也是我的责任编辑，一九三一年他几次到闸北宝山路我的住处来约稿，除了中篇小说《雾》以外，他还要我在第二年的《东方杂志》上发表连载文章。我只写好一篇《杨嫂》，"一·二八"事变就使我改变了写作计划。愈之的确是我的老友，世界语运动把我们连在一起，一直到他的最后，一直到今天，因为他还活在我的心中。可惜我没有能把他寄到成都的信，六十几年前的那封信保存下来！这些年我和他接触不多，不过在我患病摔伤之前，我们常有机会见面。他对世界语的热情和对世界语运动在中国的发展所做的贡献，使我感到惭愧，作为一位九十高龄的老人他离开这个世界，不会有什么遗憾。我虽然失去一位长期关心我的老师和诤友，但是他的形象、他的声音永远在我的眼前，在我的耳边：不要名利，多做事情；不讲空话，要干实事。这是他给我照亮的路，这也是我的生活的道路。不管是用纸笔，或者用行为，不管是写作或者生活，我走的是同样一条道路，路上有风有雨，有泥有石，黑夜来临，又得点灯照路。有时脚步乏力还要求人拉我一把。出书，我需要责任编辑；生活，我也同样需要责任编辑。有了他们，我可以放心前进，不怕失脚摔倒。

愈之走了。叶老还健在，我去年上北京，他正住院，我去医院探望，闲谈间他笑得那样高兴。今天我仿佛还听见他的笑声。分别十几个月，我写字困难，心想他写字也一定困难，就不曾去信问候他。但是我对他的思念并未中断，我祝愿他健康长寿，也相信他一定健康长寿。

五月十五日

"样板戏"
——随想录一四三

好些年不听"样板戏",我好像也忘了它们。可是春节期间意外地听见人清唱"样板戏",不止是一段两段,我有一种毛骨悚然的感觉。我接连做了几天的噩梦,这种梦在某一个时期我非常熟悉,它同"样板戏"似乎有密切的关系。对我来说这两者是连在一起的。我怕噩梦,因此我也怕"样板戏"。现在我才知道"样板戏"在我的心上烙下的火印是抹不掉的。从烙印上产生了一个一个的噩梦。

我还记得过去学习"样板戏"的情景。请不要发笑,我不是说我学过唱"样板戏",那不可能!我没有唱任何角色的嗓子。我是把"样板戏"当作正式的革命文件来学习的,而且不是我自己要学,是"造反派"指定、安排我们学习的。在那些日子里全国各省市报刊都在同一天用整版整版的篇幅刊登"样板戏"。他们这样全文发表一部"样板戏",我们就得至少学习一次。"革命群众"怎样学习"样板戏"我不清楚,我只记得我们被称为"牛鬼"的人的学习,也无非是拿着当天报纸发言,先把"戏"大捧一通,又把大抓"样板戏"的"旗手"大捧一通,然后把自己大骂一通,还得表示下定决心改造自己、重新做人,最后是主持学习的革命"左"派把我痛骂一通。今天在我眼前,在我脑中仍然十分鲜明的便是一九六九年深秋的那一次学习。那次,下乡参加"三秋"劳动,本来说是任务完成回城市,谁知林彪就在那时发布了他的"一号命令",我们只好

讲真话的书 （1986—1999）

留在农村。其实不仅我们，当时连"革命群众"也没有居住自由的"人权"，他们有的就是那几本"样板戏"，虽然经过"革命旗手"大抓特抓，调动一切艺术手段尽量拔高，到"四人帮"下台的时候也不过留下八本"三突出"创作方法的结晶。它们的确为"四人帮"登上宝座制造过舆论，而且是大造特造，很有成效，因此也不得不跟着"四人帮"一起下了台。那一次我们学习的戏是《智取威虎山》，由一位"左"派诗人主持学习，参加学习的"牛鬼"并不多，因为有一部分已经返家取衣物，他们明天回到乡下，我们第二批"休假"的就搭他们回来的卡车去上海。离家一个多月了，我没有长期留在农村的思想准备，很想念家，即使回去两三天，也感到莫大的幸福。就在动身的前一天还给逼着去骂自己，去歌颂"革命旗手"，去歌颂用"三突出"手法塑造出来的英雄人物，本来以为我只要编造几句便可以应付过去，谁知偏偏遇着那位青年诗人，他揪住我不放，一定要我承认自己坚决"反党、反社会主义"。过去有一段时间我被分配到他的班组学习，我受到他的辱骂，这不是第一次，看到他的表情，听见他的声音，我今天还感到恶心。他那天得意地对我狞笑，仿佛自己就是"盖世英雄"杨子荣。我埋着头不看他，心里想：什么英雄！明明是给"四人帮"鸣锣开道的大骗子，可是口头上照常吹捧"样板戏"和制造它的"革命旗手"。

  我讲话向来有点结结巴巴，现在尽讲些歌功颂德的违心之论，反而使我显得从容自然，好像人摆地摊倾销廉价货物一样，毫无顾忌地高声叫卖，我一点也不感觉惭愧，只想早点把货销光回房休息，但愿不要发生事故得罪诗人，我明天才可以顺利返家。虽然挨了诗人不少的训斥，我终于平安地过了这一天的学习关。只有回到我们的房间里，在一根长板凳上坐下来疲乏地吐了一口气之后，我才觉得心上隐隐发痛，痛得不太厉害，可是时时在痛，而且我还把痛带回上海，让它破坏了我同萧珊短暂相聚的幸福。"样板戏"的权威就是这样建立起来的。在我的梦里那些"三突出"的英雄常常带着狞笑用两只大手掐我的咽喉，我拼命挣扎，大声叫喊，有

一九八六年

一次在干校我从床上滚下来撞伤额角,有一次在家中我挥手打碎了床前的小台灯,我经常给吓得在梦中惨叫,造反派说我"心中有鬼",这倒是真话。但是我不敢当面承认,鬼就是那些以杨子荣自命的造反英雄。

今天在这里回忆自己扮演过的那些丑剧,我仍然脸红,感到痛心。在大唱"样板戏"的年代里,我受过多少奇耻大辱,自己并未忘记。我绝不像有些人过去遭受冤屈,现在就想狠狠地捞回一把,补偿损失。但是我总要弄清是非,不能继续让人摆布。正是因为我们的脑子里装满了封建垃圾,所以一喊口号就叫出"万岁,万岁,万万岁!"难道今后我们还要用"三结合""三突出"等等创作方法塑造英雄人物吗?难道今后我们还要你一言、我一语、你献一策、我出一计,通过所谓"千锤百炼",产生一部一部的样板文艺作品吗?

据我看,"四人帮"把"样板戏"当作革命文件来学习,绝非因为"样板戏"是给江青霸占了的别人的艺术果实。谁不知道"四人帮"横行十年就靠这些"样板戏"替它们做宣传,大树它们的革命权威!我也曾崇拜过"高、大、全"的英雄李玉和、洪常青……可是后来就知道这种用一片一片金叶贴起来的大神是多么虚假,大家不是看够了"李玉和""洪常青"们在舞台下的表演吗?

当然对"样板戏"各人有各人的看法。似乎并没有人禁止过这些戏的上演。不论是演员或者是听众,你喜欢唱几句,你有你的自由。但是我也要提高警惕,也许是我的过虑,我真害怕一九六六年的惨剧重上舞台。时光流逝得真快,二十年过去了。"过了二十年又是一个……"阿Q的话我们不能轻易忘记啊!

五月二十八日

官 气
——随想录一四四

有一位朋友第一次来上海，他很忙，却也抽空来看我。我们只谈了半个多小时，因为他担心谈久了我的声音可能嘶哑，我自己也害怕兴奋起来，容易"筋疲力尽"。我很想避开那些使人激动的话题，但是我经常打着"讲真话"的大旗，接待远道来访的客人，又不便发一些违心之论，敷衍了事，况且如今社会空气大有改变，朋友见面也并不需要交换歌功颂德的"大路货"了。这样我们就直截了当地谈起所谓"官气"来。他现在是官，因此强调不让自己染上官气。我说这很好，有些人本来不是官，却有不少的官气。我不是在开玩笑，可以说这是我几十年经验的总结。我这个人有个毛病，平日我喜欢讲一句话："没有关系。"仿佛什么事情都不在乎，都不放在心上。可是事后我总要认真地想一想。"认真"的结果我发现了一个警句：话讲得越漂亮的人做起事来越不漂亮。我又用这个警句来核对自己那些文章中的豪言壮语，不能不感到惊奇：那么多的空话！我是这样，别人呢？我的话还不是从别人那里贩来的！

那么哪里来的官气呢？我们这里只有人民的"公仆"。大家都在"为人民服务"。我曾经这样向人报喜，也经常听到别人这样对我宣传。我们都说"日子越过越好"，也相信"人越变越好"。在"文革"到来之前我的确就是这样地混日子，我用一个混字，因为我只说空话，没有干实事。一次接一次开不完的会，一本接一本记录不完的笔记，一张接一张废话写不完的手稿！于是"文革"开场，我脸上的人皮不客气地给剥了下来，我不留情地被降级为"牛"。再用不着那一切虚假的报喜了。我既然是"牛"，当然不会有人为我"服务"。我只好接受非人的待遇。不单是我，许多以前和我在一起工作的人，当时和我一起给关在"牛棚"里的人，都是这样。从此一切都靠自己动手，各种奇耻大辱都甘心忍受。造反派在本单位张贴大字报"勒令"我们做什么，或者不做什么。他们不仅在本单位横行霸道，还可以带着大字报到别的单位去造反，去揪人。总之，他们干得很成功。一连十年我们除了有时拼命背诵"老三篇"①之外，就不懂什么是"为人民服务"。对付我们只有用"劳动改造"。这就是说，没有人为我们服务，我们也没有"资格"、没有"权利"为别人服务，服务成为极其光荣的事情，正如"同志"是极其光荣的称呼。我们都没有份。十年中间我并没有感觉到人和人的关系"越变越好"，只知道"人"和"牛"的关系越变越坏。为人民服务的人似乎都高人一等，当然高高在上，干这种工作都好像在衙门里办公。我们即使走进一家商店购买物品，也不像一个顾客，倒像要求施舍的乞丐。我们得到的常常是无礼的训斥。

　　我记起来了，一九六二年我在北京出席全国人民代表大会。会议结束我动身返沪的前一天下午，我一个人坐在饭店的餐厅里在意见簿上写了一大段感谢的话，那个时候我有那么多的感情，因为我在那里受到了亲切的、兄弟般的接待，但是在"文革"之后我再也没有找到那样的人与人之间的关系了。到处都有一种官气，一种压力；我走到许多地方都觉得透不过气来。但我却并不感到不自然，好像我已经习惯了这种环境。固然"牛棚"给拆除了，可是我还有一根尾巴，仍然低人一等。因此即使天天叫嚷"为人民服务"，对某些人还是不必落实政策；因此我虽然处处碰壁，自己也心安理得，仿佛这是命中注定，用不着多发牢骚。

　　说老实话，"文革"十年，我的确深受教育，对任何事情，或者读

---

① "老三篇"：《为人民服务》《纪念白求恩》《愚公移山》三篇文章。

讲真话的书 （1986—1999）

什么文章，看什么报道，听什么人讲话，总要把自己摆进去，动脑筋想一想，然后才发表意见，是紧跟还是不跟。总之，要先弄清楚是真话还是假话。过去我不相信人可以贩卖假货过日子，到了我自己不知羞耻地信口开河、指鹿为马，我才明白在那些日子人只有卖假药贩假货才能够保住性命，所谓"文化大革命"就是这么一回事。我这才看出来经过"文革"的锻炼，我也可以穿上华丽的衣服干下流的事情。我曾经相信"文革"是伟大的革命，但是到了我写文章称赞这个"伟大的"革命时，我已经看够了那些血淋淋的、十分龌龊的、极其丑恶的东西，我称赞它是不得不称赞，是别人强加上去的称赞。我忍受因为我要保护自己；我忍受因为我已经看穿了那个大骗局；我忍受因为我从小听惯了我们祖先遗留下来的教训："明哲保身。"

"明哲保身！"这是多大的一笔遗产啊。接连不断的运动！接连不断的批判！还不是为了保护这笔遗产，让大家都懂得明哲保身！然后又是十年烈火把美好的东西烧得干干净净。最近全国人大代表谈到北京市的服务质量，不是像我那样在意见簿上写下热情的赞美，而是发出不满的批评。可见十年"文革"在我们国家干了多少坏事，带来多大变化。今天还有人在怀念美好的五十年代，"错划"和"扩大化"还不曾开始的那些日子，"服务"并不是挂在嘴上的空话，变人为"牛"的魔法也尚未发明，在新社会里我受着人的待遇，我也以平等的眼光看待别人。

但是十载大火之后，在一片废墟上我们还能找到什么呢？瓦砾、灰堆？"态度蛮横，顾客挨训"，人大代表发现的不是平等，而是官气。有人说首都是这样，外省更差。其实每个地方都有好有坏。我们有句老话"挂羊头，卖狗肉"，可见挂漂亮的招牌卖假货、劣货，古已有之。要是不认真地大抓一下，那么人们很容易习以为常，甘心上当，听其发展了。我出身在官僚地主的家庭，后来又在"文革"的"牛棚"里关了十年，过惯低头哈腰的生活，大官、小官和只有官气的"官"都见得不少，在等级社会里我仿佛是一个贱民（"文革"期间我的确被当作贱民、受过种种虐待），又是大小官员（特别是只有官气的官）出官气的对象，点名批判、四处游斗，我挨过没完没了的训斥。因此对封建的东西我的感觉特别锐敏，即使披上革命外套，我也不难认出它来。有些人喜欢挂起"实事求是"的招牌出售"官僚主义"的旧货；有些人把"官气"当作特殊的政治待遇，以为功勋大地位高自己毕竟与别人不同；有些人只让州官放火不许百姓点灯，一向认为当官的应该高人几等；还有些人似乎相信批文件发指示就是为人民服务。总之，不能再把"真话"放在脑后，到了非抓不可的时候了。抓什么？就是抓实事求是，也就是说真话吧。我们"说话算数"，不是说了就算，而是说了就做，说了不做，等于不说。客人告辞走了，我拄着手杖把他送到门口。时间短，我们都谈得不多，但也愉快。我只说要求当官的少讲空话，不当官的少发官气；既不训人，也不挨训，人人平等，互相谅解；多干实事，皆大欢喜……如此而已。

六月九日

"文革"博物馆

前些时候我在《随想录》记下了同朋友的谈话，我说"最好建立一个'文革'博物馆"。我并没有完备的计划，也不曾经过周密的考虑，但是我有一个坚定的信念：这是应当做的事情，建立"文革"博物馆，每个中国人都有责任。

我只说了一句话，其他的我等着别人来说。我相信那许多在"文革"中受尽血与火磨炼的人是不会沉默的。各人有各人的经验。但是没有人会把"牛棚"描绘成"天堂"，把惨无人道的残杀当作"无产阶级的大革命"。大家的想法即使不一定相同，我们却有一个共同的决心：绝不让我们国家再发生一次"文革"，因为第二次的灾难，就会使我们民族彻底毁灭。

我绝不是在这里危言耸听，二十年前的往事仍然清清楚楚地出现在我的眼前。那无数难熬难忘的日子，各种各样对同胞的伤天害理的侮辱和折磨，是非颠倒、黑白混淆、忠奸不分、真伪难辨的大混乱，还有那些搞不完的冤案，算不清的恩仇！难道我们应该把它们完全忘记，不让人再提它们，以便二十年后又发动一次"文革"，拿它当作新生事物来大闹中华？！有人说："再发生？不可能吧。"我想问一句："为什么不可能？"这几年我反复思考的就是这个问题，我希望找到一个明确的回答：可能，还是不可能？这样我晚上才不怕做怪梦。但是谁能向我保证二十年前发生过的事不可能再发生呢？我怎么能相信自己可以睡得安稳不会在梦中挥动双手滚下床来呢？

并不是我不愿意忘记，是血淋淋的魔影牢牢地揪住我不让我忘记。我完全给解除了武装，灾难怎样降临，悲剧怎样发生，我怎样扮演自己憎恨的角色，一步一步走向深渊，这一切就像是昨天的事，我不曾灭亡，却几乎被折磨成一个废物。多少发光的才华在我眼前毁灭，多少亲爱的生命在我身边死亡。"不会再有这样的事了，还是揩干眼泪向前看吧。"朋友们这样地安慰我、鼓励我。我将信将疑，心里想：等着瞧吧，一直等到宣传"清除精神污染"的时候。

那一阵子我刚刚住进医院。这是第二次住院，我患的是帕金森氏综合征，是神经科的病人。一年前摔断的左腿已经长好，只是短了三公分，早已脱离牵引架；我拄着手杖勉强可以走路了。读书看报很吃力，我习惯早晨听电台的新闻广播，晚上到会议室看电视台的新闻联播。从下午三点开始，熟人探病，常常带来古怪的小道消息。我入院不几天，空气就紧张起来，收音机每天报告某省市领导干部对"清污"问题发表意见；在荧光屏上，文艺家轮流向观众表示清除污染的决心。听说在部队里战士们交出和女同志一起拍摄的照片，不论是同亲属还是同朋友；又听说在首都机关传达室里准备了大堆牛皮筋，让长发女人扎好辫子才允许进去。我外表相当镇静，每晚回到病房却总要回忆一九六六年"文革"发动时的一些情况，我不能不感觉到大风暴已经逼近，大灾难又要到来。我并无畏惧，对自己几根老骨头也毫无留恋，但是我想不通：难道真的必须再搞一次"文革"把中华民族推向万劫不复的深渊？仍然没有人给我一个明确的回答。小道消息越来越多。我仿佛看见一把大扫帚在面前扫着，扫着。我也一天、两天、三天地数着，等着。多么漫长的日子！多么痛苦的等待！我注意到头上乌云越聚越密，四周鼓声愈来愈紧，只是我脑子清醒，我还能够把当时发生的每一件事同上次"文革"进展的过程相比较。我没有听到一片"万岁"声，人们不表态，也不缴械投降。一切继续在进行，雷声从远方传来，雨点开始落下，然而不到一个月，有人出来讲话，扫帚扫不掉"灰尘"，密云也不知给吹散到了何方，吹鼓手们也只好销声匿迹。我们这才免掉了一场灾难。

讲真话的书 （1986—1999）

　　一九八四年五月在日本东京召开的四十七届国际笔会邀请我出席，我的发言稿就是在病房里写成的。我安静地在医院中住满了第二个半年。探病的客人不断，小道消息未停，真真假假，我只有靠自己的脑子分析。在病房里我没有受到干扰，应当感谢那些牢牢记住"文革"的人，他们不再让别人用他们的血在中国的土地上培养"文革"的花朵。用人血培养的花看起来很鲜艳，却有毒；倘使花再次开放，哪怕只开出一朵，我也会给拖出病房，得不到治疗了。

　　经过半年的思考和分析，我完全明白：要产生第二次"文革"并不是没有土壤，没有气候，正相反，仿佛一切都已准备妥善，上面讲的"不到一个月"的时间要是拖长一点，譬如说再翻一番，或者再翻两番，那么局面就难收拾了，因为靠"文革"获利的大有人在。……

　　我用不着讲下去。朋友和读者寄来不少的信，报刊上发表了赞同的文章，他们讲得更深刻、更全面，而且更坚决。他们有更深切的感受，也有更惨痛的遭遇。"千万不能再让这段丑恶的历史重演，哪怕一星半点也不让！"他们出来说话了。

　　建立"文革"博物馆，这不是某一个人的事情，我们谁都有责任让子子孙孙、世世代代牢记十年惨痛的教训。"不让历史重演"，不应当只是一句空话。要使大家看得明明白白，记得清清楚楚，最好是建立一座"文革"博物馆，用具体的、实在的东西，用惊心动魄的真实情景，说明二十年前在中国这块土地上，究竟发生了什么事情！让大家看看它的全部过程，想想个人在十年间的所作所为，脱下面具，掏出良心，弄清自己的本来面目，偿还过去的大小欠债。没有私心才不怕受骗上当，敢说真话就不会轻信谎言。只有牢牢记住"文革"的人才能制止历史的重演，阻止"文革"的再来。

　　建立"文革"博物馆是一件非常必要的事，唯有不忘"过去"，才能做"未来"的主人。

六月十五日

二十年前
——随想录一四六

天热不能工作，我常常坐在藤椅上苦思。脑子不肯休息，我却奈何不得。

"文革"发动到现在整整二十年了。这是我后半生中一件大事，忘记不了，不能不让它在脑子里转来转去，因此这些天我满脑子都是二十年前的事情。前些时候我回忆了第二次住院初期的那一段生活，仿佛重温旧梦，又像有人在我面前敲警钟。旧梦也罢，警钟也罢，总有一点隔岸观火的感觉。又像刑场陪绑，浑身战栗，人人自危，只求活命，为了保全自己，不惜出卖别人，出卖一切美好的事物。那种日子！那种生活！那种人与人之间的关系！真是一片黑暗，就像在地狱里服刑。我奇怪当时我喝了什么样的迷魂汤，会举起双手，高呼打倒自己，甘心认罪，让人夺去做人的权利。

我不是在讲梦话，一九六六年我的确做过这样的事情，迷魂汤在我身上起过十年的作用。在一九八三年它还想再一次把我引入梦境，但是用惯了的魔法已经失去迷魂的力量，我说："我要睁大两只眼睛，看你怎样卷土重来。"结果过去的还不是终于过去！我才懂得维护自己权利的人不会被神仙、皇帝和救世主吞掉，因为世界上并没有神仙、皇帝和救世主。事情就是这样：十岁以前我相信鬼，我害怕鬼，听见人讲鬼故事就想到人死后要经过十座阎王殿，受拷问，受苦刑，我吓得不得了。不但自己害怕，

讲真话的书　(1986—1999)

别人还拿各种传说和各样图画来吓唬我。那些时候我整天战战兢兢，抬不起头，的确感到"没劲"。后来不知道怎样，我渐渐地看出那些拿鬼故事吓唬我的人自己并不信鬼，我的信仰便逐渐消失，终于完全消失，到十五岁的时候可以说，我完全不信鬼了。而且说也奇怪，从此连鬼影也看不见了。

今天回想起二十年前的旧事，我不能不发生一个疑问："要是那个时候我没有喝迷魂汤又怎么样？"我找到的回答是：倘使大家都未喝过迷魂汤，我们可以免掉一场空前的大灾难；倘使只有少数几个人"清醒"，我可能像叶以群、老舍、傅雷那样走向悲剧的死亡。在"文革"受害者中间我只提到三位亡友的名字，因为他们是在这次所谓"革命"中最先为他们所爱的社会交出生命的人。但是他们每一个都留下不少的作品，让子孙后代懂得怎样爱我们的国家和我们的人民。当时大家都像发了疯一样，看见一个熟人从高楼跳下，毫无同情，反而开会批斗，高呼口号，用恶毒的言辞攻击死者。再回顾我自己的言行。我出席了那次作家协会分会召开的批判大会。这年六月初，我因参加亚非作家紧急会议在北京等地待了两个月，七月底才由杭州回到上海，八月初在上海送走外宾，然后回机关参加"运动"。我在作协分会一向只是挂名，从不上班。这次的运动称为"大革命"，来势很猛，看形势我也知道自己"在劫难逃"，因为全国作家大半"靠边"，亚非客人在西湖活动三天，却不见一位当地作家出来接待，几位北京来的熟人在上海机场告别时，都暗示不知什么时候再见，连曹禺也是这样。我看见他们上了飞机，忽然感到十分孤独，我知道自己无路可走了，内心空虚得很。

解放后虽然学习不断，运动不停，然而参加"文革"这样的"运动"我一点经验也没有。回到机关我才知道给编在创作组里学习。机关的"运动"由上面指定的几人小组领导。创作组组长是一位工人作家，有一点名气，以前看见我还客客气气地打招呼，现在见面几次，非常冷淡，使我感觉到他要同我"划清界限"了，心里更紧张，可以说是自己已经解除了武装。我们开会的大厅里挂满了大字报，每一张都是杀气腾腾，绝大多数是针对叶以群、孔罗荪两人的，好像全是判决书。也有几张批判我的大字报，讲到一九六二年我在上海二次文代会上的发言，措辞很厉害，我不敢看下去。我走进大厅就仿佛进了阎王殿一样。

参加学习后，我每天都去机关开会，起初只是得到通知才去，后来要按时上班，再后便是全天学习，最后就是隔离审查，由人变"牛"。这是我回机关报到时万万想不到的。我七日到组学习，十日下午便在机关参加批判以群的大会，发言人没头没脑地大骂一通，说以群"自绝于人民"，听口气好像以群已经不在人世，可是上月底我还瞥见他坐在这个大厅里埋着头记笔记。总之不管他是死是活，主持大会的几个头头也不向群众作任何解释，反正大家都顺从地举手表示拥护，而且做得慷慨激昂。我坐在大厅里什么也不敢想，只是跟着人们举手，跟着人们连声高呼"打倒叶以群！"我注意的是不要让人们看出我的紧张，不要让人们想起以群是我的朋友。大会连小会开了将近三个半小时，会后出来，一个熟人小声对我说："不要把以群的消息讲出去。"我打了一个冷噤。她是专业作家，又是党员，最近一直待在上海，一定知道真实情况。

晚上我睡前在日记里写了这样一段话："一点半同萧珊雇三轮车去作协。两点在大厅开全体大会批判叶以群反党反社会主义罪行。四点后休息。分小组开会，对叶以群最后的叛党行为，一致表示极大愤慨。五点半散会。"我动着笔，不假思考，也毫不迟疑，更没有设身处地想一想亡友一家人的处境。我感到疲乏，只求平安过关。一个月后，一天上午我刚刚上班给造反派押着从机关回家，看他们"执行革命行动"。他们搜查了几个小时，带走了几口袋的东西，其中就有这几年的日记。日记在机关里放了将近十一年，不知道什么人在上面画了些红杠杠，但它们终于回到我手边来了。都是我亲笔写的字。为了找寻关于以群死亡的记录，我一页一页地翻着，越看越觉得不是滋味，也越是瞧不起自己。那些年我口口声声"改造自己"，究竟想把自己改造成为什么呢？我不用自己脑筋思考，只

讲真话的书 (1986—1999)

是跟着人举手放手,为了保全自己,哪管牺牲朋友?起先打倒别人,后来打倒自己。所以就在这个大厅里不到两个月后,我也跟着人高呼"打倒反党反社会主义分子巴金"了。想想可笑,其实可耻!甚至在我甘心彻底否定自己的时候,我也有两三次自问过:我们的文化传统到哪里去了?我们究竟有没有友情?我们究竟要不要真实?为什么人们不先弄清是非,然后出来表态?不用说,我不会得到答复。今天我也常问:为什么那些年冤假错案会那样多?同样也没有人给我回答。但是我脑子比较清醒了。

在"文革"期间冤死的我的朋友中,以群是第一个,据说他是在八月二日上午跳楼自杀的。可是一直到今天我还弄不清楚他被迫跳楼的详情。我主持了为他平反昭雪的追悼会,宣读了悼词,我只知道他是让人以"莫须有"的罪名逼死的,但是真实的具体情况,就是说应当由什么人负责,我仍然不很明白,也许我永远不会明白了,因为大家都习惯于"别人说了算",也从不要求知道真实。我知道以群的死是在他逝世后的一周,知道老舍的"玉碎"①却是在他自杀后的一段长时期,知道傅雷的绝笔则是在他辞世后的若干年了。通过十几年后的"傅雷家书墨迹展",我才看到中国知识分子的正直、善良的心灵,找到了真正的我们的文化传统。"士可杀,不可辱!"今天读傅雷的遗书我还感到一股显示出人的尊严的正气。我常用正直、善良的形容词称赞我的一些朋友,它们差不多成了我的口头禅,但是用在每一位亡友的身上,它们放射出一种独特的光芒。在"文革"中冤死的知识分子何止千万,他们树立了一个批判活命哲学的榜样。我记得在反右时期还写过文章批驳"不可辱论",我赞成打掉知识分子的架子和面子。我写这种文章其实也是为了活命。当时我就在想:人要是不顾全面子,那么在生死关头,什么事都干得出来。天保佑!我还没有遇到这样的机会,亡友们又接连不断地给我敲响了警钟。

以群死了,对罗荪的批判照常进行。机关的革命派动员我写揭发罗

---

① 玉碎:一九七九年日本作家开高健发表了小说《玉碎》。

荪的材料，创作组的头头也要我写揭发孔和别人的大字报。我不会编造，只能写一些鸡毛蒜皮的小事，革命派不满意，压力越来越大，攻击我的大字报渐渐地多了起来。作家中王西彦是最先给"抛"出来的。他自己后来说："我一觉醒来，才知道已经给市长点了名成了反革命。"吴强和魏金枝先后被赶出创作组，师陀接着也靠了边。我还在挣扎，有一天上午我去机关，创作组只到了柯灵、白危和我三个，有人告诉我们，别人都有事，要我们到资料室找个地方自学。以后我们三个人，就脱离了创作组在资料室二楼自学。说是自学，也无非写点交代检查罢了。形势越来越紧，我也看得出来对我的包围圈越来越缩小，但是我还在安慰自己：组织上对待我跟对待师陀他们还是有区别的。他们学习的地方在食堂，每天还得做点轻微的劳动。但是过了几天柯灵就给电影厂揪走了。只有白危和我还在资料室学习。到九月初有人（一位工人作家）来通知我，说我态度不老实，革命群众要对我采取行动，于是开始了第一次的抄家。这次抄家从上午抄到下午，连吃中饭的时间在内，大约有六七个小时（来抄家的革命派也在我们家吃饭，饭菜由里委会送来）。后来听人说这次抄家还是保护性的抄家，上面叫多带些封条来。原来还有所谓"毁灭性的抄家"，就是将你家里一切坛坛罐罐全部砸光，或者叫你扫地出门。我们机关害怕外面有人"趁火打劫"，或者搞"毁灭性抄家"，便先动手将我的书橱全部贴上封条，把重要的东西完全带走。临走时革命派还贴了一张揭发我的罪行的大字报在我家门廊的入口处，一位头头威胁地对我说："你再不老实交代，我们就把大字报贴到大门口，看你以后怎样过日子！"他的意思我很明白，在我的大门口贴上这样一张大字报，过路人都可以进来为所欲为了。我想这一天迟早总会到来的。我对自己不再存什么希望了。

然而我还是一天一天地拖下去。我好像已经落水，还想抓住一块希望的木板游到岸边。其实不需要多久我就同孔罗荪、王西彦、吴强、师陀、魏金枝在一起学习，在一起劳动，在一起批斗了，不但跟他们没有区别，而且我的问题越来越严重。有一个时期白天在机关，我一天几次给

讲真话的书 （1986—1999）

外地串联的学生叫出去当众自报"罪行"；晚上还要应付一批接一批的在附近的中学生，恳求他们不要撕掉书橱上贴的封条，拿走书或别的东西。有一个时期，我给揪到工厂、农村、学校去游斗，又有一个时期我被带到"五七"干校去劳动。我和无数的知识分子一样在"牛棚"里待了若干年，最后让"四人帮"的六个爪牙用他们的名义给我戴上无形的"反革命"帽子。这就是文件上所谓"打翻在地，踏上一脚，永世不得翻身"吧。要不是突然出现了奇迹，一夜之间以"旗手"为首的帮伙们全给抓起来，关进牢房，我就真会永远见不了天日了。

我不是写小说，也不是写回忆录，并不想在这里多写详情细节。那十年中间每个人都有写不完的惨痛的经历。说惨痛太寻常了，那真是有中国特色的酷刑：上刀山、下油锅以及种种非人类所能忍受的"触皮肉"和"触灵魂"的侮辱和折磨，因为受不了它们，多少人死去。想起另外两位在"文革"中逝世的好友陈同生和金仲华，我今天还感到痛心。我一九六六年开过亚非作家会议回到上海还和他们几次交谈，他们给过我安慰和鼓励。在同一个城市，他们的家离我住处很近，可是我不知道他们死亡的日期。金仲华孤寂地吊死在书房里，住在楼下的八旬老母只听见凳子倒下的响声。陈同生据说伏在煤气灶上死去，因此断定他"自尽身亡"。可是他在隔离审查期间怎么能去开煤气灶？而且他死前不久还写信告诉熟人说明自己绝不自杀。过了十八年，连这件事情也查不清楚，连这个问题也得不到解决，说是为死者平反昭雪，难道不就是让亡灵含恨九泉？！

万幸我总算熬过来了。我也曾想到死亡，我也曾感到日子难过，然而在人世间我留恋很多，许多人和事吸引了我的感情。我决定要尽可能地活下去，不能说是争取彻底改造自己，"脱胎换骨，重新做人"，过去我的说法有些夸张，我从小就不喜欢形式主义，我举手高呼"万万岁！"也不过是在保护自己。我们口口声声说是为"新社会"，可是这"新社会"越来越不被我们理解，越来越显得可怕，朋友们一个接一个比我先掉进黑暗的深渊，比我小十三岁的萧珊患癌症得不到及时治疗含着泪跟我分离。

整整过了二十年。我也害怕重提叫人心痛肠断的往事。但是二十年来一直没弄清楚的那些疑问，我总得为它们找到一两个解答。否则要是我在泉下遇见萧珊，我用什么话去安慰她？！

　　所以我一直在想，不断地想，我仿佛又给扔在油锅里用烈火煎熬。尽管痛苦难熬，但是在我身上不再有迷魂汤的作用了，虽然记忆力衰退，可我的脑子并不糊涂。我还记得二十年前回到机关参加"运动"，当时我还是全国人民代表大会代表，我们国家有一部一九五四年的《宪法》，我的公民的权利应当受到《宪法》的保障。这《宪法》是全体代表投票通过的，其中也有我的一票。投票通过《宪法》之前，全国人民多次讨论它，多次修改它；《宪法》公布之后，又普遍地宣传它。说是"根本大法"，可是到了它应当发生作用的时候，我们却又找不到它了，仿佛它根本就不存在，或者不中用，连几张大字报也比不上。二十年前我就是这样走进"牛棚"的，《宪法》已经失踪，人权早被践踏，我高举"红宝书"，朗诵"最高指示"由人变兽，任人宰割。那些年我受尽侮辱，受够折磨，但我还是不能不责备自己为什么不用脑子思考？！作为知识分子，我的知识表现在什么地方？"四人帮"称我为"反动学术权威"，我唯唯诺诺，早把"学术"抛在脑后了！

　　过去的事也只好让它过去，有人不想旧事重提，有人不能不旧事重提，我属于后者。因为记住过去的教训，我才不怕再次上当。只有承认每个公民的权利，才能理直气壮地保卫自己。没有人愿意在我们国家里再发生一次"文化大革命"，那么让大家都牢牢记住那十年中间出现的大小事情，最好的办法我看只有一个：创办"文革"博物馆。

六月十九日

怀念非英兄
——随想录一四七

一

三十年代头几年我去过福建三次、广东一次，写了一本《旅途随笔》和几篇小说，那些文章里保留着我青年时期的热情和友谊的回忆。那个时期我有朋友在泉州和新会两地办学校。他们的年纪和我相差不远，对当时许多社会现象感到不满，总觉得五四运动反封建没有彻底，封建流毒还在蚕食人们的头脑；他们看见帝国主义侵略者在我们国土上耀武扬威，仿佛一块大石压在背上使他们抬不起头来；"金钱万能"的社会风气又像一只魔手掐住他们的咽喉。他们不愿在污泥浊水中虚度一生，他们把希望寄托在青年一代的身上，想安排一个比较干净的环境，创造一种比较清新的空气，培养一些新的人，用爱集体的理想去教育学生。他们中有的办工读学校，有的办乡村师范，都想把学校办得像一个和睦的大家庭，关上学校门就仿佛生活在没有剥削的理想社会里。他们信任自己的梦想（他们经常做美丽的梦！），把四周的一切看得非常简单。他们甚至相信献身精神可以解决任何问题。我去看望他们，因为我像候鸟一样需要温暖的阳光。我用梦想装饰他们的工作，用幻想的眼光看新奇的南方景色，把幻梦和现实混淆在一起，我写了那些夸张的、赞美的文章，鼓励他们，也安慰我自己。

今天我不会再做那样的好梦了。但是我对他们的敬佩的感情几十年来并没有大的改变，即使他们有的已经离开世界，有的多年未寄信来，我仍然觉得他们近在我的身边；我还不曾忘记关于他们我讲过的话：

> 他们也许不是教育家，但他们并不像别的教师那样把自己放在学生的上面，做一个尊严的先生。他们生活在学生中间，像一个亲爱的哥哥分担学生的欢乐和愁苦，了解那些孩子，教导那些孩子，帮助那些孩子。
>
> 他们只知道一个责任，给社会"制造"出一些有用的好青年。

一九六二年初我去海南岛旅行，在广州过春节，意外地见到那位广东新会的朋友，交谈起来我才知道一些熟人的奇怪的遭遇和另一些熟人的悲剧的死亡。我第一次证实我称为"耶稣"的友人已经离开我们。回到上海我翻出三十年代的旧作。"我说我的心还在他们那里，我愿把我的心放在他们的脚下，给他们做柔软的脚垫，不要使他们的脚太费力。"我因为漂亮的空话感到苦恼，我不曾实践自己的诺言。为了减轻我的精神上的负担，我考虑写几篇回忆和怀念，也曾把这个想法对几位朋友讲过。可是时间不能由我自己支配，我得整天打开大门应付一切闯进来的杂事，没有办法写出自己想写的文章，于是空前的"大革命"来了。我被迫搁下了笔，给关进了"牛棚"，我也有了家破人亡的经验，我也尝够了人世的辛酸。只有自己受尽折磨，才能体会别人的不幸。十年的苦难，那一切空前的"非人生活"，并不曾夺去我的生命，它们更不能毁灭我怀念故友的感情。几年中间我写了不少怀旧的文章，都是在苦思苦想的时候落笔的。我只写成我打算写的文章的一部分，朋友们读到的更少。因此这三四年中常有人来信谈我的文章，他们希望我多写，多替一些人讲话，他们指的是那些默默无闻的亡友，其中就有在福建和广东办教育的人。我感谢他们提醒我还欠着那几笔应当偿还的债。只是我担心要把心里多年的积累全挖出

讲真话的书 (1986—1999)

来，我已经没有这样的精力了。那么我能够原封不动地带着块垒离开人世吗？不，我也不能。我又在拖与不拖之间徘徊了半年，甚至一年。于是我拿起了笔，我的眼前现出一张清瘦的脸，那就是叶非英兄，我并没有忘记他。恰好我这里还有一封朋友转来的信，是朋友的友人写给朋友的，有这样一段话：

> 顺便提一下：我有一个我十分敬重的老师和朋友叶非英先生（巴老在他的散文集《黑土》里称他为"耶稣"），冤死，已平反。在他蒙冤的时候，巴老写过一篇至少是表示和他"划清界线"的文章，我恳望，巴老如果要保留这篇文章，那就请加以修改。死者已无法为自己说话，而他，以我对他的认识，我相信他总是带着对巴老的深挚友谊逝去的。

我首先应当请求写信人的原谅，我引用这段话，并没有征求他的同意。说实话，要不要引用它，发表它，我考虑了很久，他这封不是写给我的信，在我这里已经放了一年，对他提出的问题我找不到解答，就没有理由退回原信。我一直在想我是不是写过文章说明我要跟"耶稣""划清界限"，我实在想不起来。我称非英为"耶稣"，自己倒还记得，那称呼是从我的第一本游记《海行杂记》里来的。《杂记》中有一节《耶稣和他的门徒》，我将同船的一位苦行者称为耶稣。认识非英后，我一方面十分敬佩他的苦行，另一方面对他的做法又有一点小意见；曾经开玩笑地说他是我们的"耶稣"。但那是一九三三年以后的事了。我究竟在哪一篇散文里用过这个称呼呢？我想起了《黑土》之前的《月夜》，一九三四年十二月在日本横滨写成的散文。当时在山上友人家小小庭园内散步的情景历历在目。我从"十年浩劫"中残留下来的旧作堆里找到几本不同的旧版散文集《点滴》，翻出《月夜》来查对，解放前的各版中都有这样的一段："但是要将碎片集在一起用金线系起来，要在这废墟上重建起九重的宝塔，怀着这样大的志愿的人是有的。我们的'耶稣'就是一个；还有×××。这两人将永为我一生最敬爱的朋友吧。"后面还有关于另一位朋友的三句话。但是在一九六一年五月南国出版社港版《点滴》中这一段话从"我们的耶稣"起却改为"朋友Y就是其中的一个。虽然他有着病弱的身体，但是他却在做着一个健康人的工作。他将永为我的敬爱的朋友吧。他的质朴、勇敢和坚定在我的胸膛里点起了长明灯"。这最后一句原来也有，但它是用来讲另一个朋友的，在这个修改本中另一个朋友的名字给删掉了，我就改用它来赞美叶非英，觉得更恰当些，因为我从日本回上海，听说另一个朋友已经做了官。这也说明我写文章、谈印象、发议论、下结论，常常有些夸张，轻易相信一时的见闻，感情冲动时自己控制不住手中的笔。一九七八年我在两卷本《选集》后记中说："我也曾把希望寄托在几位好心朋友的教育工作上，用幻想的眼光去看它们，或者用梦代替现实，我写过一些宣传赞美的文章，结果还是一场空。"这些话有点像检讨，其实是在替自己解释，但"还是一场空"，却是我的真实的感受。

　　上面说的这次修改是什么时候搞的，我已经记不起了，南国出版社印的是"租型本"，纸型一定是早改好的，那么可能是解放初期的改订本。我又翻看一九六一年十月出版的《文集》第十卷，《月夜》还给保留着，可是关于"朋友Y"的整整一段都没有了，代替它的是六个虚点，说明这里有删节。这删节和上一次的删改都是我自己动手做的，用意大概就是让读者忘记我在福建有过几个办教育事业的朋友，省得在每次运动中给自己添麻烦。我今天还感到内疚，因为删节并不止一次。我编印《文集》第十卷，还删去了《短简》中的那篇《家》，那是一九三六年写的一篇书信体散文，后来收在《短简》集里，一九三七年和一九四九年共印过两版，文章里也提到"被我们称为耶稣的人"，我接着说："他的病怎样了？他用工作征服了疾病，用信仰克服了困难。我从没有见过如此大量、如此勇敢的人。大家好好地爱惜他吧，比爱自己还多地爱这个人吧。我知道你们是能爱他的。"《短简》以后不曾重印，编入《文集》时我删去了这封公开

讲真话的书 (1986—1999)

信。这也就是所谓"划清界限"吧。我只说"感到内疚"，因为我当时删改文章确有"一场空"的感觉，我也为那些过分的赞美感到歉意。所以我重读旧作，并不脸红，我没有发违心之论。不像我写文章同胡风、同丁玲、同艾青、同雪峰"划清界限"，或者甚至登台宣读，点名批判，自己弄不清是非、真假，也不管有什么人证、物证，别人安排我发言，我就高声叫喊。说是相信别人，其实是保全自己。只有在"反胡风"和"反右"运动中，我写过这类不负责任的表态文章，说是"划清界限"，难道不就是"下井投石"！我今天仍然因为这几篇文章感到羞耻。我记得在每次运动中或上台发言，或连夜执笔，事后总是庆幸自己又过了一关，颇为得意，现在看来不过是自欺欺人。终于到了"文革"发动，我也成为"无产阶级专政死敌"，所有的箭头都对准我这个活靶子，除了我的家人，大家都跟我"划清界限"，一连十载，我得到了应得的惩罚，但是我能说我就还清了欠债吗？

二

近两三年我的记忆力衰退很快又很显著。《文集》第十卷中明明有《黑土》，《黑土》中明明有《南国的梦》，我拿着书翻了两天，只顾在《旅途随笔》中追寻《南国的梦》。只有写完本文的第一节，昨天我才发现在另一篇《南国的梦》里我的确写了不少叶非英兄的事情。说不少其实也不算多，因为我同非英就只见面几次。用《南国的梦》作题目，我写过两篇短文，第一篇是一九三三年春天在广州写的，那时我刚刚去过泉州，在他的学校里住了一个多星期，带走了较深的印象，我一直在思考，我的心始终无法平静，我又准备到广东朋友新办的乡村师范去参观，因此文章写得短，也没有讲什么事情。

第二篇是一九三九年春天在上海脱稿的，我从桂林经过温州坐船回到上海，不久在报刊上看到日本侵略军占领鼓浪屿的消息，想念南国的朋友和人民，在痛苦和激动的时候我写了像《南国的梦》那样的"回忆"文章，叙述了我三访泉州和几游鼓浪屿的往事。我手边没有当时在上海刊行的文学小丛书《黑土》，不过我记得它就只印过一次，一九五九年我编印《文集》第十卷时对这篇回忆也不曾做过大的改动，我只是在文章的最后加了一个脚注。我这样说：

> 这篇回忆是在我十分激动的时候写成的。我当时写的并不是真实的人，大部分是我自己的幻想。一九四七年我在上海再见到"耶稣"，我对他的看法已经改变了。我最近在一篇文章里说过这样的话："我也曾把希望寄托在几位朋友的教育工作上，用幻想的眼光去看它们，或者用梦想代替现实，用金线编织的花纹去装饰它们，结果还是一场空，我不仅骗了自己，也骗了别人。"用这几句话来解释以上的两篇回忆，也很恰当。

对！这就是那位写信人，那位我朋友的朋友所指的"划清界限"的文章吧。我当初加上这个"脚注"，只是为了回顾过去、解剖自己，也是为了保护自己。的确在当时表态就是检讨，就是认罪，就是坦白，"坦白"就可以得到从宽处理。我好像还不知道叶非英和曾在广东办学的陈洪有都给划成了右派，我的朋友中作为右派受到批判的人已经不少了。据说我在一九五七年"漏了网"，五八年几次受批判，特别是在第四季度所谓"拔白旗"运动中被姚文元一伙人揪住不放，在三个刊物里讨论了整整三个月。我内心相当紧张，看不清楚当前的形势，从鸣放突然"转化"为反右，仿佛给我当头一棒，打得我头昏眼花、浑身打战，五八年因为一篇批评法斯特的文章我主动地写过两次检查。为了庆祝建国十周年，人民文学出版社约我编辑《巴金选集》。责任编辑看了全稿，还希望我写一篇表态的前言后记。我不想写，却又不能不写。在《文艺报》上发表的《法斯特的悲剧》记忆犹新。我战战兢兢，仿佛大祸就要临头，一方面挖空心思用

讲真话的书 (1986—1999)

自责的文字保护自己，另一方面又小心翼翼不让自己的怨气在字里行间流露。后记写成，我把它寄给出版社，算是完成了任务。没有想到不久曹禺经过上海，到我家来，看了我这篇后记的底稿，认为它"并不是心平气和地写出来的"，说是我有委屈，他回到北京便对荃麟同志讲了。荃麟和曹禺一样，不赞成用这后记，他们都认为"不大妥当"。他后来征得我的同意，就让出版社取消了它，改用一篇出版说明。荃麟当时是中国作协的党组书记，我感谢他对我的关心，不过我也有我的想法，既然写出来了，表一表态也没有害处。

　　这些年运动一直不断，日子不会好过，我把抽出的后记保留下来，我想会用得着它，不久我便摘出一部分作为散文《我的幼年》的脚注塞进我的《文集》第十卷。《南国的梦》的脚注中引用的几句话也是从那篇后记中摘录下来的。这是一九五九年的事，十九年后人民文学出版社又约我编辑《选集》，那篇难忘的后记在我享受抄家的"政治待遇"后十一年又回到我的手边，我无意间翻出它，重读一遍，略加删改，就放在新的《选集》里面。我什么话也没有讲，我心里却想着一个朋友。在姚文元一伙人围攻我的时候，他安慰过我。可是在"文革"发动以前，一九六四年底他就因所谓"中间人物论"受到了严厉的批判，我在全国人代会上见过他一面，是那样瘦弱，那样严肃，我希望他早日渡过难关，却想不到问题越来越多，形势越来越坏，他居然给关进监牢，而且死在狱中。他为了说服我同意抽去后记，跟我谈了一个多小时。我在新版《选集》中又采用那篇后记不仅是为了解剖自己，也是在纪念这位敬爱的亡友。我不想保全自己，也用不着编造假话。形势改变，我不再整天战战栗栗地念着"臣罪当诛"，等待死亡，我又能用自己的脑筋思考了。

　　因此再一次请求那位朋友的朋友的原谅，将来如果有机会重印《南国的梦》，我还想保留一九五九年加上的脚注，我也许没有精力更深地挖自己的心，但是我觉得解剖自己还远远不够彻底。我说一九四七年再看见非英，对他的看法"已经改变"，并不是在他蒙冤的时候向他投掷石块，也没有人逼着我发表文章跟他"划清界限"。而且经过八年抗战我自己也有改变。但这些改变并未减少我对非英的敬爱。只是全国解放以后，一个接一个的运动，一次接一次的学习仿佛把我放进一个大炉子烘烤，一切胡思乱想都光了，只剩下一个皮包骨的自己。我紧张，我惶恐，我只有一个念头：要活下去。不过我并未想过不惜任何代价，我并不那样重视生命。然而我们中国人有一种长处：生命力很强。我居然经过十年东方式的残酷的折磨而活了下来。我也有了用苦行打动人心的经历，我走出了地狱回到人间。我又想起了我的朋友叶非英。他为什么不能活到现在？他在什么地方？

三

现在回到叶非英的事情上来。我第一次看见他，是在一九三○年秋天。当时我的朋友吴克刚在泉州黎明高中做校长，约我到那边去过暑假。学校利用了武庙的旧址，我住在楼上吴的寝室里，外面有一个小小的凉台，每天晚饭后我常常和三四位朋友在那里闲聊。吴校长起初同我在一起，他喜欢高谈阔论，可是不久他患病住进医院，就由朋友陈范予帮忙他照料学校。非英是范予的好友，我在武庙里先认识范予，过三天非英从广州来，我也认识了他。他是一个数学教员，喜欢同年轻学生交谈，对文学似乎并无特殊兴趣。这一年我同他接触的机会不多。他也不常到凉台上来。我看见他的时候，他总是穿蓝色西装上衣和翻领白衬衫，他给我的印象是服装干净、整齐。

过了将近两年，一个在泉州搞养蜂事业的朋友到上海来，遇见我，约我再去那里看看，我便同他去了。我们旅行非常简单，坐船到厦门，买一张统舱票，带一张帆布床睡在甲板上，然后搭长途汽车到泉州。这样来来往往，毫无麻烦，也用不着事先通知朋友。

到了泉州在养蜂朋友家里休息一会，吃过晚饭我就去找叶非英。我没有先去武庙，我的几个朋友都不在那里了。非英的学校在文庙，我上次在

讲真话的书 (1986—1999)

泉州不曾去过平民中学，当时非英也只是一个兼课教员，现在他做了这个学校的主持人。我看见他那微驼的背，他那凹进去的两边脸颊，他那一头乱发，还有他那一身肮脏的灰布学生服。他瘦多了，老多了！

学校办得有生气，这成绩是他的健康换来的。拿我的生活同他的相比较，我不能不佩服他。在他的房里搭一张帆布床，我同他住在一起，我们却少有时间交谈，白天他忙，晚上虽然蚊子多，他却睡得很好。他太疲劳，倒在床上就打呼噜。其实我不是来采访，不需要记录什么，我只是在旁边看他如何生活，如何工作。对他的所作所为，我只找到一个解释：都是为了学校和学生。有时我从别的朋友那里知道一些他的事情，但总是苦行一类，讲话人一方面称赞他，另一方面又带了点批评的口气，我们都担心过度的工作会弄坏他的身体。他患痔疮，又不认真治疗，听说他每次大便后总要躺一两个小时才能够工作。我提醒他注意身体，我劝他放下工作休息一两个月，他只是笑笑，说是时间不多了，说是学生们需要他。我不能做任何事情减轻他的工作负担。我又不愿意照他那种方式生活。这一次我在泉州住了十天光景。经过十天的接触，我们成了谈话毫无顾虑的朋友，但还不能说是互相了解。对他的苦行我表示充分的敬意。他希望我带点书给学校，我捐了两箱书给他们送去。为学校我就只做过这件小事。当时我有不少的朋友，又有许多杂事，常常办了这一件，就忘了那一件，人不在泉州，心上学校的影子就渐渐淡了。又过了一年，我第三次去泉州，是和西江乡村师范的陈洪有同去的。这次我也只停留了一个多星期，不过同非英谈话的时间多一些。学校又有了发展，但他的健康更差了。我劝他治病，先治好痔疮再说。他却认为工作更重要，应当多做工作。我并不完全同意他的主张，不过他那种"殉道者"的精神使我相当感动，因为我自己缺乏这精神，而且我常常责备自己是"说空话的人"。我总是这样想：从事文化建设的工作，要有水滴石穿数十年如一日的决心，单靠"拼搏"是不够的。

洪有陪我在广东乡村旅行了一个多月，然后我和中山大学教授朱洗夫妇同船回上海。经过厦门船停在海中，两个朋友从泉州赶来同我见面，我们坐划子到鼓浪屿登上日光岩，眺望美丽的海，畅谈南国的梦。分别的时候我还把未用完的旅费拿出来托他们转交给非英，请他一定治病。我说："这是一个关心他的朋友对他的一点敬意。"回到上海不久我得到他的信，他把钱用来帮助了一个贫苦的学生。第二年听说他带了二十几个学生到北方徒步旅行。

一九三五年我在日本东京又听说他第二次带学生到北方徒步旅行。这不是在摧残自己吗？后来我回国，他也从北方旅行回来经过上海，在闲谈中他流露出他感到疲乏、身体有点支持不住的意思。我劝他留在上海治病，他还是同学生们一起走了。我不能说服他，他总是表示要尽可能多做事情。他常说："时间不多。"我们的分歧似乎就是我多说空话，他多干实事。而且我越来越不赞成吃苦拼命的做法。我佩服他，但是我不想学习他，我因为自己讲空话感到苦恼，可是我缺少愚公移山的精神。

一九四七年他来上海，在我家里住过一两夜，我们谈得不少，可是还保留着一些分歧。他回泉州后给我来过一封信，记得信里有这样的话："我并没有大的希求，我一向是小事业主义者，我只想我们应设法努力多做点好事。"除了教书办学校，他还想办小刊物、印书……

四

全国解放后我忙着"改造思想"，跟多数朋友断了联系，仿佛听说非英、洪有都在广州教书，而且都参加了民主同盟，我一九五五年去印度开会，经广州去香港，也不曾打听他们的消息，我应该承认生活的经验使我懂得多一事不如少一事了。

一九六二年我和萧珊在广州过春节，洪有到宾馆来找我们，他讲起五十年代发生的事情，我才知道非英已经死亡。他死在劳役中，而且不曾摘掉右派帽子。

讲真话的书　(1986—1999)

怎么办呢？我叹了一口气，这个热爱教育事业、喜欢接近学生的数学教员没有家，没有孩子，关于他的不幸的遭遇，关于他最后的结论，没有人出来过问，也没有人讲得出具体的情况。洪有知道的就只有那么一点点。

一九六二年上半年，我四周一片阳光，到处听见"发扬民主，加强团结"的歌声，我心情舒畅地在上海二次文代会上作了《作家的勇气和责任心》的发言。当时我扬扬得意，以为自己讲出了心里话。没有想到过了不多久上面又大抓阶级斗争，从此我背上一个沉重的精神包袱，一直到"文革"。我和洪有在广州见面正是在充满希望的最好时候，可是我们没有想到为亡友做一件事情，当时也不可能为没有摘帽的右派分子做任何事情，以后大抓阶级斗争，大树个人迷信，终于在我们国家开始了有中国特色的黑暗时代，我看见了用中国人民的鲜血绘成的无比残酷的地狱。

五

辩证法并没有欺骗我们，黑暗到了尽头，光明就在前面。"四人帮"爬到权力的峰顶，便滚了下来。他们把别人关进监牢，最后他们也让别人关进牢去。我们历史上最大的冤案由于可怕的"十年浩劫"终于见到了天日。

错划了的右派分子也得到改正了。什么漏网右派，什么摘帽右派，什么帽子让别人拿在手里的右派，什么戴着帽子进棺材的死硬右派，等等，等等。右派分类学有了这样创造性的大发展之后，大家不得不承认一个新的事实：那么多、那么多的人给错划成了右派。于是不得不一件冤案一件冤案地平反昭雪。

关于反右、划右、平反、改正的长过程我也知道一些，但是我不想在这里多讲了。为了保护自己我也曾努力扮演反右战士的角色，我不敢站出来替那些受害者讲一句公道话。帽子是别人给受害者戴上的，污水是别人泼到受害者身上的，"解铃还是系铃人"。这是历史的报复，也是历史的惩罚，即使在孤寂地死去的叶非英的身上也不会有例外。

一九八六年

　　我在病中接到广东朋友陈洪有兄的来信，谈起叶非英的事情，他说："我是五〇年一月回广州的，非英兄继续办新民中学，我也在学校同住了半年。五〇年间非英和我一同参加民盟，不久非英兄被选为广州市越秀区人民代表，我也参加南方大学和土改离开新民中学。五三年新民中学改为十四中学，非英兄成为十四中学教师。我在土改结束后转到十三中学，直到反右斗争时，一个干部问我：'叶非英在反右斗争中表现怎样？'我说：'叶非英很沉着，少讲话。'那干部说：'少讲话，也还是右派。'后来我才听说各单位划右派有一定的指标，凡在指标内的人，不管你多讲话少发言，都不能逃脱右派的帽子。一九五八年我们都去农场劳动，每逢例假回广州，我没有一次见到非英兄，听说他划为极右，在石井劳教场劳动，例假也不能出来。后来听说非英兄不幸死在石井劳教场。有一天我遇见一个与非英兄同在劳教场劳动的熟人，据说：非英兄劳动认真，有人劝他说：'粮食不够，吃不饱，身体虚弱，你还这样卖力气去劳动，不怕送老命么？'叶说：'死了，就算了！'六〇年至六一年困难时期粮食欠缺，特别是下去劳动的人经常吃不饱，不得不煮地瓜藤吃。那是喂猪的饲料，饿得发慌的人不得不以猪食充饥，我也吃过无数次，幸而我的身体底子好，没有发病。非英体弱，有一次吃薯藤，发病泻肚，没有及时医治，就这样地在五十几岁离开人世了！"洪有的信中还讲到给非英平反的经过。人死了，是非却并未消亡，他没有家，没有子女，过去的学生和朋友却不曾忘记他。泉州友人写信给广州市教育局要求落实政策，没有消息。广东朋友找民盟广州市委出面交涉，"要求教育局为叶非英平反"。洪有信中还说："教育局说市公安局定叶非英为反革命。我追问：'罪名是什么？'回答是：'无政府主义反革命分子。'我对盟组织说：'据我所知，肃反条例并没有这一条。'盟组织也说'没有'。我要求盟组织据理力争，一九八三年五月三十日教育局复函给广州市民盟说：'关于原广州市第十四中学叶非英同志的问题最近经我局党委复查，广州市公安局批准，撤销广州市公安局一九五八年七月十九日对叶非英同志以历史反革命论处送劳动教养的决定。广州市十四中学已将复查结果通知叶的亲属。'……"

还有一个五十年代初期在广州工作的福建朋友也来信讲起非英当时在广州的情况,信中说:"由于他的教龄长,工资也较高,然而他无论住的、吃的、穿的,还是和过去一样简朴。他和学校的单身教师住在一起,他睡一张单人小床,盖的垫的都是旧棉被和旧棉絮。他自己说,这已经比过去好多了。他在学校里主要担任数学课,据说在附近几所中学里他的教学成绩是比较优异的。有个星期天我们去看他,在学校门口遇见,他正要去学生家里给学生辅导几何课。……这以后我们才知道,节假日不只是学生找他补习,更多是他走访学生家庭,给学生辅导功课。他无所谓休息,走出教室就算休息了。"

叶非英同志的问题已经到了盖棺论定的时候了。他活着,没有人称他同志;他含冤死去,没有人替他讲一句公道话。他宣传过无政府主义,翻印过我年轻时候写的小册子,我翻译的克鲁泡特金的几部著作可能对他有大的影响,因此我几次执笔想为他雪冤总感到踌躇,我害怕引火烧身。这一则"随想"写了好几个月还不成篇。病中无眠,经常看见那张瘦脸,我不能不又想到他的无私的苦行。他的一生是只有付出,没有收入的一生,将心比心,我感到十分惭愧。我没有资格批评他。他不是一个讲空话的人,甚至在三年灾害时期,条件差、吃不饱的时候,他还卖力气劳动,终于把生命献给他的祖国和他的人民。

"死了,就算了!"他没有说过一句漂亮的话。关于他的死我又能说什么呢?我翻读洪有的旧信,始终忘不了这样一句:"在那时候,在那样的环境里死一个人不如一条畜生。"我想说:"我比非英幸运,我进了'牛棚',却不曾像畜生那样地死去。"我还想说:"一个中国人什么时候都要想到自己是一个人,人!"

七月三日

三说端端
——随想录一四八

一九八二年一月我写过一篇短文谈我的外孙女端端。一九八五年五月我又写了《再说端端》。我写端端，也讲了我对儿童教育的想法。第一篇文章发表后好像有两份报刊先后转载，我并没有注意，可是有些熟人在晚报上看到端端写"检查"，说什么"我深深体会到说谎是不好的事情"，觉得有趣，以后遇见端端就要问她读过我的文章没有。端端不喜欢看书，也没有时间看书，我的《随想录》她一本也没有翻过。不过她懂得写检查不是什么光彩的事情，听见人提起我那篇文章就脸红，偶尔还对我说："下次把我写得好一点吧。"她并不知道我还写了第二篇。这一篇在《大公报》发表后，我那位在晚报当编辑的朋友又来信通知我晚报还想转载关于端端的第二篇随想，征求我的同意。晚报发表我的文章，我当然愿意，可是考虑了半天，我还是回信说：文章在晚报刊出，读者很多，会使端端感到大的压力，她不愿意我谈她的缺点，那么就请晚报不要转载吧。

文章不见报，压力似乎小一点，但是问题并没有解决，也不会解决。一年多的时间又过去了，端端现在小学毕业了。小学之后当然就是初中。今年孩子运气好，减少一次考试，小学毕业由区里考试，就根据这次的成绩作为升学初中的标准。孩子的父母希望孩子升入重点中学，端端本人倒无所谓，不过考得好，她当然高兴。为了准备考试，端端不能说是不努力。她常常五点半钟就起床做作业复习功课，晚上也总是忙到八九点钟。

讲真话的书 *(1986—1999)*

家里的人都说她动作太慢,可能是这样,但是我冷眼旁观,觉得像这样过日子实在"没劲"。像端端这样年纪,一星期总得有几个小时跳跳蹦蹦,和两三小朋友一起谈笑,才算是有了自己的童年。现在好像只是背着分数的沉重包袱在登山。不幸的是孩子放弃休息,放弃娱乐,辛辛苦苦,过了一年多,却仍然不曾取得高的分数,看来升入重点中学是没有指望了。考试成绩公布后孩子回家哭了一场,挨了妈妈一顿骂。正是吃中饭的时候,大家都有些扫兴,做母亲的照常放连珠炮,批评孩子不肯动脑筋,不爱看书,做功课做得慢,我们一家人似乎都同意我女儿的看法,只有我一个人有不同的意见。我想,进不了重点学校,做一个普通人也好,不论在中国或者其他大小国家,总是普通人占多数,而且正因为有很多很多的普通人,"重点"人才可以在上面发号施令。要想把工作做好,就得先把多数的普通人教育好,因为干实事的是他们。

孩子既然进不了重点学校,那么规规矩矩地做一个普通人有什么不好?不过孩子的父母和其他长辈也有一些难处,因为:一、据说有些非重点学校校风不好,担心孩子染上不良习惯。("文革"以来这样的事的确常见,我也不能闭上眼睛矢口否认。倘使没有人来大抓一下,不良的校风也难改好。但是拿目前的条件来说,似乎连小抓都有困难。大家都明白要办好学校必须有一批好的老师。平日不培养,到了需要时哪里去找?)二、孩子进非重点学校念书,让做父母的感到丢脸,虽然没有人逼着写"教子无方"的检查,但想到自己在教育孩子身上不曾花费多少功夫总觉得惭愧。三、重点学校很合喜欢把人分为等级的社会的口味,分好等级把注意力集中在高等人身上,只要办好少数重点学校就行了,不必去管非重点人的死活。他们可能是这样错误地理解办教育者的苦心,所以看见孩子的考分低进不了重点学校,就以为前途一片黑暗,万事"大吉"了。

只有我一个人不像他们那样悲观,虽然在家里我完全孤立,但是我相信社会主义的教育事业并不在于办重点学校,正如它的教学方法也绝不是灌输和死记。你尽量地塞进来,我只好全吞下去,不管能不能消化;你照本本宣讲，我只好拼命强记，你不教我用自己的脑子思考，因为我"脑子迟钝"就拿那么多的作业和功课来惩罚我，不让我有试一下开动自己脑筋的念头和时间，我也只好叹一口气，丢开一切的希望，靠一碗大锅饭混过这一生了。

这是我在设身处地替端端想，她本人可能另有想法。我这样关心她，因为我想到自己的童年，她那些缺点我都有，我也是一个"头脑迟钝""窍开得慢"的孩子。倘使我晚生七十年，今天我也得在非重点的中学里受填鸭式的教育吧。幸运的是我做孩子的时候并没有那么多的作业，那么多的功课，我还有时间开动自己脑筋胡思乱想。不要轻视胡思乱想，思想有它自己的路，而且总是顺着思路缓缓前进，只有多用自己脑子思考的人才有真正的是非，才有认真的探索和追求。为了这个，就需要用"开导""启发"的方法教会孩子们经常开动脑筋独立思考，顺着思路自己解决问题，逐渐做到举一反三、一通百通。自学成才的人不就是靠自己开动脑筋？

大家都知道教育（首先是儿童教育）的重要。可是却没有人站出来说："教育，甚至儿童教育也绝不是：我替你思考，你只消吞下去、牢记住！"因为有这种想法的人确实很多。我年轻时候也是这样主张：要是大家都听一个人的话、照一个人的意见办事，那么一切都简单化了；全国人民只有一个思想、一个主张，做起事来岂不是十分方便？其实这种想法并不聪明，全国人民要是只靠一个人动脑筋，一定想不出好主意。

俗话说："三个臭皮匠抵得上一个诸葛亮。"人民都懂得需要大家开动脑筋，为什么还要把学校办成培养"填鸭"的场所？

讲过的话用不着再讲了。但历史对人是不会宽容的，轻视教育的人会受到惩罚。普及教育绝不是单单制造大批只知唯唯诺诺、举手、盖章的人，即使再好的老师，也得重视学生的脑子。学生要肯动脑筋、会动脑筋，才有希望做到青出于蓝，否则单靠灌输和强记，那么教出来的学生就会一代不如一代了，这是很明显的事情。

但是老师也有老师的苦衷。人们的注意常常集中在考分上，集中在升

讲真话的书 (1986—1999)

学率上；人们都喜欢听话的孩子。跳跳蹦蹦的孩子，爱动脑筋的孩子不一定听话。要培养什么样的学生？老师们也得看上级、看家长、看社会，老师们也常常感到压力。我想老师们也不一定愿意多给学生布置作业，作业多了，老师看起卷子来也很吃力。不过谁都愿意教出更多的好学生，总想好好地干啊。那么怎么干呢？靠填鸭的方式总是不行的。老师也得开动脑筋啊！

所以人们常常谈起"尊重老师"的风气。这的确重要，办成好的学校，培养好的学生，都要靠好的老师。不尊重老师，就办不好学校。我年轻时候读过意大利作家亚米契斯的小说《心》，最初是包天笑的改编本《馨儿就学记》，然后是夏丏尊的全译本《爱的教育》。小说写的是一个意大利市立小学三年级学生一年中的见闻。原书是很有名的儿童读物。夏译本的读者很多，影响很大。小说描写当时社会中人与人之间的关系，有不少美化的成分。可是书中叙述师生间的感情和同学间的感情非常动人。我以为办儿童教育，首先就应当在学校中培养尊师爱生、同学互助的感情。在一般情况下，学生总是尊敬老师的。但是在"文革"时期我却见到了完全不同、而且非常普遍的景象：学生们把老师当作仇敌。在那些日子里学生殴打老师、批斗老师、侮辱老师，让许多善良的知识分子惨死在红卫兵的拳打脚踢之下。我还记得那些十四五岁的男女学生强占房子、设司令部、抄家打人抢东西的情景，我也没有忘记一个初中学生拿着铜头皮带在作协分会后院里打我追我的情景，都是在二十年前发生的事情！我们还会再有这样的学生吗？我们还会再有这样的孩子吗？

关于端端，我不想再写什么了。倘使三年后我还能执笔，我倒想写写她升学高中的事。这次动笔写《三说》的时候，我绝未想到那些打死人不眨眼的小小红司令，可是疑问自己出现了：填鸭式的教育怎么会产生那些昙花一现的小小红司令呢？

这是值得大家深思的问题。

七月二十三日

老 化
——随想录一四九

去年底我给一位香港朋友写信，信里有这样两段话：

  你们送了一份画报给我，上面有些文章我拜读了，有不同的看法，想写出自己的意见，可是笔不听我的手指挥，手又不听我的脑筋指挥，始终写不成一篇文章。现在还是靠药物控制我的病，希望我能静养一个时期，然后仔细思考，从容执笔，比较清楚地讲出我的意见。有许多问题的确值得我们认真地想一想，譬如谈到"五四"，有一位作者认为"五四"的"害处"是"全面打倒历史传统、彻底否定中国文化"。[①]我的看法正相反，"五四"的缺点恰恰是既未"全面打倒"，又不"彻底否定"（我们行的是"中庸之道"，好些人后来做了官，忘了革命。当时胡适吹捧的"只手打孔家店的老英雄"吴虞就是一个喜欢玩女人、闹小旦、写艳体诗的文人），所以封建文化的残余现在到处皆是。这些残余正是今天阻碍我们前进的绊脚石。"'文革'之所以做出这许多令人震惊的事情"（那位作者这样说），正是从封建社会学来的，作为"十年浩劫"的受害者，我有深的体会。

---

① 见《良友》一九八五年十一月号。

讲真话的书 (1986—1999)

> 我们的确有历史悠久的灿烂的文化。我们的祖先确实做过不少了不起的大事。但是今天的中国人绝不能靠祖宗的遗产过日子。中国文学要如那位作者所说"在世界文学中……独树一帜",还得靠我们作家的努力,挂起几代祖传的老店招牌有什么用?

半年过去了,我的健康情况不见好转,仍然无法写较长的争鸣文章。那么我就谈点感想吧。本来嘛,我并不想说服别人,我只想弄清一些是非,或者只是回顾自己八十年的道路,让人知道我是怎样走过来的,因为每当我回过头去,脚印十分清楚,脚迹里还有火星,即使在黑夜里,星星的火也照亮那一条漫长的路,到了叶落归根的时候,我的一切都会覆盖在根上,化作泥土。我生下来是中国人,将来我死去仍然是中国人,我写作就因为我是中国人,从没有离开过我的"根",要是没有根,我就没有自己的思想,我写文章给谁看?谁理解我的感情?我说我是"五四"的儿子,我是"五四"的年轻英雄们所唤醒、所教育的一代人。谁也不能否认我是在祖国的土地上成长的。"五四"使我睁开了眼睛,使我有条件接受新思想、新文化,使我有勇气一步一步离开我的老家,离开那个我称为"专制的黑暗王国"的大家庭。到今天我仍然相信要是不离开那个老家,我早已憔悴地死去。我能够活下去,能够走出一条路,正因为我"抛弃"了中国文化,"抛弃"了历史传统。那篇文章的作者说有人"对于五四运动打倒中国文化、摧毁和抛弃中国文化,民族文化的'根'从此被切断,认为是对中华民族有害无益的事情"。我在这里只用了"抛弃"二字,我觉得已经够大胆了。

我们那一代人当时的理想也只是不在长辈的压迫跟前低头,再高一点也就是做自己命运的主人,顶高也不过是希望一觉醒来就见到自由、平等的新社会。我和年纪差不多的同学或同志们在一起畅谈未来,畅谈革命时,大家的思想更活跃些。可是似乎没有人想到"打倒或摧毁中国文化",更没有人动手"切断民族文化的根"。当时我们到处寻找的、我们追切需要的是救国救民的道路。半封建、半殖民地的中国人民起来争取生存，争取独立，争取自由，争取民主，争取进步，首先要反对帝国主义，反对封建主义，反对军阀割据。我生活在封建大家庭，我在私塾念书，"四书""五经"背得烂熟，每年农历七月"至圣先师"孔子的生日我们还要磕头行礼。可是我受不了四周那种腐朽的霉臭。我憎恨那一切落后的事物，三纲五常、"三寸金莲"、男尊女卑、包办婚姻、家长专制、年轻人看长辈的脸色过日子……在我的眼里祖父是一个专制暴君。在我们的家里一些人荒淫无耻，另一些人痛苦呻吟。我还记得我大哥含着泪向我诉苦，我发誓绝不走他那样的路。他盼望我"读书做官，扬名显亲"，我却卖文为生，靠读者养活。我说过我控诉腐败的封建社会制度，可是今天连封建文化的垃圾也还不曾给人打扫干净。我说过生活的激流永远奔腾，我要摧毁封建家庭的堡垒。我后来发表了"激流三部曲"。而事实上我的祖父是被我五叔气死的，我五叔不等他父亲死去就设法花掉那些他认为自己有权分到的财产。我不但来不及对这个专制王国进行任何打击，我甚至跪倒在祖父遗体面前，所以有人说这是小说《家》中的"败笔"。请原谅，那时我不过是十五岁的孩子。纵然大言不惭，我也不敢说我那一代人一开始就有"打倒"和"摧毁"中国文化传统的雄心壮志。至于我个人的经历呢，我也只是撕毁过半本带插图的《烈女传》，我当时说它是充满血腥味的可怕的书。但要是平心静气地多想一想，我也不能说今天就没有人把《烈女传》看作女人的榜样。明明还有人把女人当作私产，谈恋爱不成功，就刀砍斧劈。连许多封建的糟粕都给保留了下来，居然还有人吵吵嚷嚷到处寻找失去的文化。有人认为五四运动"全面打倒历史传统、彻底否定中国文化"，使"我们数千年来屹立于世的主要支柱"从此失去，"整个民族……似乎再无立足之处。日常行事做人，也似乎丧失了准则"。

　　什么准则？难道我们还要学历代统治者的榜样遵行"君君臣臣父父子子……"的伦常之道，过着几千年称王称霸的没有民主的日子？

　　什么准则？难道我们还应该搞男女授受不亲，宣传三纲五常，裹小脚,讨小老婆,多子多孙,光宗耀祖?

我不理解这种说法。我们的民族绝不是因为"五四"而"再无立脚之处"。恰恰相反,因为通过"五四"接受了新思潮、新文化,中国人民才终于站了起来,建立了统一的社会主义的国家。没有"五四",哪里有我们今天的一切?不论如何清高,真正的功过、是非总得弄个明白!?即使我毫无贡献,提到"五四"我总是充满感激之情。

我还记得当初如饥似渴地抢读新文化书刊和同代的青年一起跟着五四运动的两面大旗前进,那样的兴奋,那样的热情,那样的充满信心!提倡"科学",要求"民主",几代的青年为国家的独立和人民的自由献出了自己的热血。固然关于"科学"我们在某些方面取得的成绩不够理想,而在有些地区愚昧无知和封建迷信的现象甚至相当普遍;至于"民主",我们的祖先并没有留下什么遗产,尽管我们叫嚷了几十年,我抓住童年的回忆寻根,顺藤摸去,也只摸到那些"下跪、挨打、叩头谢恩"的场面,此外就是说不完的空话。我们找不到民主的传统,因为我们就不曾有过这个传统。"五四"的愿望到今天并不曾完全实现,"五四"的目标到今天也没有完全达到。但这绝不是"五四"的错。想不到今天我们中间还有人死死抱住那根腐朽的封建支柱,把几千年的垃圾当作基石,在上面建造楼台、宝塔。他们四处寻根,还想用我们祖先传下来的准则"行事、做人"。我们究竟怎样总结"五四"的教训呢?为什么做不到"完全"?为什么做不到"彻底"?为什么丢不开过去的传统奋勇前进?为什么不大量种树摘取"科学"和"民主"的果实?我想来想去,始终无法避开这样一个现实:老化。

我有很深的体会:老,并不值得骄傲,倒值得我们警惕。拿我个人来说,我有不少的雄心壮志,可是我没有够多的精力。我老了,摆老资格也没有用,我必须向年轻人学习,或者让位给年轻人。这是自然的规律。

那么古老的民族就不需要新的血液吗?

七月二十九日

《无题集》后记

　　《随想录》第五集三十篇写成，我给这个集子起了一个名字：《无题》。三十篇"随想"篇篇有题目，收在一起我却称它们"无题"。其实我只是借用这个名字说明：绝非照题作文。我常常写好文章才加上题目，它们不过是文章的注解，所以最初三十篇《随想录》发表时，并没有小标题。那还是一九七八年底的事，已经过了八年了，当初预定五年写成的书，到今天才勉强完成，更没有想到一九八二年起我又患了病。有人不相信我有病，他们认为我的生命力很强，经受十年的折磨后还可以精力充沛地做许多事。的确还有许多事留给我做，可是一旦生病，我就什么都完了。

　　我真的生了病，而且不止一种病，一九八二年是我生病最多、最痛苦的一年，接着一九八三年又是我治病、养病的一年。这些情况在前一个集子（《病中集》）里我已经讲过了。当时的困难比我在书中写的多，但想到"文革"十年的遭遇，我却又乐观起来。（只要"文革"不再来，我什么都不怕！）朋友们劝我少写或者不写，这是他们对我的关心。的确我写字十分吃力，连一管圆珠笔也几乎移动（的确是移动）不了，但思想不肯停一直等着笔动。我坐在书桌前干着急，慢慢将笔往前后移，有时纸上不出现字迹，便用力重写，这样终于写出一张一张的稿子，有时一天还写不上两百字，就感觉快到了心力衰竭的地步。

　　我写以上这些话无非说明我的"随想"真是一字一字地拼凑起来的。

讲真话的书 (1986—1999)

我不是为了病中消遣才写出它们；我发表它们也并不是在装饰自己。我写因为我有话要说，我发表因为我欠债要还。"十年浩劫"教会一些人习惯于沉默，但十年的血债又压得平时沉默的人发出连声的呼喊。我有一肚皮的话，也有一肚皮的火，还有在油锅里反复煎了十年的一身骨头。火不熄灭，话被烧成灰，在心头越积越多，我不把它们倾吐出来、清除干净，就无法不做噩梦，就不能平静地度过我晚年的最后日子，甚至可以说我永远闭不了眼睛。我在"随想"中常常提到欠债，因为我把这五本《随想录》当作我这一生的收支总账，翻看它们，我不会忘记我应当偿还的大小债务。能够主动还债，总比让别人上法庭控告、逼着还债好。

账是赖不掉的。但是这些年我们社会上有一种"话说过就忘记"的风气。不仅是说话，写文章、做事也都一样，一概不上账、不认账。今天发表文章骂你是"反革命"，过一年半载同你见面又握手言欢，好像什么话也不曾说。所以有些朋友听我说起偿还欠债，反而觉得这是多此一举。他们说又不是你犯了大错，应该算清总账的时候，何必管那些事情？有人看见我常常纠缠在一些功过是非上，为过去一些表态文章责备自己，就劝我不要太认真，他们说你看报刊评论员经常写文章叫人说真话，讲东论西，谈天说地，仿佛一贯正确，从未记账认账，好像我讲出来就是真话，你只要唯唯诺诺，万事大吉。这样说过就算，岂不十分干脆？我的回答是：过去即使我习惯于跟着别人走，但做一个作家既不是高人一等，也不能一辈子人云亦云，我总得讲几句自己的话，何况我就只有这么一点点时间，就只有这么一点点篇幅。大家高谈阔论有什么用，倘使不把自己的心掏出来？我劝过朋友，要把心交给读者，我责问自己：究竟讲过多少真话？！我应当爱惜手边的稿纸和圆珠笔，我已经没有什么可以浪费的了。读者也不想多听老人的唠叨，我必须用最后的言行证明我不是一个盗名欺世的骗子。

我们这一代人的毛病就是空话说得太多。写作六十几年，我应当向宽容的读者请罪。我怀着感激的心向你们告别，同时献上我这五本小书，我称它们为"真话的书"。我这一生不知说过多少假话，但是我希望在这里

一九八六年

你们会看到我的真诚的心。这是最后的一次了。为着你们我愿意再到油锅里受一次煎熬。是真是假,我等待你们的判断。同这五本小书一起,我把我的爱和祝福献给你们。

七月二十九日

怀念胡风
——随想录一五〇

一

最近我在《文学报》上看到一篇关于"胡风丢钱、巴金资助"的短文，这是根据胡风同志过去写的回忆材料写成的。几年前梅志同志给我看那篇材料时，我在材料上加了一条说明事实的注。胡风逝世已经半年，可是我的脑子里还保留着那个生龙活虎的文艺战士的形象。关于胡风，我一直想写点什么，已经有好几年了，好像有什么东西堵住我的胸口，不吐出来，总感觉到透不过气。但拿起笔我又不知道话从哪里说起。于是我想到了五十年前发生的那件事情，那么就从那里开头，先给我那条简短的注作一点补充吧。

那天我们都在万国公墓参加鲁迅先生的葬礼，墓穴周围有一个人圈，我立在胡风的对面，他的举动我看得很清楚。在葬礼进行的中间，我看见有人向胡风要钱，他掏出来一包钞票，然后又放回衣袋里去。他四周都是人，我有点替他担心，但又无法走过去提醒他。后来仪式完毕，覆盖着"民族魂"旗帜的灵柩在墓穴中消失，群众像潮水似的散去。我再看见胡风，他着急地在阴暗中寻找什么东西，他那包钞票果然给人扒去了。他并没有向我提借钱的话。我知道情况以后就对当时也在场的吴朗西说："胡风替公家办事丢了钱，大家应当支持他。"吴朗西同意，第二天就把钱给他送去了，算是文化生活出版社预支的稿费。

我说"公家"，因为当时我们都为鲁迅先生丧礼工作，胡风是由蔡元培、宋庆龄等十三人组成的治丧委员会的一个成员，我和靳以、黄源、萧军、黎烈文都是"治丧办事处"的人，像这样的"临时办事人员"大约有二十八九个，不过分工不同。我同靳以、黄源、萧军几个人十月十九日跟着鲁迅先生遗体到胶州路万国殡仪馆，一直到二十二日下午先生灵柩给送到万国公墓下葬，一连三天都在殡仪馆料理各样事情，早去晚归、见事就做。胡风是治丧委员会的代表，因此他是我们的领导，治丧委员会有什么决定和安排，也都由他传达。不过那个时候我们并不十分听领导的话，我们都是为了向鲁迅先生表示敬意主动地到这里来工作的，并无什么组织关系。我们各有各的想法，对有些安排多少有点意见，可是我们又见不到治丧会的其他成员，只好向胡风发些牢骚。我们也了解胡风的处境，他一方面要贯彻治丧会的决定，一方面又要说服我们这些"临时办事人员"。其实我们这些人也没有多少意见，好像关于下面两件事我们讲过话：一是治丧费，二是送葬行列的秩序。详细内容我已经记不起了，因为后来我们弄清楚了就没有话讲了。不过第二件事，我还有一点印象：当时柩车经过的路线在"公共租界"区域内，两边有骑马的印度巡捕和徒步的巡捕，全都挂着枪。柩车到了虹桥路，巡逻的便是穿黑制服打白裹腿的中国警察，他们的步枪也全装上了刺刀，形势有些紧张，我们怕有人捣乱，引起纠纷，主张在呼口号散发传单方面要多加注意，胡风并不反对这个意见。我记得二十二日柩车出发前，他在廊上同什么人讲话，我走过他跟前，他还对我说要注意维持秩序，不要让人乱发传单。这句话被胡子婴听见了，可能她当时在场，后来在总结会上她向胡风提了意见，说是不相信群众。总结会是治丧会在八仙桥青年会里召开的，人到得不少，也轮不到我讲话，胡风也没有替自己辩护，反正先生的葬仪已经庄严地、平平安安地结束了。通过这一次的"共事"，他给我留下这样一个印象：任劳任怨、顾大局。

这是一九三六年的事。我认识胡风大约在这一年或者前一年底，有

讲真话的书 （1986—1999）

一天下午我到环龙路（即南昌路）去找黄源，他不在家，胡风也去看他，我们在门口遇见了，就交谈起来。胡风约我到附近一家小店喝杯咖啡，我们坐了一阵，谈话内容我记不起来了，无非讲一些文艺界的情况，并没有谈文艺理论、文学评论方面的问题，因为我从未注意这些问题。说实话，连胡风的文章我也读得不多，似乎就只读过他在《文学》杂志上发表的作家论，此外一九三二年他用"谷非"的笔名写过评论《现代》月刊上的几篇小说，也谈到我的中篇《海的梦》，我发表过答辩文章，但也只是说明我并非他所说的"第三种人"，我有自己的见解而已。我对他并无反感，他在一九二五年就给我留下了好的印象，他是我在南京东南大学附中的同学，我比他高两班，但我们在同一个课堂里听过一位老师讲世界史。在学校里他是一个活动分子，在校刊上发表过文章，有点名气，所以我记得他叫张光人。但是我们之间并无交往，他甚至不知道我的名字。一九二五年我毕业离校前，在上海发生了"五卅"事件，我参加了当时南京学生的救国运动。不过我不是活跃分子，我就只有在中篇小说《死去的太阳》中写的那么一点点经验。胡风却是一个积极分子，他参加了"国民外交后援会"（？）的工作，我在小说十一章里写的方国亮就是他。虽然写得很简单，但是我今天重读下面一段话："方国亮痛哭流涕地报告这几天的工作情况，他竟激动到在讲坛上乱跳，他嘶声地诉说他们如何每天只睡两三小时，辛苦地办事，然而一般人却渐渐消沉起来……方国亮的一番话也有一点效果，散会后又有许多学生自愿聚集起来，乘小火车向下关出发……"仿佛还看见他在讲台上慷慨激昂地讲话。他的相貌改变不大。我没有告诉他那天我也是听了他的讲话以后坐小火车到下关和记工厂去的。不久我毕了业离开南京。后来听人说张光人去了日本，我好像还读过他的文章。

一九三五年秋天我从日本回来后，因为《译文丛书》，因为黄源，因为鲁迅先生（我们都把先生当作老师），我和胡风渐渐地熟起来了。我相当尊重他，可是我仍然很少读他写的那些评论文章，不仅是他写的，别人发表的我也不读，即使勉强读了也记不牢，读到后面就忘记前面。我一直是这样想：我写作靠自己的思考，靠自己的生活，我讲我自己的话，不用管别人说些什么。当时他同周扬同志正在进行笔战，关于典型论，关于国防文学，关于其他，两方面的文章我都没有读过，不单是我，其他几个不搞理论的朋友也是这样。我们只读过鲁迅先生答复徐懋庸的文章，我们听先生的话，先生赞成什么口号，我们也赞成。不过我写文章从来不去管口号不口号，没有口号，我照样写小说。

胡风常去鲁迅先生家，黄源和黎烈文也常去。烈文是鲁迅先生的朋友，谈起先生关心胡风，觉得他有时太热情，又容易激动。胡风处境有些困难，他很认真地在办《海燕》，这是一份不定期的文艺刊物，刚出版了两三期，记得鲁迅先生的《出关》就发表在这上面，受到读者的重视。那个时候在上海刊行的文艺刊物不算太少，除生活书店的《文学》《光明》《译文》外，还有孟十还编的《作家》、靳以编的《文季月刊》、黎烈文编的半月刊《中流》；黄源编的《译文》停刊几个月之后又改由上海杂志公司发行。此外还有别的。刊物的销路有多有少，各有各的特色，一份刊物团结一些作家，各人喜欢为自己熟悉的杂志写稿。这些刊物不一定就是同人杂志。我们有一个共同的地方：敬爱鲁迅先生。大家主动地团结在先生的周围，不愿意辜负先生对我们的关心。

烈文和我搞过一个文艺工作者的宣言，表示我们抗日救亡的主张。由烈文带到鲁迅先生家请先生定稿、签名，然后抄了几份交给熟人找人签名，来得及就在自己的和熟人的刊物上作为补白刊登出来。我们这些人都没有参加当时的文艺家协会，先生又在病中，也不曾表示态度，所以我们请先生领衔发表这样一个声明。事前事后都没有开过会讨论，也不曾找胡风商量。胡风也拿了一份去找他的熟人签了名送来。发表这宣言的刊物并不多，不过《作家》《译文》《文季月刊》等五六种。过三个多月鲁迅先生病逝，再过两个月，到这年底，国民党当局一次查封了十三种刊物，《作家》和《文季月刊》都在内，不讲理由，只下命令。

从我认识胡风到"三批材料"发表的时候大约有二十年吧。二十年

讲真话的书 (1986—1999)

中间我们见过不少次，也谈过不少话。反胡风运动期间我仔细回想过从前的事情，很奇怪，我们很少谈到文艺问题。我很少读他的文章，在我这也是常事，我极少同什么人正经地谈过文艺，对文学我不曾作过任何研究，也没有独特的见解。所以我至今还认为自己并不是文学家。我写文章只是说自己想说的话；我编辑丛书只是把可读的书介绍给读者。我生活在这个社会，应当为它服务，我照我的想法为它工作，从来不管理论家讲了些什么，正因为这样我才有时间写出几百万字的作品，编印那许多丛书。但是我得承认我做工作不像胡风那样严肃、认真。我也没有能力把许多有才华的作家、诗人团结在自己的周围。我钦佩他，不过我并不想向他学习。除了写书，我更喜欢译书，至于编书，只是因为别人不肯做我才做，不像胡风，他把培养人才当作自己的责任。他自己说是"爱才"，我看他更喜欢接近主张和趣味相同的人。不过这也是寻常的事。但连他也没有想到建国后会有反胡风运动，他那"一片爱才之心"倒成了"反革命"的罪名。老实说这个运动对我来说是个晴天霹雳，我一向认为他是进步的作家，至少比我进步。靳以跟他接触的机会多一些，他们见面爱开玩笑，靳以也很少读胡风的文章，但靳以认为胡风比较接近党，那是在重庆的时候。以后文协在上海创刊《中国作家》杂志，他们两个都是编委。

我少读胡风的著作，对他的文艺观也不清楚，记得有一次他送我一本书，我们谈了几句，我问他："为什么别人对你有意见？"他短短地回答："因为我替知识分子说了几句话。"这大概是在一九四八年，他后来就到香港转赴解放区了。我读到他在香港写的文章，想起一件往事：一九四一年春天我从成都回重庆，那是在"皖南事变"之后，不少文化人都去了香港。老舍还留在重庆主持抗战文协的工作，他嘱咐我："你出去，要告诉我啊。胡风走的时候来找我长谈过。"胡风还在重庆《新蜀报》上发表过五言律诗，是从香港寄来的，前四句我今天还不曾忘记："破晓横江渡，山城雾正浓。不弹游子泪，犹抱逐臣忠。"写他大清早过江到南岸海棠溪出发的情景和心情，我想起当时在重庆的生活。一九四二年秋天我也到海棠溪搭汽车，不过我是去桂林。不到两年我又回到重庆，仍然经过海棠溪，以后就在重庆住下来。胡风早已回重庆了，他是在日军攻占香港以后出来的，住在重庆乡下，每逢文艺界抗敌协会开理事会，我总会在张家花园看见他。有时我参加别的会或者社会活动，他也在场。有一天下午我出席中苏文化协会主办的鲁迅先生逝世八周年纪念会。会场在民国路文化生活社附近，宋庆龄到会，中苏文协的负责人张西曼也来了，雪峰、胡风都在。会议照预定的议程顺利进行，开了一半宋庆龄因事早退，她一走会场秩序就乱了，国民党特务开始围攻胡风，还有人诽谤在上海的许广平，雪峰出来替许先生辩护，准备捣乱的人就吵起来，张西曼讲话，特务不听，反而训他。会场给那伙人霸占了，会议只好草草结束，我们几个人先后出来，都到了雪峰那里，雪峰住在作家书屋，就在文化生活社的斜对面。我们发了一些牢骚，雪峰很生气，胡风好像在严肃地想什么。我劝他小心，看样子特务可能有什么阴谋。像这样的事还有好些，但是当初不曾记录下来，在我的记忆里它们正在逐渐淡去，我想追记我们交往中的一些谈话已经不可能了。

二

解放初期我和胡风经常见面。出席第一次全国文代会，我们不是在一个团，他先到北平，在南方第一团。九月参加首届全国政协第一次会议，我们从上海同车赴京，在华文学校我们住在相邻的两个房间。我总是出去找朋友，他却留在招待所接待客人。我们常在一起开会，却很少做过长谈。一九五三年七月我第二次去朝鲜，他早已移居北京，他说好要和我同行，后来因为修改为《人民文学》写的一篇文章，给留了下来。记得文章叫《身残志不残》，是写志愿军伤员的报告文学。胡风同几位作家到东北那所医院去生活过。我动身前两天还到他家去问他，是不是决定不去了。我到了那里，他们在吃晚饭，家里有客人，我不认识，他也没有介绍。我把动身日期告诉他，就告辞走了。我已经吃过饭，提了一大捆书，雇的三轮车还在外面等我。

不久第二次全国文代会在北京召开，我刚到朝鲜，不便回国参加，就请了假。五个月后我才回国。五四年秋天我和胡风一起出席首届全国人民代表大会，我们两个都是四川省选出的代表，常在一处开会，见面时觉得亲切，但始终交谈不多。我虽然学习过一些文件，报刊上有不少关于文艺的文章，我也经常听到有关文艺方针、政策的报告，但我还是一窍不通。我很想认真学习、改造自己，丢掉旧的，装进新的，让自己的机器尽快地开动起来，写出一点东西。我怕开会，却不敢不开会，但又动脑筋躲开一些会，结果常常是心不在焉地参加许多会，不断地检讨或者准备检讨，白白地消耗了二三十年的好时光。我越是用功，就越是写不出作品，而且戴上了作家帽子就更缺乏写作的时间。最近这段日子由于难治的病，准备搁笔，又给自己的写作生活算一个总账，我想起了下面的三大运动，不由得浑身战栗，我没有在"胡风集团""反右斗争"或者"文化大革命"中掉进深渊，这是幸运。但是对那些含恨死去的朋友，我又怎样替自己解释呢？

<h2 style="text-align:center">三</h2>

去年三月二十六日，中国现代文学馆正式开馆，我到场祝贺。两年半未去北京，见到许多朋友我很高兴，可是我行动不便，只好让朋友们过来看我。梅志同志同胡风来到我面前，她指着胡风问我："你还认得他吗？"我愣了一下。我应当知道他是胡风，这是在一九五五年以后我第一次看见他。他完全变了，一看就清楚他是个病人，没有什么表情，也不讲话。我说："看见你这样，我很抱歉。"我差一点流出眼泪，这是为了我自己。这以前他在上海住院的时候，我没有去看过他，也是因为我认为自己不曾偿还欠下的债，感到惭愧。我的心情只有自己知道，有时连自己也讲不清楚。好像是在第二天上午我出席作协主席团扩大会议，胡风由他

女儿陪着来了,坐在对面一张桌子旁边。我的眼光常常停在他的脸上,我找不到那个过去熟悉的胡风了。他呆呆地坐在那里,没有动,也不曾跟女儿讲话。我打算在休息时候过去打个招呼,同他讲几句话。但是会议快要告一段落,他们父女就站起来走了。我的眼光送走他们,我有多少话要讲啊。我好像眼睁睁地望着几十年的岁月远去,没有办法拉住它们。我想起一句老话:"见一次就少一次。"我却想不到这就是我和他的最后一面。

后来在上海得到他病逝的消息,我打电报托人代我在他的灵前献一个花圈,我没有讲别的话,现在说什么,都太迟了。我终于失去了向他偿还欠债的机会。

但赖账总是不行的。即使还债不清或者远远地过了期,我总得让后人知道我确实做了一番努力,希望能补偿过去对亡友的损害。

胡风的冤案得到了平反。我读他的夫人梅志写的《胡风传》,很感动,也很难过。他受到多么不公平的待遇。他当时说过:"心安理不得。"今天他大概也不会"心安理得"吧。这个冤案的来龙去脉和它的全过程并未公布,我也没有勇气面对现实,没法知道更多的详情。他们夫妇到了四川,听说在"文革"期间胡风又坐了牢,最后给判处无期徒刑,他的健康才完全垮了下来。在《文汇月刊》上发表的梅志著作的最后一部分,我还不曾读到,但是我想她也不可能把事情完全写出,而且我也没有时间弄清楚我应当知道的一切了,留给我的不过两三年的工夫了。

四

还是来谈反"胡风集团"的斗争。在那一场"斗争"中,我究竟做过一些什么事情?我记得在上海写过三篇文章,主持过几次批判会。会开过就忘记了,没有人会为它多动脑筋。文章却给保留下来,至少在图书馆和资料室。其实连它们也早被遗忘,只有在我总结过去的时候,它们才像火印似的打在我的心上,好像有一个声音经常在我耳边说:"不许你忘记！"我又想起了一九五五年的事。运动开始，人们劝说我写表态的批判文章。我不想写，也不会写，实在写不出来。有人来催稿，态度不很客气，我说我慢慢写篇文章谈路翎的《洼地战役》吧。可是过了几天，《人民日报》记者从北京来组稿，我正在作协分会开会，讨论的就是批判胡风的问题。到了应当表态的时候，我推脱不得，就写了一篇大概叫作《他们的罪行应当得到惩处》之类的短文，说的都是别人说过的话。表了态，头一关算是过去了。

第二篇就是《关于胡风的两件事情》，在上海《文艺月报》上发表，也是短文。我写的两件事都是真的。但鲁迅先生明明说他不相信胡风是特务，我却解释说先生受了骗。一九五五年二月我在北京听周总理报告，遇见胡风，他对我说："我这次犯了严重的错误，请给我多提意见。"我却批评说他"做贼心虚"。我拿不出一点证据，为了第二次过关，我只好推行这种歪理。

写第三篇文章，我本来以为可以聪明地给自己找个出路，结果却是弄巧成拙，反而背上一个沉重的精神包袱。事情的经过我大概不会记错吧。我第二次从朝鲜回来，在北京住了一些日子，路翎的短篇《初雪》刚刚在《人民文学》上发表，荃麟同志向我称赞它，我读过也觉得好，还对人讲过。

后来《洼地战役》刊出，反应不错，我也还喜欢。我知道在志愿军战士同朝鲜姑娘之间是绝对不允许谈恋爱的，不过路翎写的是个人理想，是不能实现的愿望。有什么问题呢？在批判胡风集团的时候，我被迫参加斗争，实在写不出成篇的文章，就挑选了《洼地战役》作为枪靶，批评的根据便是那条志愿军和当地居民不许谈恋爱的禁令。稿子写成寄给《人民文学》，我自己感到一点轻松。形势在变化，运动在发展，我的文章在刊物上发表了，似乎面目全非，我看到一些我自己也没有想到的政治术语，更不知道自己哪里来的权利随意给人戴上"反革命"帽子！看得出有些句子是临时匆匆忙忙地加上去的。总之，读头一遍我很不满意，可是过了一晚，一个朋友来找我，谈起这篇文章，我就心平气和无话可说了。我写的是思想批判的文章，现在却是声讨"反革命集团"的时候，倘使不加增改就把文章照原样发表，我便会成为批判的对象，说是有意为"反革命分子"开脱。《人民文学》编者对我文章的增改倒是给我帮了大忙，否则我会遇到不小的麻烦。就在这一年的《文艺月报》上刊登过一篇某著名音乐家的"检讨"。他写过一篇"彻底揭发"胡风的文章，是在第二批材料发表以后交稿的。可是等到《月报》在书市发售，第三批材料出现了，"胡风集团"的性质又升级了，于是读者纷纷来信谴责，他只好马上公开检讨"实际效果是替胡风黑帮分子打掩护"。连《月报》编辑部也不得不承认"对这一错误……应该负主要的责任"。这样的气氛，这样的环境，这样的做法……用全国的力量对付"一小撮"文人，究竟是为了什么？那么这个"集团"真有什么不能见人的阴谋吧。不管怎样，我只有一条路走了，能推就推，不能推就应付一下，反正我有一个借口："天王圣明。"当时我的确还背着个人崇拜的包袱。我想不通，就不多想，我也没有时间苦思苦想。

反胡风的斗争热闹一阵之后又渐渐地冷下去了。他本人和他的朋友们那些所谓"胡风分子"在斗争中都不曾露过面，后来就石沉大海，也没有人再提他们的名字。我偶尔向熟人打听胡风的消息，别人对我说："你不用问了。"我想起了清朝的"文字狱"，连连打几个冷噤，也不敢作声了。外国朋友向我问起胡风的近况，我支支吾吾讲不出来。而且那些日子，那些年月，运动一个接一个，大会小会不断，人人都要过关。谁都自顾不暇，哪里有工夫、有勇气到处打听不该打听的事情。只有在"文革"中期不记得在哪里看到一份小报或者材料，说是胡风在四川。此外我什么都不知道，一直到"文革"结束，被颠倒的一切又给颠倒过来的时候，被活埋了的人才回到了人间，但已经不是原来的胡风了。

一个有说有笑、精力充沛的诗人变成了神情木然、生气毫无的病夫，他受了多大的迫害和折磨！不能继续工作，再没有比这更痛苦的了。关于他我知道的并不多，理解也并不深。我读过他那三十万言的"上书"，不久就忘记了，但仔细想想好像也没有什么大不对。为了写这篇"怀念"，

讲真话的书 (1986—1999)

我翻看过当时的《文艺月报》，又找到编辑部承认错误的那句话。我好像挨了当头一棒！印在白纸上的黑字是永远揩不掉的。子孙后代是我们真正的裁判官。究竟对什么错误我们应该负责，他们知道，他们不会原谅我们。五十年代我常说做一个中国作家是我的骄傲。可是想到那些"斗争"，那些"运动"，我对自己的表演（即使是不得已而为之吧），也感到恶心，感到羞耻。今天翻看三十年前写的那些话，我还是不能原谅自己，也不想要求后人原谅我。我想，胡风作为一个文艺工作者要是没有受到冤屈、受到迫害，要是没有长期坐牢，无罪判刑，他不仅会活到今天，而且一定有不少的成就。但是现在什么也没有了。我还有什么话可说呢？

我是个衰老的病人，思想迟钝，写这样的文章很困难，从开头写它到现在快一年了，有时每天只写三五十个字。我想讲真话，也想听别人讲真话，可是拿起笔或者张开口，或者侧耳倾听，才知道说真话多么不容易。《文汇月刊》上《胡风传》的最后部分我终于找来读了。文章未完，他们在四川的生活完全不曾写到，我请求梅志同志继续写下去。梅志称她的文章"往事如烟"。我说：往事不会消散，那些回忆聚在一起，将成为一口铜铸的警钟，我们必须牢牢记住这个惨痛的教训。

我还要在这里向路翎同志道歉。我不认识他，只是在首次文代会上见过几面。他当时年轻，是一位有才华的作家，可惜不曾给他机会让他的笔发出更多的光彩。我当初评《洼地战役》并无伤害作者的心思，可是运动一升级，我的文章也升了级。我不知道他的近况，只听说他丧失了精力和健康。关于他的不幸的遭遇，他的冤案，他的病，我怎样向后人交代？难道我们那时的文艺工作就没有失误？虽然不见有人出来承认对什么"错误应当负责"，但是我向着井口投掷石块就没有自己的一份责任？历史不能让人随意编造，沉默妨碍不了真话的流传，泼到他身上的不公平的污水也起不了什么作用，只是为了那些"违心之论"我绝不能宽恕自己。

八月二十日

致青年作家

　　全国青年创作会议在北京召开，我长期患病行动不便，不能去看望你们。但是，我的心和你们在一起，我向大会表示衷心的祝贺。

　　这是第三届青年创作会议了。我还不曾忘记一九五六年首届会议召开的盛况。不少有才华、有见识、有朝气的年轻人带着理想和希望来到会场，又满怀信心回到自己的工作岗位，以为从此可以发挥自己的聪明才智，将热烈的心奉献给祖国人民，却没有料到厄运就在前面。他们中间一部分人刚刚显露才华，就受到历史的不公平对待，甚至给剥夺了发表作品的权利，在苦难中挣扎了二十年。但是，冤案终于给平反了，他们重见了天日，成为新时期文学的中坚分子，他们用大量的作品充实了我们祖国的文学宝库。不用说，要是没有这二十年的灾难，他们在创作上或许会取得更大的成就。你们看得见他们长长的脚印，那么多的污泥，那么多的石子！你们看到这条坎坷的道路，你们会同意我的说法：你们比他们幸运。你们虽然也经历了风风雨雨，可是在你们创作刚刚起步的时候，就有了一个比较宽松、和谐的环境，这种安定团结的气氛是人们渴望了很久的。老一辈作家期待了多年的创作自由终于在你们眼前露面了。你们可以用自己的脑子思考，用自己的声音歌唱，有那么多的期刊发表你们的作品，那么多的读者关心你们的成长。我们的事业在前进，我们的队伍在创作实践中壮大。大家都在谈论当前有利的气候和环境，这样的条件会培养出更绚丽的鲜花，但是从事创作的人倘使不维护这些属于他们的权利，他们即使得

讲真话的书 (1986—1999)

到它们，也不能保持长久。这一点你们也明白。

近十年来，作家的队伍有了很大的发展，"十年动乱"把大量的青年人扔进大熔炉里、大油锅内磨炼，教会他们怎样做人，怎样写作，于是成千上万的青年作家从生活中涌现出来，这次出席大会的仅仅是他们的代表，是其中的一小部分。有人困惑不解，为什么有这么多的青年对文学创作感兴趣？有人认为这可能只是一时的热闹，只是昙花一现，担心后继无人。我看这困惑、担心都是多余的。我始终相信那句老话：生活培养作家。生活本身（不是别的）培养了一代又一代的新人。不过这不是说生活会自然而然地造就出作家，作家必须对自己熟悉的生活进行深入的思考，要善于从生活中挖掘和发现。要用自己的脑子指挥拿笔的手，说自己想说的话，写自己真实的感受。不要人云亦云，违背自己的良心，说自己不愿说的假话。

"十年浩劫"给中国人民留下多么深重的心灵创伤和难以忘却的痛苦记忆。但是深刻反映这一时期生活的作品至今还不多见。值得我们深思的是，有人劝我们忘记过去，目光永远向着前面的光明；还有人坚持不让揭露自己的疮疤，说是家丑不可外扬；然而也有人忘记不了铜头皮带在头上挥舞的日子；还有人不停地问自己："是不是真有创作的自由？"人们在思考，人们在探索。中国新文学的奠基人鲁迅先生就是我们的榜样，先生敢想、敢说、敢写，他从来不用别人的脑子替自己思考问题，他更不曾看行情，看别人脸色写文章；他探索、追求，勇于解剖社会，更勇于解剖自己，为了社会的进步，他用笔作武器战斗了一生。

他用作家真诚的、热烈的心指引读者走生活的道路。他从不向读者装腔作势，讲空话、假话。在他的每篇作品中我都看到作家的艺术的良心，他的作品是经得住时间的考验的。

两年前，在作协四次代表大会的开幕词中，我曾提到我们文学界百花争妍的景象，我说创作之繁荣、理论之活跃、作家队伍之壮大都是前所未有的。今天我仍然保持这样的看法，对我国新时期文学的前途，我还是十分乐观。当然别人也有不同的意见,有人看到"危机",有人发出警告,有人大声呼吁,我觉得他们都有道理,但也不一定完全正确。要求争鸣,要求齐放,要求大家说心里话,要改变说惯了的、没有变化的同样腔调,就免不了有"噪音"。我看这倒是个可喜的现象。一潭死水久了会发臭,活跃的热闹场面才会带来欣欣向荣的景象。我们不用怕乱,可怕的是停滞和沉寂。只有各人讲出自己独特的见解,才能有比较,有竞争,有辩论,最后才会得出谁是谁非的结论。我们欢迎严肃、认真的作品,我们希望青年作者有话不要咽在肚里,有感受就写出来,把自己的心毫无保留地献给读者,读者会感激你们。

　　我不过是比你们早两三代的作家,并没有多大的成就,只是我有几十年的经验。我和我的同代人,生活在多灾多难的国家里,生活在忍饥受冻的人民中间,我们不能不和读者同甘苦共患难。我希望你们不要管自己写的是不是伟大的杰作,不要考虑某些人是不是喜欢你们的作品,只要看你们是不是使出了全部的精力,是不是写出了你们对生活的真实的感受。每个作家从不同的道路接近文学,都是为了找到一个机会接近人民,向读者吐露自己的心声。我们那一代的作家只是想献出自己微弱的力量,对我们在苦难中挣扎的祖国人民做一点有益的事。我相信今天的作家也不会脱离社会、远离读者,你们也一样会同读者一起寻求中华民族真正腾飞的道路。

　　两年前我还说过,"我们的文学没有理由不站在世界文学的前列"。但是经过反复思考,我更明白中国作家首先是为中国的读者写作。倘使我们的作品不能打动中国读者的心,不能帮助中国读者认识人生,认识自己,不能支持他们对真理的追求,不能激发他们的羞耻心和正义感,帮助他们取得为崇高目的献身的力量,倘使我们的作品不能在中国读者中间产生巨大影响,得到本国读者的热爱,中国文学怎么能站在世界文学的前列呢?得不到自己熟悉的人民理解,不能同生活在一起的本国读者心连心,还说什么夺取"世界冠军"?!所谓划时代的巨著也不是靠个人的聪明才智

讲真话的书 (1986—1999)

编造出来的，它是作家和人民心贴心之后用作家的心血写成的。我认为作家的目的应该是高尔基的那句话：“使人变得更好。”要做一个好作家，首先要做一个真诚的人。文品和人品是分不开的。

"十年浩劫"带来莫大的灾难，浪费了几代人的宝贵时光，对年轻人也不例外。为了夺回失去的时间，青年作家必须不断学习，提高修养，继承我国文化遗产，学习外国的各方面的成就。学习是无止境的，不论是传统文化或者西方现代科学艺术，只要对我们有用，我们都可以把它们变为自己的东西，在创作实践中丰富我们的知识、锻炼我们的笔。不用害怕文化开放，开放会带进来各种新的事物，好的我们大量借用，坏的我们可以不要。两种文化接触，一定互相影响，比赛高低，你化我，我化你，好的东西不会给人随便化掉，优秀的文化也不会一碰就倒，我们应当有这个信心。不要因为害怕污染，就关上门不见人，死守着祖先遗产永不更新。不学习，不思考，哪里会走上振兴民族的光明大道？

我年过八十，靠药物延续生命，已经到了搁笔的时候。放下这支使用了六十年的笔，我不能没有留恋。但是面对着一片繁荣的景象，我仍然保持着一颗热烈的心。我说过："文学事业是集体的事业，有集体的智慧，也有个人的苦心。事业不断发展，壮大。……对这个事业，每个作家都有份。我好比一滴水，文学海洋中巨浪奔腾，一小滴水也不会干涸。"我们的事业会大放光芒，一代一代的作家将为它做出自己的贡献，更大的希望还是在你们的身上。

大会开始了，我充满信心乐观地在倾听响亮的年轻声音。青年作家们，前面有灯光，路上有泥水，但是四面八方都有关切的眼光，整个民族同你们一起前进。你们丢开顾虑，不用胆怯，大胆地想，勤奋地写，把自己心灵中最美好的东西全写出来，你们不会辜负祖国人民对你们的期望。我信任你们。

十二月

《巴金六十年文选》代跋
（给李济生的信）

济生：

你要我为《六十年文选》写几句话，我不知道怎样写才好，因为说心里话，我不愿意现在出版这样一本书，过去我说空话太多，后来又说了很多假话，要重印这些文章，就应该对读者说明哪些是真话，哪些话是空话、假话，可是我没有精力做这种事。对我，最好的办法是沉默，让读者忘记，这是上策。然而你受了出版社的委托，编好文选，送了目录来，我不好意思当头泼一瓢冷水，我不能辜负你们的好意，我便同意了。为了这个，我准备再到油锅里受一次煎熬，接受读者严肃的批判。我相信有一天终于会弄清楚什么是真，什么是假。我到底说了多少假话。这是痛苦的事。但我也无法避免。

我近年常说我写《随想录》是偿还欠债，我记在心上的当然只是几笔大数。它们是压在我背上的沉重的包袱。写作时我感到压力。好不容易还清了一笔债，我却并不感到背上轻松多少，因为负债太多，过去从未想到，仿佛有人承担，不用自己负责。从前当惯了听差，一切由老爷差遣，用不着自己动脑筋，倒好办事。现在发觉自己还有一个脑子，这脑子又不安分，一定要东想西想，因此许多忘记了的事情又一件一件地给找了回来，堆在一处，这里刚刚还清一笔，那里又记上一个数目。有时觉得债越还越多，包袱越背越重，自己实在支持不下去。由于这种想法，我几次下

讲真话的书　(1986—1999)

了决心：除了《随想录》外，我写过的其他文章一概停印。这样赖掉那些陈年旧债，单单用《随想录》偿还新债大债，我也许可以比较轻松地走完我的生活的道路。这个想法不知道你是否理解。

多说也没有用，你既然把其他不少文章都选入了，那么就让它去吧。我精力不够，因此只在这里讲一件事，讲一篇文章，那就是《法斯特的悲剧》。我希望收入这篇文章和接着发表的那封简短的"检讨复信"，我当时不曾对你说明我的想法。你可能也不明白。

法斯特的"悲剧"其实就是我的悲剧。一九五八年三月《文艺报》上发表的我的文章和短信可以说明我最近几十年的写作道路。我对法斯特的事情本来一无所知，我只读过他的几部小说，而且颇为喜欢。刊物编辑来组稿，要我写批判法斯特的文章，说是某某人都写了，我也得写。我推不掉，而且反右斗争当时刚刚结束，我也不敢拒绝接受任务，就根据一些借来的资料，照自己的看法，也揣摩别人的心思，勉强写了一篇，交出去了。文章发表不久，编辑部就转来几封读者来信，都是对我的严厉批判。我有点毛骨悚然，仿佛犯了大错。编辑部第一次来信说这些读者意见只在内部刊物发表，以后又来信通知，读者意见太多，不得不选两篇刊出。我无话可说，只好写封检讨的短信，寄给编辑部。我不甘心认错，但不表态又不行，害怕事情闹大下不了台，弄到身败名裂，甚至家破人亡。所以连忙"下跪求饶"，只求平安无事。检讨信发表了，我胆战心惊地等待事态的发展，外表上却做出相当安静的样子，我估计《文艺报》上不会再刊登批判《悲剧》的文章。但是不到一个月徐景贤却站出来讲话了，他的文章发表在上海《文汇报》上，还是那些论点！我这一次真是慌了手足，以为要对我怎样了，不假思索就拿起笔连忙写了一封给《文汇报》编辑部的信，承认自己的错误，再一次表示愿意接受改造。在那些日子有时开会回家，感到十分疲乏，坐在沙发上休息，想起那篇闯祸的文章，我并不承认"回头是岸"的说法有什么不对，但是为了保全自己，我只好不说真话，我只好多说假话。昧着良心说谎，对我来说，已经不是可悲、可耻的事了。

我的"改造"可以说是从"反胡风"运动开始，在反右运动中有大的发展，到了"文革"，我的确"洗心革面、脱胎换骨"给改造成了另一个人，可是就因为这个，我却让改造者们送进了地狱。这是历史的惩罚。

　　今天看来，我写法斯特的"悲剧"，其实是在批判我自己。我的"悲剧"是别人把我当作工具，我也甘心做工具。而法斯特呢，他是作家，如此而已。

　　别的话一年后再说，现在我只想躺下来休息。

巴金十二月五日

一
九
八
七
年

《怀念集》增订本代跋

(复采臣信)

采臣:

　　来信和布同志的信都收到了。你们要重印《怀念集》并出版增订本，我当然同意。你们增补了七篇文章，我又找到了第八篇，我看大概不会有遗漏了。可是把发表过的怀念文章重读一遍，我才明白不但有遗漏，而且遗漏太多。我还记得近两三年间常有人来信建议我为某某亡友讲几句话，或者谈谈我对某些故人的怀念，我又写了一些。我愿意写，我也应当写。不过我写得很吃力，这是由于我的病。我写得很慢，因为我是蘸着自己的心血在写作。好不容易写完了一篇，我叹一口气，仿佛偿还了一笔债。我下了决心：一笔一笔地还，一篇一篇地写，欠账再多，也要还清。我一直这样地相信。

　　但是现在坐在书桌前，望着玻璃板上一些乱堆着的信件、稿纸和报刊，不知道该怎么办，我无法搬动这座"纸山"，也很难在桌上摊开一张稿纸顺利地写几行字。静静地坐着，默默地思考，不过一刻钟，我就感到十分疲倦。原来我是一个病人，我明白我不得不搁笔了。

　　搁笔，这不是空话。我并不想搁笔，但是笔不服从我指挥，手不听我的话，我越是着急，心越是跳得厉害，手也越是抖得厉害。这说明必须到此为止了，所有未写完的话，一切不曾倾吐的感情，今后都只好给咽在肚里，它们将作为灯油让我心里这盏长明灯燃下去，长久地燃下去。那么即

讲真话的书 (1986—1999)

使我无法再写出一个字，我也不会浪费我的有限的时光。印在纸上的字是不能让人随意揩掉的。我的思想还是要和我对朋友们的深切怀念紧紧地贴在一起。我的心也绝不会远离朋友们的心。即使不能用文字，我也可以用行为表示我的忠诚。

三十年代我就说过我靠友情生活，而且正是友情使我几十年的生活有了光彩。从这方面说，我是一个幸福的人。但也可以说对我的许多朋友（不论是亡故的或者健在的，不论是年长的或者年轻的）我欠下了还不清的债。"还债"的话我讲了几十年，只有在没有精力继续动笔的今天，我才明白：反复讲来讲去的空话有什么用，倘使我不能做一件事说明我的忠诚。

我常常想起英国作家王尔德的两篇童话《忠实的朋友》和《快乐王子》。我绝不做那个自吹自擂、专说漂亮话的磨面师大修，我宁愿做冻死在快乐王子铜像脚下的小燕子。

巴金三月二十日

《随想录》合订本新记

一

三年前我答应三联书店在适当的时候出版《随想录》的合订本，当时我是否能完成我的五卷书，自己并没有信心。说实话，我感到吃力，又好像出了门在半路上，感到进退两难。我知道老是唠唠叨叨，不会讨人喜欢，但是有话不说，将骨头全吞在肚里化掉，我并无这种本领。经常有一个声音催促我："写吧！"我不断地安慰自己："试试看。"只要有精神，有力气，能指挥笔，我就"试试看"，写写停停，停停写写，终于写完了最后一篇"随想"。我担心见不了天日的第五卷《无题集》也在吱吱喳喳的噪音伴送中，穿过荆棘丛生的泥泞小路，进入灯烛辉煌的"文明"书市和读者见面了。

我做了我可以做的事。我做了我应当做的事。今后呢，五卷书会走它们自己的路，我无能为力了。这大概是我所说的"适当的时候"吧。那么我答应为合订本写的"新记"不能不交卷了。

千言万语，不知从何说起。一百五十篇长短文章全是小人物的喜怒哀乐，自己说是"无力的叫喊"，其实大都是不曾愈合的伤口出来的脓血。我挤出它们不是为了消磨时间，我想减轻自己的痛苦。写第一篇"随想"，我拿着笔并不觉得沉重。我在写作中不断探索，在探索中逐渐认识

097

讲真话的书 （1986—1999）

自己。为了认识自己才不得不解剖自己。本来想减轻痛苦，以为解剖自己是轻而易举的事，可是把笔当作手术刀一下一下地割自己的心，我却显得十分笨拙。我下不了手，因为我感到剧痛。我常说对自己应当严格，然而要拿刀刺进我的心窝，我的手软了。我不敢往深处刺。五卷书上每篇每页满是血迹，但更多的却是十年创伤的脓血。我知道不把脓血弄干净，它就会毒害全身。我也知道：不仅是我，许多人的伤口都淌着这样的脓血。我们有共同的遭遇，也有同样的命运。不用我担心，我没有做好的事情，别的人会出来完成。解剖自己，我挖得不深，会有人走到我的前头，不怕痛，狠狠地挖出自己的心。

写完五卷书我不过开了一个头。我沉默，但会有更多的作品出现。没有人愿意忘记二十年前开始的大灾难，也没有人甘心再进"牛棚"、接受"深刻的教育"。我们解剖自己，只是为了弄清"浩劫"的来龙去脉，便于改正错误，不再上当受骗。分是非、辨真假，都必须先从自己做起，不能把责任完全推给别人，免得将来重犯错误。

二

怎么我又讲起大道理来了！当初为香港《大公报》写稿的时候我并未想到那些事情。我的《随想录》是从两篇谈《望乡》（日本影片）的文章开始的。去年我在家中接待来访的日本演员栗原小卷，对她说，我看了她和田中绢代主演的《望乡》，一连写了两篇辩护文章，以后就在《大公园》副刊上开辟了《随想录》专栏，八年中发表了一百五十篇"随想"。我还说，要是没有看到《望乡》，我可能不会写出五卷《随想录》。其实并非一切都出于偶然，这是独立思考的必然结果。五十年代我不会写《随想录》，六十年代我写不出它们。只有在经历了接连不断的大大小小政治运动之后，只有在被剥夺了人权在"牛棚"里住了十年之后，我才想起自己是一个"人"，我才明白我也应当像人一样用自己的脑子思考。真正用自己的脑子去想任何大小事情，一切事物、一切人在我眼前都改换了面貌，我有一种大梦初醒的感觉。只要静下来，我就想起许多往事，而且用今天的眼光回顾过去，我也很想把自己的思想清理一番。

碰巧影片《望乡》在京公映，引起一些奇谈怪论，中央电视台召开了座谈会，我有意见，便写了文章。朋友潘际坰兄刚刚去香港主编《大公报》副刊《大公园》，他来信向我组稿，又托黄裳来拉稿、催稿。我看见《大公园》上有几个专栏，便将谈《望乡》的文章寄去，建议为我开辟一个《随想录》专栏。际坰高兴地答应了。我最初替《望乡》讲话，只觉得理直气壮，一吐为快，并未想到我会给拴在这个专栏上一写就是八年。从无标题到有标题（头三十篇中除两篇外都没有标题），从无计划到有计划，从梦初醒到清醒，从随想到探索，脑子不再听别人指挥，独立思考在发挥作用。拿起笔来，尽管我接触各种题目，议论各样事情，我的思想却始终在一个圈子里打转，那就是所谓"十年浩劫"的"文革"，有一个时期提起它我就肃然起敬，高呼"万岁！"可是通过八年的回忆、分析和解剖，我看清楚了自己，通过自己又多多少少了解周围的一些人和事，我的笔经常碰到我的伤口。起初我摊开稿纸信笔写去，远道寄稿也无非为了酬答友情。我还有这样一种想法：发表那些文章也就是卸下自己的精神负担。后来我才逐渐明白，住了十载"牛棚"我就有责任揭穿那一场惊心动魄的大骗局，不让子孙后代再遭灾受难。

我边写、边想、边探索；愈写下去，愈认真、也愈感痛苦；越往下写越是觉得笔不肯移动，我时而说笔重数十斤，时而讲笔有千斤重，这只是说明作者思想感情的变化。写《总序》的时候，我并不觉得笔沉重，我也没有想到用"随想"作武器进行战斗。

我从来不是战士。而且就在《随想录》开始发表的时候，我还在另一本集子的序文中称"文革"为"伟大的革命"。十多年中在全国报刊上，在人们的口头上，"伟大的"桂冠总是和"文革"连在一起，我惶恐地高呼万岁也一直未停。但是在《爝火集》的序里我已经看出那顶纸糊的桂冠

讲真话的书　(1986—1999)

不过是安徒生的"皇帝的新衣"。我的眼睛终于给拨开了，即使是睡眠蒙眬。我也看出那个"伟大的"骗局。于是我下了决心：不再说假话！然后又是：要多说真话！开始我还是在保护自己。为了净化心灵，不让内部留下肮脏的东西，我不得不挖掉心上的垃圾，不使它们污染空气。我没有想到就这样我的笔会变成了扫帚，会变成了弓箭，会变成了解剖刀。要清除垃圾、净化空气，单单对我个人要求严格是不够的，大家都有责任。我们必须弄明白毛病出在哪里，在我身上，也在别人身上……那么就挖吧！

　　在这由衰老到病残，到手和笔都不听指挥、写字十分困难的八年中，"随想"终于找到箭垛有的放矢了。不能说我的探索和追求有多大的收获，但是我的书一卷接一卷地完成了。我这个病废的老人居然用"随想"在荆棘丛中开出了一条小路。我已经看见了面前的那座大楼："文革博物馆"。

三

　　我说过"随想"是我的"无力的叫喊"。但五卷书却不是我个人的私有物，我也不能为它们的命运作任何安排。既然它们"无力"，不会引起人们注意或关心，那么就让它们自生自灭吧。在我们这样大的文明古国，几声甚至几十声间断的叫喊对任何人的生存都不会有妨碍。它们多么微弱，可以说是患病老人的叹息。

　　绝没有想到《随想录》在《大公报》上连载不到十几篇，就有各种各类吱吱喳喳传到我的耳里。有人扬言我在香港发表文章犯了错误；朋友从北京来信说是上海要对我进行批评；还有人在某种场合宣传我坚持"不同政见"。点名批判对我已非新鲜事情，一声勒令不会再使我低头屈膝。我纵然无权无势，也不会一骂就倒、任人宰割。我反复思考，我想不通，既然说是"百家争鸣"，为什么连老病人的有气无力的叹息也容忍不了？有些熟人怀着好意劝我尽早搁笔安心养病。我没有表态。"随想"继续发表，内地报刊经常转载它们，关于我的小道消息也愈传愈多。仿佛有一个大网迎头撒下。我已经没有"脱胎换骨"的机会了，只好站直身子眼睁睁看着网怎样给收紧。网越收越小，快逼得我无路可走了，我就这样给逼着用老人无力的叫喊，用病人间断的叹息，然后用受难者的血泪建立起我的"文革博物馆"来。

为什么会有人那么深切地厌恶我的《随想录》？只有在头一次把"随想"收集成书的时候，我才明白就因为我要人们牢牢记住"文革"。第一卷问世不久我便受到围攻，香港七位大学生在老师的指挥下赤膊上阵，七个人一样声调，挥舞棍棒，杀了过来，还说我的"随想""文法上不通顺"，又缺乏"文学技巧"。不用我苦思苦想，他们的一句话使我开了窍，他们责备我在一本小书内用了四十七处"四人帮"，原来都是为了"文革"。他们不让建立"文革博物馆"，有的人甚至不许谈论"文革"，要大家都忘记在我们国土上发生过的那些事情。

为什么内地版的《真话集》中多一篇《鹰的歌》？我写它只是要自己记住、要别人知道《大公园》上发表的《随想录七十二》并非我的原文。有人不征求我的同意就改动它，涂掉一切和"文革"有关的句子。纪念鲁迅先生逝世四十五周年，我引用了先生的名言："我是一条牛，吃的是草，挤出来的是奶和血。"难道是在影射什么？！或者在替谁翻案？！为什么也犯了忌讳？！

太可怕了！十年的折磨和屈辱之后，我还不能保卫自己叙说惨痛经历的权利。十年中间为了宣传骗局、推销谎言，动员了那么多的人，使用了那么大的力量，难道今天只要轻轻地一挥手，就可以将"十年浩劫"一笔勾销？！"浩劫"绝不是文字游戏！将近八十年前，在四川广元县衙门二堂"大老爷"审案的景象还不曾在我眼前消失，耳边仿佛还有人高呼："小民罪该万死，天王万世圣明！"

我不相信自己白白地活了八十几年。我以为我还在做噩梦。为了战胜梦魇，我写下《鹰的歌》，说明真话是勾销不了的。删改也不会使我沉默。到了我不能保护自己的时候，我就像高尔基所描绘的鹰那样带着伤

讲真话的书 (1986—1999)

"滚下海去"。

一切照常。一方面是打手们的攻击和流言蜚语的中伤,一方面又是长时期的疾病缠身,我越来越担心会完不成我的写作计划。我又害怕《大公园》主编顶不住那种无形的压力。为什么写到五卷为止?我估计我的体力和精力只能支持到那个时候,而且我必须记下的那些事情,一百五十篇"随想"中也容纳得了。

我的病情渐渐地恶化,我用靠药物延续的生命跟那些阻力和梦魇做斗争更感到困难。在病房里我也写作,只要手能动,只要纸上现出一笔一画,我就坐在桌前工作。一天一天、一月一月地过去,书桌上的手稿也逐渐增多。既然有那个专栏,隔一段时间我总得寄去一叠原稿。

我常说加在一起我每天大约有五分之一的时间感到病痛。然而我并未完全失去信心、丧失勇气,花了八年的工夫我终于完成了五卷书的计划。

没有被打倒,没有给骂死,我的书还在读者中间流传。是真是假,是正是邪,读者将做出公正的判断。我只说它不是一部普通的书,它会让人永远记住那十年中间的许多大小事情。

四

可能有人批评我"狂妄自大",我并不在乎。我在前面说过第一卷书刚刚出版,就让香港大学生骂得狗血喷头。我得承认,当时我闷了一天,苦苦思考自己犯了什么错误。我不愿在这里讲五卷书在内地的遭遇,为了让《随想录》接近读者,我的确花费了不少心血。我不曾中途搁笔,因为我一直得到读者热情的鼓励,我的朋友也不是个个"明哲保身",更多的人给我送来同情和支持。我永远忘不了他们来信中那些像火、像灯一样的句子。大多数人的命运牵引着我的心。相信他们,尽我的职责,我不会让人夺走我的笔。

为什么不能写自己感受最深的事情?在"文革"的油锅里滚了十年,

为什么不让写那个煎骨熬心的大灾难？有人告诉我一件事，据说有个西德青年不相信纳粹在波兰建立过灭绝种族的杀人工厂，他以为那不过是一些人的"幻想"。会有这样的事！不过四十年的时间，人们就忘记了纳粹分子灭绝人性的滔天罪行。我到过奥斯威辛的纳粹罪行博物馆。毁灭营的遗址还保留在那里，毒气室和焚尸炉触目惊心地出现在我面前。可是已经有人否定它们的存在了！

那么回过头来看"文革"，我们到哪里去寻找它的遗迹？才过去二十年，就有人把这史无前例的"浩劫"看作遥远的梦，要大家尽早忘记干净。我们家的小端端在上初中，她连这样的"幻想"也没有，脑子里有的只是作业和分数，到现在她仍然是我们家最忙的人，每天睡不到八个小时。唯有我不让人忘记过去惨痛的教训，谈十年的噩梦反反复复谈个不停，几乎成了一个大逆不道的罪人。

我写好第一百五十篇"随想"就声明"搁笔"，这合订本的"新记"可能是我的最后一篇文章。我有满腹的话，不能信手写去，思前想后我考虑很多。六十年的写作生活并不使我留恋什么。和当初一样，我并不为个人的前途担心。把自己的一切奉献出来，虽然只有这么一点点，我总算"说话算数"，尽了职责。

讲出了真话，我可以心安理得地离开人世了。可以说，这五卷书就是用真话建立起来的揭露"文革"的"博物馆"吧。

六月十九日

《巴金全集》第四卷代跋
（致树基）

树基：

　　我匆匆地把这一卷的校样翻看一遍，我真愿意我有勇气把它们全部删去，这三部小说，特别是《死去的太阳》太幼稚了。请放心，我不会抽掉它们，也不会单单在文字上作大的改动。那是我编《文集》时应当做的事。可是我没有做。所以后来编印《选集》，我十分后悔。我曾声明"我不会让《文集》再版"，但是我没有办法阻止《全集》的问世。我既然进了考场，就得交出拙劣的考卷，现在连交白卷的机会也没有了。不提《文集》，这三部中篇发行了二十年光景，印过二十多版，读者们凭自己的印象打分数，至少也会给《死去的太阳》戴上"废品"的帽子。它是"失败之作"。我无权抽去它，只好让它留在《全集》里作为物证，说明我的创作的道路，我怎样在青年读者的鼓励和鞭策下走着荆棘丛生的泥泞小路，摔下去又站起来，一步一步地走到这个时候。今天我仿佛还听见走在我前头的青年的声音同和我走在一起的青年的声音，还有更多的从后面赶上来的青年的声音。

　　很多人过去了，还有更多的人要跑到前头去，我仍然吃力地走我的路。我不曾创造任何精神财富。这些"失败之作"产生过影响，因为它们也是一部分青年挣扎着前进的声音，虽然幼稚，但它们又是多么真诚。

　　在一九二九年发表的《灭亡》里一个青年痛苦地问："革命什么时候

才会来？"

在一九三二年发表的《新生》里主人公说："我已经把我自己的生命联系在人类的生命上面。"

在一九三〇年写成的《死去的太阳》里大学生看见"夜色紧紧地、浓密地压下来。但是他一点也不害怕。他明白这是假的。经过短时间的休息以后，死去的太阳又会以同样的活力在人间新生"。

"去吧，走你们自己的路。"我说，束起了校样，放在文件堆里。我跟它们永别了。

巴金七月二十五日

《巴金全集》第五卷代跋
（致树基）

树基：

关于收在这一卷中的五个中篇，我想作如下简单的说明：一、《海的梦》原名《海底梦》，一九三二年十月在上海新中国书局发行初版时，后面还附印了一篇散文《从南京回上海》，一九三六年一月，我向新中国书局买回《海底梦》的版权，交给开明书店重印，删去了那篇"附录"。但是我并没有扔掉它，我后来又把它编进《旅途杂记》之类的集子里。《从南京回上海》是一篇真实的见闻，写了不宣而战的"一·二八"事变的一些情况，虽然没有技巧，没有文采，却记下了一些值得记住的事情。文章最初在当时上海文化界发行的一份短期抗日报纸上连载。在这报上我还发表了一首诗《上海进行曲》。可是现在不但诗找不到，连报纸的名字我也想不起来了。《从南京回上海》同年七月又在新创刊的《大陆杂志》上发表一次，这样才给保留了下来。后来在一九三五年五月发生《闲话皇帝》事件以后，在上海租界里出书也感到了压力，为了少给书店带来麻烦，我便替《海底梦》戴上一顶"童话"的帽子，"童话"就是莫须有的故事嘛。至于写得明明白白的抗日文章只好暂时跟读者告别了。

关于《春天里的秋天》我在《创作回忆录》中作过比较详细的说明。

《砂丁》和《雪》都是失败之作。我那时还不曾去过锡城个旧①，虽然在长兴煤矿住过一个星期，但见闻有限，同工人接触不多，在矿山时并未想过要描写自己不熟悉的人和事。两年后让组稿人逼着在期刊上发表了连载小说，就只好编造故事了。奇怪的是当时的统治阶级很害怕这两本不成熟的小说。《雪》原名《萌芽》，发行不久便遭到公开查禁，后来自费重印，改名为《雪》。

《砂丁》由开明书店出版时还附印了一个短篇《煤坑》，因为它也是写矿工的小说。一九三六年一月我编短篇小说集就把《煤坑》抽出来放在短篇第二集内，而《砂丁》就作为中篇给编在文化生活出版社的《文学丛刊》第五集里面。一九三七年四月我为新版《砂丁》写过一篇短短的后记，开头的一段是这样："《砂丁》是我五年前的旧作，当时印过两千册，也不大为人注意。后来因为自己的不满意和别的原因，我就让它停了版。最近一个朋友和我谈起这书，他劝我把它重印。我便检出旧稿修改一番，改后重看，觉得也并非不堪问世之作便交给印局排印了。"

最后说到《利娜》，这个中篇是一九三四年十一月我动身去日本横滨前写成的。靳以和卞之琳编辑的《水星》（月刊）在北平创刊，需要连载小说，我便写了《利娜》寄去，用欧阳镜蓉的笔名发表。

我后来（一九四○年）在《利娜》单行本的序文中说："这是根据六十年前一个俄国少女给她女友的信改写的。"我说了真话，小说的确是根据一本叫作《一个虚无主义者的书信》的法文小册子改写的，原信二十六封，经我删改合并，缩成十九封，连故事也有了一些改动。我借用别人的文字发自己的牢骚，不是用我的嘴讲别人的话。那么文章总还是我的吧。但严格地说来，它却不是"创作"了。可惜的是原书已经在抗战中遗失。

巴金八月十五日

---

① 我访问个旧，在一九六〇年三月，回来后写过两篇散文。

《收获》创刊三十年

《收获》杂志创刊三十年，编辑部同志要我讲几句话。我说："过去文艺界办红白喜事，常常找我做吹鼓手。现在击鼓我手无力，拿着唢呐，又吹不出声音，装腔作势，有何用处，免了我吧。"

编辑同志不以为然，又说："你是《收获》的主编，杂志经历了三十年的风风雨雨，你总有一些感受。譬如看见一个孩子长大成人，做父母的、做老师的总不能不高兴，唱一首生日歌，祝他长命百岁，有什么不好？"

我一时答不出话来。本来我在家养病，坐在藤椅上，什么也不想，只觉两肩轻松。现在听见提到三十年的风风雨雨，仿佛迎头一巴掌，发昏之后又大动脑筋，即使躺在床上，也不能休息，我觉得肩头非常沉重。我想起一些与《收获》有关的事情。

想着《收获》，我不能不想到靳以，他是《收获》的创办人，又是《收获》的主编，我不过是一个挂名的助手。他用自己的心血哺育这个新生的孩子，严肃认真，一丝不苟，不声不响地献出全部精力。多出人，多出作品，这就是他的雄心壮志。五个人办这样一个大刊物，他并不感到工作繁重。他发病住院的时候还在看校样，写信组稿。虽然刊物也遇到一些麻烦，但是在他一生创办的刊物中，《收获》算是办得最顺利，而且销路最大的了。没有想到，他为这个刊物工作的时间就只有短短的两年，刊物按照他的希望成长发展，走上自己的道路，他却意外地闭上了眼睛。他留给我做的头一件事便是《收获》的第一次停刊。事情发生在他逝世后一年。

　　《收获》当时是中国作协的刊物，作协书记处委托靳以创办的。作协的几位负责同志过去都是靳以主编的刊物的撰稿人。有一次大家在一起谈到靳以从前编辑的大型刊物，为了体现"双百"方针，有人建议让他创办一份纯创作的大型刊物，靳以也想试一试，连刊物的名字也想好了。我没有发表意见，说真话，各种各样的大会小会几乎把我的精力消耗光了，我只盼望多放几天假，让我好好休息。因此我没有参加《收获》的筹备工作。靳以对我谈起一些有关的事情，我也只是点点头，讲不出什么。我答应做一个编委。连我在内，编委一共十三人。我说："编委就起点顾问的作用吧，用不着多开编委会。"《收获》的编委会果然开得少。刊物在北京印刷发行，因为靳以不愿把家搬到北京，编辑部便设在上海，由靳以主持。大约在创刊前三四个月，有天晚上靳以在我家聊天，快要离开的时候，他忽然严肃地说："还是你跟我合编吧，像以前那样。"就只有这么一句，我回答了一个字："好。"一九三六年他到上海编辑《文季月刊》，就用了我们合编的名义。我们彼此信任。我这个习惯于到处挂名的人，听见他谈起刊物的工作，常常感到惭愧。我不能不想他怎样每期看那一百多万字的来稿。我最后一次在华东医院的病房里看见他，他还对我说："我们应当把《收获》办得更好。"这句话当时给我留下很深的印象，但是我发表了悼念靳以的文章以后不久就忘记了他的话，我并没有把他丢下的担子挑起来。那些年我就像是在冰上走动，一直提心吊胆，真有度日如年的感觉。在困难的时候，还是让罗荪同志帮忙，抓刊物的工作。大半年后《收获》出满三年，中国作协派人来商量停刊的事，说是纸张缺乏，我感到意外，但是在"三年自然灾害时期"，我也无话可说。靳以创办的刊物由我来宣布结束这不是第一次。一九三五年底《文学季刊》停刊，他在天津照料母亲的病，我去北平看完校样写了《停刊的话》。这一次又轮着我来结束他创办的刊物。想想，我有些难过。不过我觉得少挂一个名，肩上的负担也轻一些。张春桥（他经常是我们的"顶头上司"）的

讲真话的书 （1986—1999）

阴影就像一只黑蜘蛛在我四周织成一个大网。靳以在世的时候，我和他可以说是无话不谈，可是我们也谈得不多。主编《收获》的两年中间他只向我发过一次牢骚，就是要他离开杂志到工厂深入生活，而且事前并未征求他的同意，后来还是作协书记处表了态，他才不曾放弃编辑工作。其实他遇到的阻力不用讲，我也想得到。他是在"双百方针"发表时筹办刊物的，可是刊物尚未印出，"反右"斗争已经开始。《收获》本来没有《发刊词》，第一期已经编好，纸型由上海寄到北京，我当时在北京开会，忽然收到靳以寄来他写的《发刊词》，他征求编委的意见。我一看便知道是为了"六大标准"。"六大标准"的发表无疑是一件好事。可是我却感到一点紧张，我似乎看到了一顶悬在空中的"反党反社会主义"的帽子。我想他不会比我轻松。他接着在第二期又发表了《写在〈收获〉创刊的时候》，文章给我看过，我了解他保护刊物的苦心，我自己也想多找机会表态，不加考虑便在原稿上署了名。今天翻看三十年前的表态文章，我还仿佛接触到两颗战栗的心和两只颤抖的手。我们就是这样熬过来的。不管有多少干扰，他坚持着把全部心血花费在刊物上。勤奋的工作促使他过早接近死亡，但是他亲手浇灌的花开放了。我不像他，我东奔西跑花了好几年的工夫写成一部废品，我只想避开头上达摩克利斯的宝剑，结果，蜘蛛网越收越紧，悬在空中的帽子还是落到我的头上，我过了十年的地狱生活。一九六四年一月，《收获》在上海重现。人们称它为"新收获"，或者"小收获"，它不是原来的《收获》，中国作协也没有复刊的计划。为了满足读者的需要，上海作协分会将别的杂志停刊，改出"新收获"，记得是以群在领导，肖岱同志做实际工作。但是"大写十三年"的口号已经提出，在张春桥、姚文元虎视眈眈的目光下，刊物注定要走向毁灭，努力和挣扎都没有用，不到两年半的时间，"文化大革命"正式开锣，不但"新收获"给革命"左"派砸烂，连以群也挨批挨斗、跳楼身亡。在"文革"期间我才知道"新收获"为了发表我的文章，曾遭到张春桥的训斥。

《收获》第三次出现，在一九七九年一月。它是上海的《收获》，不过复刊在乌云消散、蜘蛛网砸烂的时候。新的《收获》仍然走着团结作者、为读者服务的道路，严肃地、沉默地一步一步地前进。路越走越平坦，脚步越走越踏实，刊物同读者、同作者的联系愈来愈密切。仿佛一闪眼间新的《收获》就到了第九个年头，前面一片亮光。刊物在读者中间扎了根，孩子一天天发育成长，难道我不高兴？这些年我再也看不见黑蜘蛛的阴影，再也不用战战兢兢地听老爷们的训斥，难道我不高兴？

我高兴。但是对刊物的发展，我并不曾尽过力，我也没有资格在这里发言。要是靳以能活到现在，那有多好！他做了一件好事，人们不会忘记他。我又老又病，作为挂名的主编，我应当休息了。我羡慕正在为刊物工作的同志们，刊物走上了一条宽广的路，你们的心血并没有白费。只要能团结人，只要不脱离读者，你们会得到支持的。

《收获》创刊三十年，休刊十五载。流逝的时光是追不回来的了。

我不是老师，也不是长辈，只可以说是一个关心的朋友吧。今天在这里庆贺《收获》的生日，我真诚地祝愿以后不再发生这种不寻常的事情。

九月十五日

给李致的信

李致：

　　我已回到上海。正点到达。眼前全是上海的景物，仿佛做了一个美好的梦。十七天过得这么快！我说我返川为了还债，可是旧债未还清，我又欠上了新债。多少人，多少事牵动着我的心，为了这个我也得活下去，为了这个我也得写下去。

　　代我谢谢所有被我麻烦过的人。短短的十七天，像投了一粒石子在池水里，石子沉在水底，水面又平静了。但是我心里并不平静。

　　我相当疲劳，这几天什么事也做不了，但不会病倒的。后天要去医院拿药并检查。结果怎样，下次告诉你。

　　寄上小书[1]六册，每人一册，已在扉页上写明，书寄在国炜[2]处，有一册是宋辉[3]要的。

　　祝

好！

问候秀涓

芾甘
十月二十四日

---

[1] 小书，指《雪泥集》，系巴金给散文作家杨苡的书信集。
[2] 国炜，巴金的侄女。
[3] 宋辉，巴金的外侄孙。

《巴金全集》第七卷代跋
（致树基）

树基：

　　《火》三部都是失败之作，我自己讲过不止一次，所以十卷本《选集》里没有收入它们。当然我也不会把它们从《全集》中抽去，而且我并不后悔编《文集》时将它们留了下来。"我写文章靠的是感情"。（一九八四年二月，可能以前还讲过这一类的话。）我不掩盖自己的缺点。但写一个短篇，不一定就会暴露我的缺点。写中篇、长篇那就不同了，我离不了生活，少不了对生活的感受。生活不够，感受不深，只好避实就虚，因此写出了肤浅的作品。

　　我没有毁掉这些作品，我说是"为了宣传（抗战）"，这也是事实。我的确在做宣传工作，我想尽我的责任。我知道，这样宣传，作用不大。但在四处逃难、身经百炸之后，还不曾丧失信心，不间断地叫喊几声鼓舞人们的勇气，也是好的。有总比没有好。不过这谈不上文学和艺术了。固然三卷书中都有"感情"，这"感情"当时还能打动人心，今天却不易争取到读者了。就留着它作为"考卷"看吧。

　　我说过："我想写一本宣传的东西。"《火》的头两部都是宣传的书，第三部却不是，第三部写了阴暗面，因为我自己看到了阴暗面，不少的阴暗面。我不能睁起眼睛撒谎，这不是宣传。我得讲真话，才能够取信于读者。因此我写了知识分子受歧视，写了人们向钱看，写了学生看不起老师，等等，等等。这说明即使在这类肤浅的作品（我的确写过不少肤浅的作品）中我也不曾无病呻吟。

讲真话的书 *(1986—1999)*

三卷《火》中我写了两位熟人。冯文淑是我的妻子萧珊，田惠世则是在桂林逝世的老友林憾庐。写萧珊，我只写了她初期的、表面的东西，不曾写她的成长。写憾庐，我想借他来说明真正的基督徒宣传的人道主义的教义。但是我应该承认跟我这样熟的两个人我都没有写好。除了我在以前发表的几篇"后记"中指出的原因外，除了刚才说到的"避实就虚"外，我还有一个毛病，我做文章一贯信笔写去，不是想好才写。我没有计划，没有蓝图，想到哪里就写到哪里。所以我不是艺术家，也不是文学家，更不是什么大师。我只是用笔作武器，靠作品生活，在作品中进行战斗。我经常战败，倒下去，又爬起来，继续战斗。关于《火》我不想再说什么了。我的一本《创作回忆录》里有一篇谈《火》的散文，是将近八年前（一九八〇年一月）写成的，当时讲了不少，我那些意见、那些看法今天还不曾改变。我希望《火》的读者有机会翻看这本小书。

巴金十二月四日

《巴金全集》第六卷代跋
（致树基）

树基：

《爱情的三部曲》也不是成功之作，可是在十卷本《选集》里我却保留了它们。关于这三卷书我讲过不少夸张的话，甚至有些装腔作势。我说我喜欢它们，一九三六年我写《总序》的时候，我的感情是真诚的。今天我重读小说中某些篇章，我的心仍然不平静，不过我不像从前那样地喜欢它们了，我看到了一些编造的东西。

有人批评我写革命"上无领导，下无群众"，说这样的革命是空想，永远"革"不起来。说得对！我没有一点革命的经验。也可以说，我没有写革命的"本钱"。我只是想为一些熟人画像，他们每个人身上都有使我感动的发光的东西。我拿着画笔感到毫无办法时，就求助于想象，求助于编造，企图给人物增添光彩，结果却毫无所得，我的画笔给他们增加不了什么。

有一件小事给了我以启发。多少年（四五十年吧）过去了，那些熟人中还有少数留在原地，虽然退休了，仍在做一点教育工作。去年我女儿女婿到南方出差经过那里，代我去看望了那几位老友，他们回来对我说，很少见到这样真诚、这样纯朴、这样不自私的人，真是"理想主义者"！对，理想主义者。他们替我解答了问题。我所写的只是有理想的人，不是革命者。他们并不空谈理想，不用理想打扮自己，也不把理想强加给别

讲真话的书 (1986—1999)

人。他们忠于理想，不停止地追求理想，忠诚地、不声不响地生活下去，追求下去。他们身上始终保留着那个发光的东西，它就是——不为自己。

关于这一卷的《附录》，说实话，我应当把《自白》删去，可是我没有这样做；我应该做一个较详细的说明，但我又缺乏精力和时间。青年时期的热情早已消散，我回想起五十二年前一个冬夜在北平三座门大街十四号宽敞的北屋里写这《自白》的情景，仿佛做了一场大梦，今天的读者大概很难了解我这些梦话了。其实当时就有人怀疑我所说的"我有信仰"是句空话。经过五十几年的风风雨雨，我也不是当初写这"三部曲"的我了，可能这是我最后一次翻看《自白》，那么让我掏出心来，作个明确的解释：

"一直到最后我并没有失去我对生活的信仰，对人民的信仰。"

巴金 十二月十八日

一九八八年

《巴金译文选集》[①]序

一

三联书店准备为我出版一套译文选集，他们挑选了十种，多数都是薄薄的小书，而且多年未印了。他们也知道这些书不会有大的销路，重印它们无非为了对我过去的翻译工作上的努力表示鼓励。我感谢他们的好意，可是说真话，在这方面我并无什么成就。

我常说我不是文学家，这并非违心之论。同样，我也不是翻译家。我写文章，发表作品，因为我有话要说，我希望我的笔对我生活在其中的社会起一点作用。我翻译外国前辈的作品，也不过是借别人的口讲自己的心里话。所以我只介绍我喜欢的文章。

我承认自己并不精通一种外语，我只是懂一点皮毛。我喜欢一篇作品，总想理解它多一些，深一些，常常反复背诵，不断思考，根据自己的理解，用自己的文笔表达原作者的思想感情。别人的文章打动了我的心，我也想用我的译文打动更多人的心。不用说，我的努力始终达不到原著的高度和深度，我只希望把别人的作品变成我的武器。我并不满意自己的译文，常常称它们为"试译"，因为严格地说它们不符合"信、达、雅"的

[①] 《巴金译文选集》，一九九〇年一月香港三联书店出版。

讲真话的书 (1986—1999)

条件，不是合格的翻译。可能有人说它们"四不像"：不像翻译，也不像创作，不像外国前辈的作品，也不像我平时信笔写出的东西。但是我像进行创作那样把我的感情倾注在这些作品上面。丢失了原著的风格和精神，我只保留着我自己的那些东西。可见我的译文是跟我的创作分不开的。我记得有一位外国记者问过我：作家一般只搞创作，为什么我和我的一些前辈却花费不少时间做翻译工作。我回答说，我写作只是为了战斗，当初我向一切腐朽、落后的东西进攻，跟封建、专制、压迫、迷信战斗，我需要使用各式各样的武器，也可以向更多的武术教师学习。我用自己的武器，也用拣来的别人的武器战斗了一生。在今天搁笔的时候我还不能说是已经取得多大的战果，封建的幽灵明明在我四周徘徊！即使十分疲乏，我可能还要重上战场。回顾过去，我对几十年中使用过的武器仍有深的感情。虽然是"试译"，我重读它们还不能不十分激动，它们仍然强烈地打动我的心。即使是不高明的译文，它们也曾帮助我进行战斗，可以说它们也是我的生活的一部分。我感谢三联书店给我一个机会，现在的确是编辑我的译文选集的时候了。

二

我不知道从哪里讲起好。在创作上我没有完成自己的诺言，我预告要写的小说不曾写出来。在翻译方面我也没有完成自己的计划，赫尔岑的回忆录还有四分之三未译。幸而有一位朋友愿意替我做完这个工作，他的译文全稿将一次出版。这样我才可以不带着内疚去见"上帝"。前一个时期我常常因为这个问题没有解决坐立不安，现在平静下来了。没有做完的工作就像一笔不曾偿还的欠债，虽然翻译不是我的"正业"，但对读者失了信，我不能不感到遗憾。

有些事我做过就忘得干干净净，可是细心的读者偏偏要我记起它们。前些时候还有人写信问我是不是在成都出版的《草堂》文艺月刊上发表过翻译小说《信号》。对,我想起来了。那是一九二二年的事,《信号》是我的第一篇译文。我喜欢迦尔洵的这个短篇,从英译本《俄国短篇小说集》中选译了它,译文没有给保存下来,故事却长留在我的脑子里。在我的头一本小说《灭亡》中我还引用过《信号》里人物的对话。三十年后(即五十年代初)我以同样激动的心情第二次翻译了它。我爱它超过爱自己的作品。我在它那里找到自己的思想感情。它是我的老师,我译出的作品都是我的老师,我翻译首先是为了学习。

那么翻译《信号》就是学习人道主义吧。我这一生很难摆脱迦尔洵的影响,我经常想起他写小说写到一半忽然埋头痛哭的事,我也常常在写作中和人物一同哭笑。

可以说我的写作生活就是从人道主义开始的。《灭亡》,我的第一本书,靠了它我才走上文学的道路,即使杜大心在杀人被杀中毁灭了自己,但鼓舞他的牺牲精神的不仍是对生活、对人的热爱吗?

《寒夜》,我最后一个中篇(或长篇),我含着眼泪写完了它。那个善良的知识分子不肯伤害任何人,却让自己走上如此寂寞痛苦的死亡的路。他不也是为了爱生活、爱人……吗?

还有,我最近的一部作品,花了八年的时间写成的《随想录》不也是为了同一个目标?

三

我只是一个普通人,我也愿意做一个普通人。我不好意思说什么"使命感""责任感"……但是我活着绝不想浪费任何人的宝贵时间。

我的创作是这样,我的翻译也是这样。从一九二二年翻译短篇《信号》开始,到一九八二年摔断左腿为止,六十年中间我译出的作品,长的短的加在一起,比这套选集多好几倍。作者属于不同的国籍,都是十九世纪或者二十世纪的有血、有肉、有感情的人,我读他们的书,仿佛还听见

讲真话的书 *(1986—1999)*

他们的心在纸上跳动。我和他们之间有不小的距离，我没有才华，没有文采，但我们同样是人，同样有爱，有恨，有渴望，有追求。我想我理解他们，我也相信读者理解他们。

别的我不多说了。

四月二十二日

附记 最近，编者告诉我，台湾的东华书局希望在台湾同时出版这套小书，征求我的意见。

一九四七年，为文化生活出版社在台湾设立分社的事，我曾去过台湾半个月，还跟当时在台湾大学教授外国文学的老朋友黎烈文和其他一些人见了面。这个美丽的小岛和我那些朋友，都给我留下了难以忘怀的印象。现在，我当然很高兴台湾读者也愿意读这里我所喜爱的书，并感谢台湾东华书局的盛情。

一九八九年九月二十六日

《巴金全集》第九卷代跋
（致树基）

树基：

　　关于第九卷我也想讲几句话。这次编全集，你把我最早的四个短篇集放在一起，作为一卷。你想保留它们本来的面貌，便从《复仇》集里删去了《亚丽安娜·渥柏尔格》[①]；保存了最初收入短篇集时删掉的《父与女》《我底眼泪》《罪与罚》《堕落的路》《初恋》《杨嫂》等六篇的《后记》，恢复了《抹布》集中《母亲》的原题目……这些我都同意。我看，这也是为了让读者更多地理解我。通过我的作品的这种种改动，他们可以看到我这六十年来的创作道路。显而易见：失败多于成功。我的短篇小说中可读的不过寥寥几篇。

　　我记得还为两个短篇写过《后记》，但后来又删去了。它们是《房东太太》和《哑了的三弦琴》。关于前者我在三十年代写的《写作生活的回顾》中说："那是根据一个朋友的叙述写成的。"是，是这样；关于后者，我也在什么地方做过简短的声明：这是一个真实的故事，我根据美国记者乔治·凯南的一篇文章改写了它。凯南熟悉俄罗斯生活，写过一部大书《西伯利亚与流放制度》（共两卷），忠实地反映了十九世纪俄国革命者的流放生活与精神面貌。我喜欢这书，花了二十几年的工夫，终于由

[①] 最初收在散文随笔集《旅途随笔》内，见一九三四年八月生活书店初版本。

朋友钟时的帮助得到一部。但三弦琴的故事则来自凯南的短篇《歌唱的猛禽》。这三弦琴又叫"巴拉莱喀",是木制的三角形的三弦琴。……

巴金六月十五日

《巴金全集》第十卷代跋
（致树基）

树基：

要不是你寄来《法国大革命的故事》的复印件，问我有没有要修改的地方，我会把那篇文章忘得一干二净。这两天我翻看了几本书，回忆了一些旧事，我仿佛找回了失去的东西。自己五十几年前的文笔我又熟悉了。我读完初稿，又找出第二稿。我顺利地修改了它。现在寄回给你的复印件是一九三六年年初增订过的第二稿，同时我告诉你为什么我会写这样一篇故事。

一九三〇年我译完苏联作家阿·托尔斯泰的多幕剧《丹东之死》，由上海开明书店出版。书店的总编辑夏丏尊先生建议我在序文里讲讲法国大革命的经过情形，或者另写一篇法国资产阶级大革命的"故事"。我接受了他的意见，写了一篇较长的《译者序》。

当时我并未想到会写《罗伯斯比尔的秘密》等短篇小说，那是一九三四年的事。同年我在北平编辑我的第六本短篇集《沉默》，把那三个关于法国大革命的短篇小说收在一起，忽然想到一九三〇年写的《译者序》读者不多，便找出来，稍稍改动一下，作为小说集的附录印在卷末，这样也许可以帮助读者理解那三个主人公的"秘密"。

这就是"故事"的第一稿，也就是你寄给我的那个复印件。一九三五年底我向上海新中国书局赎回了我卖给他们的几本书的版权，另编两集短

讲真话的书 *(1986—1999)*

篇小说交给开明书店刊行。第二集是一九三六年年初交稿的，据说编好这一卷"花了将近半个月的工夫"。其实并不止这十几天。这期间我把"故事"又改了一遍，因为一九三五年上半年我在日本东京搜集了一些资料，才过了几个月，记忆犹新，我拿起笔，它们就像喷泉似的落到纸上。大概一个星期吧，我做完了增订的工作。那就是收在开明版短篇小说第二集第四编中的《法国大革命的故事》（第二稿）。后来重印《丹东之死》，我又从《译者序》中删去构成"故事"的一部分，把小说集里那篇增补过的"故事"作为剧本的附录。这次寄给你的复印件便是根据《丹东之死》第七版复印的。我校了一遍，改动不多。五十年代、六十年代我不曾把"故事"编入《文集》，七十年代、八十年代我编印《自选集》，又漏掉了它。现在感谢你的提醒，它终于给保留在《全集》里了。

巴金七月十六日热浪袭击上海的时候

《冰心传》[①]序

卓如同志：

　　信早收到，我指的是您写给冰心大姊要她找我为传记作序的那封信。对您我并不感到陌生，我在北京医院大姊的病房里见过您，即使我们没有机会交谈，可是我经常听见大姊和家人讲到您，知道您在搜集资料，为她编全集写传记。大姊对孩子们开玩笑说："有些事你们不知道，可以问卓如。"拿起大姊转寄来的厚厚一叠《冰心传》翻了翻，我也不得不佩服您这个"冰心通"。您唤起我数不清的回忆。当时年轻的读者容易熟悉青年作者的感情。我们喜欢冰心，跟着她爱星星，爱大海，我这个孤寂的孩子在她的作品里找到温暖，找到失去的母爱。我还记得离家前的那个夏天满园蝉声中我和一个堂弟读着《繁星》，一边学写"小诗"。这些小诗今天还鲜明地印在我的心上，虽然我就只写了十几二十首。我不是诗人，我却常常觉得有人吟着诗走在我的前面，我也不知不觉地吟着诗慢慢地走上前去。

　　给您回信并不是困难的事情，因为我们互相了解，一位诗人和她的作品把我们的心连在一起。您写的我已熟悉，您讲的我也知道。不用翻阅您寄来的厚厚的印张，我早已回到六七十年前温暖的梦中。我有那么深的感情，和那么多的回忆！为《冰心传》作序，我担心病中无法从容构思，写

----

① 《冰心传》，卓如著。一九八九年九月上海文艺出版社出版。

127

讲真话的书 （1986—1999）

不出像样的序文，但是我又不能交一份白卷，因为我有责任为我那一代人表态。我不敢一口答应，也不愿一口谢绝。

就在这个时候，热浪袭击上海，我坐立不安、度日如年，无法动笔，又不能搁笔，感到进退两难，忽然看到大姊写给香香的信，短短的一句："也只要几句真话！"这是对我说的。我明白了。的确有几句真话我非讲不可。

冰心大姊不过比我年长四岁，可是她在前面跑了那么一大段路。她是"五四"文学运动最后一位元老，我却只是这运动的一个产儿。她写了差不多整整一个世纪，到今天还不肯放下笔。尽管她几次摔伤、骨折，尽管她遭逢不幸、失去老伴，她并不关心自己，始终举目向前，为我们国家和民族的前途继续献出自己的心血。虽然她有很长的写作经历，虽然健在的作家中她起步最早，她却喜欢接近年轻读者，在他们中间不断地汲取养料。

她这个与本世纪同年龄的老作家的确是我们新文学的最后一位元老，这称号她是受之无愧的。但是把"老"字同她连在一起，我又感到抱歉，因为她的头脑比好些年轻人的更清醒，她的思想更敏锐，对祖国和人民她有更深的爱。我劝她休息，盼她保重，祝愿她健康长寿。然而在病榻前，在书房内，靠助步器帮忙，她接待客人，答复来信，发表文章。她呼吁，她请求，她那些真诚的语言，她那些充满感情的文字，都是为了我们这个多灾多难的国家，都是为了我们大家熟悉的忠诚老实的人民。她要求"真话"，她追求"真话"，将近一个世纪过去了，她还用自己作榜样鼓励大家讲"真话"，写"真话"。我听说有人不理解她用宝贵的心血写成的文章，随意地删削它们。我也知道她有些"刺眼的句子"不讨人欢喜，要让它们和读者见面，需要作家多大的勇气。但是大多数读者了解她，大多数作家敬爱她。她是那么坦率，又那么纯真！她是那么坚定，又那么坚强！作为读者，我不曾上当受骗；作为朋友，我因这友谊而深感自豪。更难得的是她今天仍然那么年轻！我可以说：她永远年轻！

　　思想不老的人才永远年轻！冰心大姊就是这样的一个人，她的传记就是一本读了使人感到永远年轻的书。

　　　　　　　　　　　　　　巴金七月二十八日

怀念从文

一

今年五月十日从文离开人世,我得到他夫人张兆和的电报后想起许多事情,总觉得他还同我在一起,或者聊天,或者辩论,他那温和的笑容一直在我眼前。隔一天我才发出回电:"病中惊悉从文逝世,十分悲痛。文艺界失去一位杰出的作家,我失去一位正直善良的朋友,他留下的精神财富不会消失。我们三十、四十年代相聚的情景还历历在目。小林因事赴京,她将代我在亡友灵前敬献花圈,表达我感激之情。我永远忘不了你们一家。请保重。"都是些极普通的话。没有一滴眼泪,悲痛却在我的心里,我也在埋葬自己的一部分。那些充满信心的欢聚的日子,那些奋笔和辩论的日子都不会回来了。这些年我们先后遭逢了不同的灾祸,在泥泞中挣扎,他改了行,在长时间的沉默中,取得卓越的成就,我东西奔跑,唯唯诺诺,羡慕枝头欢叫的喜鹊,只想早日走尽自我改造的道路,得到的却是十年一梦,床头多了一盒骨灰,现在大梦初醒,却仿佛用尽全身力气,不得不躺倒休息,白白地望着远方灯火,我仍然想奔赴光明,奔赴希望。我还想求助于一些朋友。从文也是其中的一位,我真想有机会同他畅谈。这个时候突然得到他逝世的噩耗,我才明白过去那一段生活已经和亡友一起远去了,我的唁电表达的就是一个老友的真实感情。

一连几天我翻看上海和北京的报纸,我很想知道一点从文最后的情况。可是日报上我找不到这个敬爱的名字。后来才读到新华社郭玲春同志简短的报道,提到女儿小林代我献的花篮。我认识郭玲春,却不理解她为什么这样吝惜自己的笔墨,难道不知道这位热爱人民的善良作家的最后牵动着全世界多少读者的心?!可是连这短短的报道多数报刊也没有采用。小道消息开始在知识界中间流传。这个人究竟是好是病、是死是活,他不可能像轻烟散去,未必我得到噩耗是在梦中?!一个来探病的朋友批评我:

"你错怪了郭玲春,她的报道没有受到重视,可能因为领导不曾表态,人们不知道用什么规格发表讣告、刊载消息。不然大陆以外的华文报纸刊出不少悼念文章,惋惜中国文坛巨大的损失,而我们的编辑怎么能安心酣睡,仿佛不曾发生任何事情?!"

我并不信服这样的论断,可是对我谈论规格学的熟人不止他一个,我必须寻找论据答复他们。这个时候小林回来了,她告诉我她从未参加过这样感动人的告别仪式,她说没有达官贵人,告别的只是些亲朋好友,厅子里播放死者生前喜爱的乐曲。老人躺在那里,十分平静,仿佛在沉睡,四周几篮鲜花,几盆绿树,每个人手中拿一朵月季,走到老人跟前,行了礼,将花放在他身边过去了。没有哭泣,没有呼唤,也没有噪音惊醒他,人们就这样平静地跟他告别,他就这样坦然地远去。小林说不出这是一种什么规格的告别仪式,她只感觉到庄严和真诚。我说正是这样,他走得没有牵挂、没有遗憾,从容地消失在鲜花和绿树丛中。

二

一百多天过去了。我一直在想从文的事情。我和从文见面在一九三二年。那时我住在环龙路我舅父家中。南京《创作月刊》的主编汪曼铎来上海组稿,一天中午请我在一家俄国西菜社吃中饭,除了我还有一位客人,就是从青岛来的沈从文。我去法国之前读过他的小说,一九二八年下半年

讲真话的书 （1986—1999）

在巴黎我几次听见胡愈之称赞他的文章，他已经发表了不少的作品。我平日讲话不多，又不善于应酬，这次我们见面谈了些什么，我现在毫无印象，只记得谈得很融洽。他住在西藏路上的一品香旅社，我同他去那里坐了一会，他身边有一部短篇小说集的手稿，想找个出版的地方，也需要用它换点稿费。我陪他到闸北新中国书局，见到了我认识的那位出版家，稿子卖出去了，书局马上付了稿费，小说过四五个月印了出来，就是那本《虎雏》。他当天晚上去南京，我同他在书局门口分手时，他要我到青岛去玩，说是可以住在学校的宿舍里。我本来要去北平，就推迟了行期，九月初先去青岛，只是在动身前写封短信通知他。我在他那里过得很愉快，我随便，他也随便，好像我们有几十年的交往一样。他的妹妹在山东大学念书，有时也和我们一起出去走走看看。他对妹妹很友爱，很体贴，我早就听说，他是自学出身，因此很想在妹妹的教育上多下功夫，希望她熟悉他自己想知道却并不很了解的一些知识和事情。

在青岛他把他那间屋子让给我，我可以安静地写文章、写信，也可以毫无拘束地在樱花林中散步。他有空就来找我，我们有话就交谈，无话便沉默。他比我讲得多些，他听说我不喜欢在公开场合讲话，便告诉我他第一次在大学讲课，课堂里坐满了学生，他走上讲台，那么多年轻的眼睛望着他，他红着脸，一句话也讲不出来，只好在黑板上写了五个字"请等五分钟"。他就是这样开始教课的。他还告诉我在这之前他每个月要卖一部稿子养家，徐志摩常常给他帮忙，后来，他写多了，卖稿有困难，徐志摩便介绍他到大学教书，起初到上海中国公学，以后才到青岛大学。当时青大的校长是小说《玉君》的作者杨振声，后来他到北平工作，还是和从文在一起。

在青岛我住了一个星期。离开的时候他知道我要去北平，就给我写了两个人的地址，他说，到北平可以去看这两个朋友，不用介绍，只提他的名字，他们就会接待我。

在北平我认识的人不多。我也去看望了从文介绍的两个人，一位姓程，一位姓夏。一位在城里工作，业余搞点翻译；一位在燕京大学教书。一年后我再到北平，还去燕大夏云的宿舍里住了十几天，写完中篇小说《电》。我只说是从文介绍，他们待我十分亲切。我们谈文学，谈得更多的是从文的事情，他们对他非常关心。以后我接触到更多的从文的朋友，我注意到他们对他都有一种深的感情。

在青岛我就知道他在恋爱。第二年我去南方旅行，回到上海得到从文和张兆和在北平结婚的消息，我发去贺电，祝他们"幸福无量"。从文来信要我到他的新家做客。在上海我没有事情，决定到北方去看看，我先去天津南开中学，同我哥哥李尧林一起生活了几天，便搭车去北平。

我坐人力车去府右街达子营，门牌号数记不起来了，总之，顺利地到了沈家。我只提了一个藤包，里面一件西装上衣、两三本书和一些小东西。从文带笑地紧紧握着我的手，说："你来了。"就把我接进客厅。又介绍我认识他的新婚夫人，他的妹妹也在这里。

客厅连接一间屋子，房内有一张书桌和一张床，显然是主人的书房。他把我安顿在这里。

院子小，客厅小，书房也小，然而非常安静，我住得很舒适。正房只有小小的三间，中间那间又是饭厅，我每天去三次就餐，同桌还有别的客人，却让我坐上位，因此感到一点拘束。但是除了这个，我在这里完全自由活动，写文章看书，没有干扰，除非来了客人。

我初来时从文的客人不算少，一部分是教授、学者，另一部分是作家和学生。他不在大学教书了。杨振声到北平主持一个编教科书的机构，从文就在这机构里工作，每天照常上下班，我只知道朱自清同他在一起。这个时期他还为天津《大公报》编辑《文艺》副刊，为了写稿和副刊的一些事情，经常有人来同他商谈。这些已经够他忙了，可是他还有一件重要的工作，天津《国闻周报》上的连载：《记丁玲》。

根据我当时的印象，不少人焦急地等待着每一周的《国闻周报》，这连载是受到欢迎，得到重视的，一方面人们敬爱丁玲，另一方面从文的

讲真话的书 （1986—1999）

文章有独特的风格，作者用真挚的感情讲出读者心里的话。丁玲几个月前被捕，我从上海动身时，"良友文学丛书"的编者赵家璧委托我向从文组稿，他愿意出高价得到这部"好书"，希望我帮忙，不让别人把稿子拿走。我办到了。可是出版界的形势越来越恶化，赵家璧拿到全稿，已无法编入丛书排印，过一两年他花几百元买下一位图书审查委员的书稿，算是行贿，《记丁玲》才有机会作为"良友文学丛书"之一见到天日。可是删削太多，尤其是后半部，那么多的××！以后也没有能重版，更说不上恢复原貌了。

五十五年过去了，从文在达子营写连载的事，我还不曾忘记，写到结尾他有些紧张，他不愿辜负读者的期待，又关心朋友的安危，交稿期到他常常写作通宵。他爱他的老友，他不仅为她呼吁，同时也在为她的自由奔走。也许这呼吁、这奔走没有多大用处，但是他尽了全力。

最近我意外地找到一九四四年十二月十四日写给从文的信，里面有这样的话："前两个月我和家宝常见面，我们谈起你，觉得在朋友中待人最好、最热心帮忙的人只有你，至少你是第一个。这是真话。"

我记不起我是在什么情形里写下这一段话。但这的确是真话。在一九三四年也是这样，一九八五年我最后一次看见他，他在家养病，假牙未装上，讲话不清楚。几年不见他，有一肚皮的话要说，首先就是一九四四年十二月信上那几句。但是望着病人浮肿的脸，坐在堆满书的小房间里，我觉得有什么东西堵塞了咽喉，我仿佛回到了一九三四年、三三年。多少人在等待《国闻周报》上的连载，他那样勤奋工作，那样热情写作。《记丁玲》之后又是《边城》，他心爱的家乡的风景和他关心的小人物的命运，这部中篇经过几十年并未失去它的魅力，还鼓舞美国的学者长途跋涉，到美丽的湘西寻找作家当年的脚迹。

我说过我在从文家做客的时候，他编辑的《大公报·文艺》副刊和读者见面了。单是为这个副刊，他就要做三方面工作：写稿、组稿、看稿。我也想得到他的忙碌，但从未听见他诉苦。我为《文艺》写过一篇散文，发刊后我拿回原稿。这手稿我后来捐赠北京图书馆了。我的钢笔字很差，墨水浅淡，只能说是勉强可读，从文却用毛笔填写得清清楚楚。我真想谢谢他，可是我知道他从来就是这样工作，他为多少年轻人看稿、改稿，并设法介绍出去。他还花钱刊印一个青年诗人的第一本诗集并为它作序。不是听说，我亲眼见到那本诗集。

从文就是这样一个人。他不喜欢表现自己。可是我和他接触较多，就看出他身上有不少发光的东西。不仅有很高的才华，他还有一颗金子般的心。他工作多，事业发展，自己并不曾得到太多报酬，反而引起不少的吱吱喳喳。那些吱吱喳喳加上多少年的小道消息，发展为今天所谓的争议，这争议曾经一度把他赶出文坛，不让他给写进文学史。但他还是默默地做他的工作（分配给他的新的工作），在极端困难的条件下，一样地做出出色的成绩。我接到香港寄来的那本关于中国服装史的大书，一方面为老友新的成就感到兴奋，一方面又痛惜自己浪费掉的几十年的光阴。我想起来了，就是在他那个新家的客厅里，他对我不止讲过一次这样的话："不要浪费时间。"后来他在上海对我、对靳以、对萧乾也讲过类似的话。我当时并不同意，不过我相信他是出于好心。

我在达子营沈家究竟住了两个月或三个月，现在讲不清楚了。这说明我的病（帕金森氏综合征）在发展，不少的事逐渐走向遗忘。所以有必要记下不曾忘记的那些事情。不久靳以为文学季刊社在三座门大街十四号租了房子，要我同他一起搬过去，我便离开了从文家。在靳以那里一直住到第二年七月。

北京图书馆和北海公园都在附近，我们经常去这两处。从文非常忙，但在同一座城里，我们常有机会见面，从文还定期为《文艺》副刊宴请作者。我经常出席。他仍然劝我不要浪费时间。我发表的文章他似乎全读过，有时也坦率地提些意见，我知道他对我很关心，对他们夫妇只有好感，我常常开玩笑地说我是他们家的食客，今天回想起来我还感到温暖。一九三四年《文学季刊》创刊，兆和为创刊号写稿，她的第一篇小说《湖畔》受到读者欢迎。她唯一的短篇集后来就收在我主编的"文学丛刊"里。

三

我提到坦率，提到真诚，因为我们不把话藏在心里，我们之间自然会出现分歧，我们对不少的问题都有不同的看法。可是我要承认我们有过辩论，却不曾有争论。我们辩是非，并不争胜负。

在从文和萧乾的书信集《废邮存底》中还保存着一封他给我的长信《给某作家》（一九三七）。我一九三五年在日本横滨编写的《点滴》里也有一篇散文《沉落》是写给他的。从这两封信就可以看出我们间的分歧在什么地方。

一九三四年我从北平回上海，小住一个时期，动身去日本前为《文学》杂志写了一个短篇《沉落》。小说发表时我已到了横滨，从文读了《沉落》非常生气，写信来质问我："写文章难道是为着泄气？！"我也动了感情，马上写了回答，我承认"我写文章没有一次不是为着泄气"。

他为什么这样生气？因为我批评了周作人一类的知识分子，周作人当时是《文艺》副刊的一位主要撰稿人，从文常常用尊敬的口气谈起他。其实我也崇拜过这个人，我至今还喜欢读他的一部分文章，从前他思想开明，对我国新文学的发展有过大的贡献。可是当时我批判的、我担心的并不是他的著作，而是他的生活、他的行为。从文认为我不理解周，我看倒是从文不理解他。可能我们两人对周都不理解，但事实是他终于做了为侵略者服务的汉奸。

回国以后我还和从文通过几封长信继续我们这次的辩论，因为我又发表过文章，针对另外一些熟人，譬如对朱光潜的批评，后来我也承认自己有偏见，有错误。从文着急起来，他劝我不要"那么爱理会小处""莫把感情火气过分糟蹋到这上面"。他责备我："什么米米大的小事如×××之类的闲言小语也使你动火，把小东小西也当成敌人。"还说："我觉得你感情的浪费真极可惜。"

　　我记不起我怎样回答他，因为我那封留底的长信在"文革"中丢失了，造反派抄走了它，就没有退回来。但我记得我想向他说明我还有理性，不会变成狂吠的疯狗。我写信，时而非常激动，时而停笔发笑，我想：他有可能担心我会发精神病，我不曾告诉他，他的话对我是连声的警钟，我知道我需要克制，我也懂得他所说的"在一堆沉默的日子里讨生活"的重要。我称他为"敬爱的畏友"，我衷心地感谢他。当然我并不放弃我的主张，我也想通过辩论说服他。

　　我回国那年底又去北平，靳以回天津照料母亲的病，我到三座门大街结束《文学季刊》的事情，给房子退租。我去了达子营从文家，见到从文伉俪，非常亲热。他说："这一年你过得不错嘛。"他不再主编《文艺》副刊，把它交给了萧乾，他自己只编辑《大公报》的《星期文艺》，每周出一个整版。他向我组稿，我一口答应，就在十四号的北屋里，每晚写到深夜，外面是严寒和静寂。北平显得十分陌生，大片乌云笼罩在城市的上空，许多熟人都去了南方，我的笔拉不回两年前同朋友们欢聚的日子，屋子里只有一炉火，我心里也在燃烧，我写，我要在暗夜里叫号。我重复着小说中人物的话："我不怕……因为我有信仰。"文章发表的那天下午我动身回上海，从文、兆和到前门车站送行。

　　"你还再来吗？"从文微微一笑，紧紧握着我的手。我张开口吐出一个"我"字，声音就哑了，我多么不愿意在这个时候离开他们！我心里想："有你们在，我一定会来。"我不曾失信，不过我再来时已是十四年之后，在一个炎热的夏天。

四

　　抗战期间萧珊在西南联大念书，一九四〇年我从上海去昆明看望她，四一年我又从重庆去昆明，在昆明过了两个暑假。从文在联大教书，为了

讲真话的书 （1986—1999）

躲避敌机轰炸，他把家迁往呈贡，兆和同孩子们都住在乡下。我们也乘火车去过呈贡看望他们。那个时候没有教师节，教书老师普遍受到轻视，连大学教授也难使一家人温饱，我曾经说过两句话："钱可以赚到更多的钱。书常常给人带来不幸。"这就是那个社会的特点。他的文章写得少了，因为出书困难；生活水平降低了，吃的、用的东西都在涨价，他不叫苦，脸上始终露出温和的微笑。我还记得在昆明一家小饭食店里几次同他相遇，一两碗米线作为晚餐，有西红柿，还有鸡蛋，我们就满足了。

在昆明我们见面的机会不多，但是我们不再辩论了，我们珍惜在一起的每时每刻。我们同游过西山龙门，也一路跑过警报，看见炸弹落下后的浓烟，也看到血淋淋的尸体。过去一段时期他常常责备我："你总说你有信仰，你也得让别人感觉到你的信仰在哪里。"现在连我也感觉得到他的信仰在什么地方。只要看到他脸上的笑容或者眼里的闪光，我觉得心里更踏实。离开昆明后三年中，我每年都要写信求他不要放下笔，希望他多写小说。我说："我相信我们这个民族的潜在力量。"又说："我极赞成你那埋头做事的主张。"没有能再去昆明，我更想念他。

他并不曾搁笔，可是作品写得少。他过去的作品早已绝版，读到的人不多。开明书店愿意重印他的全部小说，他陆续将修订稿寄去。可是一部分底稿在中途遗失，他叹惜地告诉我，丢失的稿子偏偏是描写社会疾苦的那一部分，出版的几册却都是关于男女事情的，"这样别人更不了解我了"。

最后一句不是原话，他也不仅说一句，但大意是如此。抗战前他在上海《大公报》发表过批评海派的文章引起强烈的反感。在昆明他的某些文章又得罪了不少的人。因此常有对他不友好的文章和议论出现。他可能感到一点寂寞，偶尔也发发牢骚，但主要还是对那种越来越重视金钱、轻视知识的社会风气。在这一点我倒理解他，我在写作生涯中挨过的骂可能比他多，我不能说我就不感到寂寞。但是我并没有让人骂死。我也看见他倒了又站起来，一直勤奋地工作，最后他被迫离开了文艺界。

五

那是一九四九年的事。最初北平和平解放，然后上海解放。六月我和靳以、辛笛、健吾、唐弢、赵家璧他们去北平，出席首次全国文代会，见到从各地来的许多熟人和分别多年的老友，还有更多的献出自己的青春和心血的文艺战士。我很感动，也很兴奋。

但是从文没有露面，他不是大会的代表。我们几个人到他的家去，见到了他和兆和，他们早已不住在达子营了，不过我现在也说不出他们是不是住在东堂子胡同，因为一晃就是四十年，我的记忆模糊了，这几十年中间我没有看见他住过宽敞的房屋。最后他得到一个舒适的住处，却已经疾病缠身，只能让人搀扶着在屋里走走。我至今未见到他这个新居，一九八五年五月后我就未去过北京，不是我不想去，但我越来越举步艰难了。

首届文代会期间我们几个人去从文家不止一次，表面上看不出他有情绪，他脸上仍然露出微笑。他向我们打听文艺界朋友的近况，他关心每一个熟人。然而文艺界似乎忘记了他，不给他出席文代会，以后还把他分配到历史博物馆，让他做讲解员，据说郑振铎到那里参观一个什么展览，见过他，但这是以后的事了。这年九月我第二次来北平出席全国政协会议，接着中华人民共和国成立，北京又成为首都，这次我大约住了三个星期，我几次看望从文，交谈的机会较多，我才了解一些真实情况。北京解放前后当地报纸上刊载了一些批判他的署名文章，有的还是在香港报上发表过的，十分尖锐。他在围城里，已经感到很孤寂，对形势和政策也不理解，只希望有一两个文艺界熟人见见他，同他谈谈。他当时战战兢兢、如履薄冰，仿佛就要掉进水里，多么需要人来拉他一把，可是他的期望落了空。他只好到华北革大去了，反正知识分子应当进行思想改造。

不用说，他受到了不公平的待遇，不仅在今天，在当时我就有这样的看法，可是我并没有站出来替他讲过话，我不敢，我总觉得自己头上有

讲真话的书 （1986—1999）

一把达摩克利斯的宝剑。从文一定感到委屈，可是他不声不响、认真地干他的工作。政协会议以后，第二年我去北京开会，休会的日子我去看望过从文，他似乎很平静，仍旧关心地问到一些熟人的近况。我每次赴京，总要去看看他。他已经安定下来了。对瓷器、对民间工艺、对古代服装他都有兴趣，谈起来头头是道。我暗中想，我外表忙忙碌碌，有说有笑，心里却十分紧张，为什么不能坐下来，埋头译书，默默地工作几年，也许可以做出一点成绩。然而我办不到，即使由我自己做主，我也不愿放下笔，还想换一支新的来歌颂新社会。我下决心深入生活，却始终深不下去，我参加各种活动，也始终浮在面上。经过北京我没有忘记去看他，总是在晚上去，两三间小屋，书架上放满了线装书，他正在工作，带着笑容欢迎我，问我一家人的近况，问一些熟人的近况。兆和也在，她在《人民文学》编辑部工作，偶尔谈几句杂志的事。有时还有他一个小女儿（侄女），他们很喜欢她，两个儿子不同他们住在一起。我大约每年去一次，坐一个多小时，谈话他谈得多一些，我也讲我的事，但总是他问我答。我觉得他心里更加踏实了。我讲话好像只是在替自己辩护。我明白我四处奔跑，却什么都抓不住，心里空虚得很。我总疑心他在问我：你这样跑来跑去有什么用处？不过我不会老实地对他讲出来。他的情况也逐渐好转，他参加了人民政协，在报刊上发表诗文。

"文革"前我最后一次去他家，是在一九六五年七月，我就要动身去越南采访。是在晚上，天气热，房里没有灯光，砖地上铺一床席子，兆和睡在地上，从文说："三姐生病，我们外面坐。"我和他各人一把椅子在院子里坐了一会，不知怎样我们两个讲话都没有劲头，不多久我就告辞走了。当时我绝没想到不出一年就会发生"文化大革命"，但是我有一种感觉，我头上那把利剑，正在缓缓地往下坠。"四人帮"后来批判的"四条汉子"已经揭露出三个，我在这年元旦听过周扬一次谈话，我明白人人自危，他已经在保护自己了。

旅馆离这里不远，我慢慢地走回去，我想起过去我们的辩论，想起他劝我不要浪费时间，而我却什么也搞不出来。十几年过去了，我不过给添了一些罪名。我的脚步很沉重，仿佛前面张开一个大网，我不知道会不会投进网里，但无论如何一个可怕的、摧毁一切的、大的运动就要来了。我怎能够躲开它？

回到旅馆我感到精疲力尽，第二天早晨我就去机场，飞向南方。

六

在越南我进行了三个多月的采访，回到上海，等待我的是姚文元的《评新编历史剧〈海瑞罢官〉》。每周开会讨论一次，人人表态，看得出来，有人慢慢地在收网，"文化大革命"就要开场了。我有种种的罪名，不但我紧张，朋友们也替我紧张，后来我找到机会在会上作了检查，自以为卸掉了包袱。六月初到北京开会（亚非作家紧急会议），在机场接我的同志小心嘱咐我"不要出去找任何熟人"。我一方面认为自己已经过关，感到轻松，另一方面因为运动打击面广，又感到恐怖。我在这种奇怪的心境之下忙了一个多月，我的确"没出去找任何熟人"，无论是从文、健吾或者冰心。但是会议结束，我回到机关参加学习，才知道自己仍在网里，真是在劫难逃了。进了"牛棚"，仿佛落入深渊，别人都把我看作罪人，我自己也认为有罪，表现得十分恭顺。绝没有想到这个所谓"触及灵魂"的"革命"会持续十年。在灵魂受到熬煎的漫漫长夜里，我偶尔也想到几个老朋友，希望从友情那里得到一点安慰。可是关于他们，一点消息也没有。我想到了从文，他的温和的笑容明明在我眼前。我对他讲过的那句话"我不怕……我有信仰"像铁槌在我的头上敲打，我哪里有信仰？我只有害怕。我还有脸去见他？这种想法在当时也是很古怪的，一会儿就过去了。过些日子它又在我脑子里闪亮一下，然后又熄灭了。我一直没有从文的消息，也不见人来外调他的事情。

六年过去了。我在奉贤县文化系统"五七"干校里学习和劳动，在那

讲真话的书 （1986—1999）

里劳动的有好几个单位的干部，许多人我都不认识。有一次我给揪回上海接受批判，批判后第二天一早到巨鹿路作协分会旧址学习，我刚刚在指定的屋子里坐好，一位年轻姑娘走进来，问我是不是某人，她是从文家的亲戚，从文很想知道我是否住在原处。她是音乐学院附中的学生，我在干校见过。从文一家平安，这是很好的消息，可是我只答了一句：我仍住在原处，她就走了。回到干校，过了一些日子，我又遇见她，她说从文把我的地址遗失了，要我写一个交给她转去。我不敢背着工宣队"进行串联"，我怕得很。考虑了好几天，我才把写好的地址交给她。经过几年的改造，我变成了另外一个人，我遵守的信条是：多一事不如少一事。我并不希望从文来信。但是出乎我的意外，他很快就寄了信来，我回家休假，萧珊已经病倒，得到北京寄来的长信，她拿着五张信纸反复地看，含着眼泪地说："还有人记得我们啊！"这对她是多大的安慰！

他的信是这样开始的："多年来家中搬动太大，把你们家的地址遗失了，问别人忌讳又多，所以直到今天得到×家熟人一信相告，才知道你们住处。大致家中变化还不太多。"

五页信纸上写了不少朋友的近状，最后说："熟人统在念中。便中也希望告知你们生活种种，我们都十分想知道。"

他还是像三十年代那样关心我。可是我没有寄去片纸只字的回答。萧珊患了不治之症，不到两个月便离开人世。我还是审查对象，没有通信自由，甚至不敢去信通知萧珊病逝。

我为什么如此缺乏勇气？回想起来今天还感到惭愧。尽管我不敢表示自己并未忘记故友，从文却一直惦记着我。他委托一位亲戚来看望，了解我的情况。七四年他来上海，一个下午到我家探望，我女儿进医院待产，儿子在安徽农村插队落户，家中冷冷清清，我们把藤椅搬到走廊上，没有拘束，谈得很畅快。我也忘了自己的"结论"已经下来：一个不戴帽子的反革命。

七

等到这个"结论"推翻，我失去的自由逐渐恢复，我又忙起来了。多次去北京开会，却只到过他的家两次。头一次他不在家，我见着兆和，急匆匆不曾坐下吃一杯茶。屋子里连写字桌也没有，只放得下一张小茶桌，夫妻二人轮流使用。第二次他已经搬家，可是房间还是很小，四壁图书，两三幅大幅近照，我们坐在当中，两把椅子靠得很近，使我想起一九六五年那个晚上，可是压在我们背上的包袱已经给摔掉了，代替它的是老和病。他行动不便，我比他好不了多少。我们不容易交谈，只好请兆和做翻译，谈了些彼此的近况。

我大约坐了不到一个小时吧，告别时我高高兴兴，没有想到这是我们最后的一面，我以后就不曾再去北京。当时我感到内疚，暗暗地责备自己为什么不早来看望他。后来在上海听说他搬了家，换了宽敞的住处，不用下楼，可以让人搀扶着在屋子里散步，也曾替他高兴一阵子。最近因为怀念老友，想记下一点什么，找出了从文的几封旧信，一九八〇年二月信中有一段话，我一直不能忘记："因住处只一张桌子，目前为我赶校那两份选集，上午她三点即起床，六点出门上街取牛奶，把桌子让我工作，下午我睡，桌子再让她使用到下午六点，她做饭，再让我使用书桌。这样下去，那能支持多久！"这事实应当大书特书，让国人知道中国一位大作家、一位高级知识分子就是在这种条件下工作。尽管他说"那能支持多久"，可是他在信中谈起他的工作，劲头还是很大。他是能够支持下去的。近几个月我常常想：这个问题要是早解决，那有多好！可惜来得太迟了。不过有人说迟来总比不来好。

那么他的讣告是不是也来迟了呢？人们究竟在等待什么？我始终想不明白，难道是首长没有表态，记者不知道报道应当用什么规格？有人说："可能是文学史上的地位没有排定，找不到适当的头衔和职称吧。"又有人说："现在需要搞活经济，谁关心一个作家的生死存亡？你的笔就能把

讲真话的书 （1986—1999）

生产搞上去？！"

我无法回答。又过了一个多月，我动笔更困难，思想更迟钝，讲话声音更低，我感觉到自己身体的一部分逐渐在老死。我和老友见面的时候不远了……倘使真的和从文见面，我将对他讲些什么呢？我还记得兆和说过："火化前他像熟睡一般，非常平静，看样子他明白自己一生在大风大浪中已尽了自己应尽的责任，清清白白，无愧于心。"他的确是这样。我多么羡慕他！可是我却不能走得像他那样平静、那样从容，因为我并未尽了自己的责任，还欠下一身债，我不可能不惊动任何人静悄悄离开人世。那么就让我的心长久燃烧，一直到还清我的欠债。

有什么办法呢？中国知识分子的悲剧我是躲避不了的。

九月三十日

《巴金全集》第十二卷代跋
（致树基）

树基：

　　关于第十二卷，我想作一点解释。第一篇《海行杂记》是我最早的著作，一九二七年二月写成，从巴黎寄回国内给我的两个哥哥，先寄到三哥那里，他看过再寄给成都的大哥。

　　这"杂记"是在去马赛的轮船上动笔的。船在西贡停了四天，我上岸去买过两本法国学生用的作业簿，用它来记录我旅途的见闻。我写游记并不是为了出版，动笔的时候，我仿佛站在两个哥哥面前讲故事。一九二七年三月将游记包好寄出，刚好写满一册，以后我也就忘记了它，因为我对大哥讲故事这不是第一次，一九二四年在南京我还寄过两本"作业"给他，我记得第一本是《写给母亲的信》，另一本是《鸿爪集》。不用说，两本都写得很伤感，都是在想家想得最深的时候写的，让大哥流了不少眼泪。

　　我大哥一九三一年四月在成都自杀后过了一年多，我向嫂嫂要回我写给他的全部信件（包括那几本"作业"）。我烧了它们，只留下最后一本"作业"，作为游记整理出版。新中国书局刊行的初版本书名《海行》，一九三六年改由开明书店重版，夏丏尊先生建议加上"杂记"二字，我同意了。《海行杂记》应该是我的第一本著作，散文随笔集吧。但我的第一本书不是它，那是《面包略取》，一本翻译；第二本书是《伦理学》，原

讲真话的书　(1986—1999)

著者都是克鲁泡特金。第三本才是小说《灭亡》，也就是用巴金的笔名出版的第一本书。

　　《旅途随笔》是我的第二本游记，它记录了我一九三三年南方旅行的见闻，也写了我对朋友们的感激之情。第二年我把随笔集全稿交给生活书店。书店当时承受着各种压力，不得不把原稿送到上海市党部，让图书杂志审查员过目，然后将通过的全稿交印刷所排印，因此《旅途随笔》的"目次"中有四个标题下面多了一个"阙"字，而在正文中却找不到这四篇文章，原来都让审查老爷勾掉了。它们是《捐税的故事》《海珠桥》《薛觉先》《鬼棚尾》。既然别人不准它们在《随笔》中出现，我就给它们另外安排一个去处。开明书店的《中学生》杂志要我写一篇介绍广州的文章，我便把《海珠桥》等三篇改写成三节放在《广州二月记》里面。《中学生》杂志不需要送审，也就不曾遇到麻烦。不久郑振铎兄为商务印书馆编丛书，向我要稿，我把未收进集子的散文、杂文、评论等等编成一册《生之忏悔》，也将《广州二月记》和《薛觉先》塞了进去。商务印书馆的出版物不受审查，四篇文章都在《生之忏悔》中重现了。不过应该声明：我并不一贯正确，《薛觉先》文中就有偏激的言论，为了要活下去，为了不做亡国奴，几乎连祖宗也不要了。当然在那个时候我才写出那样的文章。《海珠桥》也闯了祸，连累出版《中学生》杂志的开明书店在《广州日报》上向市政府公开道歉，因为我错误地引用了一位朋友的话，说这是向瑞士买来的旧桥。

　　《生之忏悔》可以说是一碗"大杂烩"，我对自己这种编辑方法也不满意。书印出来，我翻开一看，不能不皱起眉头。幸而它只印了一版。一九三九年初我从桂林回上海，有时间整理旧作，印刷所又比较空，因此以前印过的书都经过改订重排了。只有《生之忏悔》未重印。在新版的《旅途随笔》中审查老爷删去的四篇除《捐税的故事》外均已补入。《捐税的故事》因为当时手边没有原稿就让它阙着，这次编印《全集》才补了进来。但《海珠桥》和《鬼棚尾》两篇既然收入《广州二月记》与《薛觉先》一起作为《生之忏悔》的篇目和读者见面了，就让它们留在这碗"大杂烩"里吧。我没有精力再作或大或小的改动。

《生之忏悔》中原有序文、代序等九篇已全部编入后来出版的《序跋集》（花城版），在这里只是"存目"就够了。

写完上面这一段，我才想起你最近来信说，《巴金文集》十一卷中的《旅途随笔》已收入了《海珠桥》和《鬼棚尾》，而且未经删节，你主张根据《文集》本排印，我同意。我看索性把《薛觉先》也还给《旅途随笔》吧。这段话不必勾去，我"声明作废"就行了。

关于散文集《点滴》我不想多说，但是我应当说明《几段不恭敬的话》一篇是我自己删去的。那是在一九六一年四月底五月初我访问日本回国的时候，你在人文社接管了《巴金文集》的事情，第十卷已经打好纸型就要付印了，我写信要求抽去《几段不恭敬的话》，你感到为难，但是你办到了。收在《点滴》中的文章绝大多数都是一九三五年在日本写的，那个时候中国人在日本经常受歧视，我感到不痛快，拿起笔就有气，《几段不恭敬的话》便是为"泄气"而写的。而且早在一九二六年我就想写这样一篇文章了。当时我读了日本小说家芥川龙之介的《长江游记》，他写得太厉害了，引起了我的反感，特别是他那样公开的指责：

"现代的中国有什么东西？政治，学问，经济，艺术，不是全都堕落了吗？尤其是艺术，嘉庆、道光以来果真有一件可以自豪的作品吗？"

八年以后我的气还未消，终于在一九三四年底写了这样一篇泄气的杂文，署名"余一"，在陈望道先生主编的《太白》月刊上发表了。这文章写得早一些，刊出时未遇到一点阻力，几个月后我在东京为上海的《漫画生活》写的一篇杂感《日本的报纸》就无法与读者见面，连手稿也找不回来了。

今天回想起来，我倒愿意这《几段不恭敬的话》当时给别人抽去，见不了读者，那么我也不会为自己过去讲的、写的不公平的话感到羞耻，感到后悔了。你知道印在纸上的字是揩不掉的。一九六一年你答应在我的

讲真话的书 （1986—1999）

《文集》里删去那篇泄气文章，这次编印《全集》，你就只能同意把它作为附录移到卷末了。

　　我想这样也好，赖债是不行的，有错就改嘛。关于《忆》，我主张恢复文学丛刊本的本来面目，保留《小小的经验》，仍用《信仰与活动》代替《觉醒与活动》，把编《文集》时改掉的再改回来。你如同意就请照办。若不赞成，我听你的话。我的理由仍然是：不赖债。

　　最后一部分是《控诉》，它是我自己一九三七年十一月编印发行的一本小册子，初版只印了五百册。五十年代编《文集》，我找到一九三一年九一八事变后在《小说月报》上发表的诗《我说这是最后一次的眼泪了》（插页），就收在这里面，因为这也是控诉啊！

巴金十一月十一日

一九八九年

《巴金书信集》序
——致刘麟同志

一

我没有能按时交出序文,由于我意外地摔倒,不能起床,三个月内无法工作。我并不为这件事着急。当初我主动地提出自己编辑书信集的时候,我的打算倒是推迟书信集出版的日子。

多少年前我就说过自己是一个充满矛盾的人。我上次写那封信的时候,我还在心里跟自己打架。一方面我赞成发表作家信件让读者有充分研究的资料,理解作家的心灵。一方面我又不愿意掏出自己的心,扔在"案板"上给读者仔细解剖,因为我还活着,我有权不让别人知道我的一切私事。我同意发表私人书信之后,我又坚持保留一部分书信的权利,不让读者随意接触它们。

公民通信自由受到宪法保护,似乎人人皆知。但多数国家、多数人民的这种自由并未得到真正的保障。这种自由常常遭到侵害,我们自己也不能或不敢尽全力来保卫。

私人信件可以随意公开,断章取义,任意定罪。给我印象最深的是关于"胡风集团"的三批材料,我学习过多次,也发表过不少批判谬论,但是我至今还不明白一些文人写给朋友的信件会变为"毒品",流着一滴滴的血，残害人的生命。

　　这以后谁还敢写信？现在我们应当采取保护自己的行动了。大家都不放弃权利，即使为了研究我们的作品需要多少资料，多少文字，要发表任何信函都必须得到原作者的许可。

　　我想说的就是这几句话。作为这本书信集的主编我就只做了这件工作，其余全靠您帮忙了。

五月十一日病院中

二

　　一、书信虽是一种文体，但我的信函却缺乏文采，至多只能作为供研究用的资料而已。

　　二、书信集的编辑工作是您代做的，因此请您写一篇编辑说明。

巴金

《回忆》[1]后记

大约在公元一九三一年到一九三三年之间，上海第一出版社一位林先生向我约稿。他们要出版一套《自传丛书》，已经收到了郁达夫和沈从文的稿子，还有别的作家的著作。他们看见我在《东方杂志》上发表的《杨嫂——自传之一》，希望我也为他们写一本那样的自传。我想写回忆很简单，有多少写多少，反正不用"自传"的名字，我就答应了他。

我靠回忆写作，笔仿佛长了翅膀，不用我苦思冥想，到期稿子交了出去。我题的书名是《回忆》，印出来却变成了《巴金自传》。不承认吧，林先生已经不在第一出版社，我也无法给这本书"正名"。好在书的印数不多，又未再版，而且不久连第一出版社也不存在了。

一九三六年我编辑散文集《忆》，手边还有《自传》的样书，翻看一遍做了些改动以后，就根据需要收进新的集子。只有《写作的生活》一篇我已编入了短篇小说第一集，就不用再为它操心了。收在《忆》里的文章，重版一次，我总要做一些修改，而编文集，出选集，改动更大。这样地改来改去，并不是我喜欢精雕细琢，正相反，我不擅长驾驭文字。可能有这样的事：七改八改，我又回到原处。但是我仍然主张作家有修改旧作的权利。越改越差，那就是对自己的惩罚。

最近有人建议重印初版《自传》，我破例地同意了。我想，就让读

---

[1] 一九九〇年五月台北龙文出版社股份有限公司出版。

讲真话的书 （1986—1999）

者见见五十五六年前"我"的面目吧，连那些毛病都给保留起来，一字不改。可是，我并没有能办到，我不得不在《最初的回忆》结尾的部分中加上一行：

"我们家添了两个妹妹：九妹和十妹。"

还说明五十几年中，我一直不曾发现在广元生活的回忆里，我漏掉了我的九妹。当时我六岁，她只有一岁。她后面还有一个比她小一岁多的十妹。十妹早死，连名字我也说不上来了。三十几年来九妹一直和我住在一起，还帮助我经历了"文革"。她活得健康。

因为增加了前面那一行，我就不得不在别处改动一两个字，但增删的地方很少。说句实话，我的手抖得厉害，写一个字好不容易。

十月九日

致黎烈文夫人许粤华女士

粤华：

　　信收到。在上海医院里见面，没有机会畅谈，感到遗憾。我有不少的话要说，却没有精力讲几句完整的话。今天坐在家中小桌前写信，我的笔又不听指挥，它好像不肯移动。没有办法，请原谅，我不能唠唠叨叨地写下去了。

　　我想得到你不满意我不肯伏倒在"主"的面前，向他求救，我甚至不相信他的存在！对，你不能说服我。但是我不会同你辩论。我尊敬你，因此我也尊敬你的信仰。我愿意受苦，是因为我愿意通过受苦来净化心灵，却不需要谁赐给我幸福。事实上这幸福靠要求是得不到的。正相反，我若能把自己仅有的一点点美好的东西献出来，献给别人，我就会得到幸福。

　　谢谢你的礼物，这份生日礼物会在我心灵中开花。多美的花！我有我的"主"，那就是人民，那就是人类。

　　再见！祝

好！

　　问候大家

芾甘

十二月四日

一九九〇年

《巴金全集》第十五卷代跋
（致树基）

树基：

你希望我为第十五卷写点什么，我理解你的想法。其实第十四卷的卷末就需要一篇较详细的说明，我没有这样做，因为躺在医院里周身疼痛，坐卧不安，即使并不糊涂，也难使用自己的脑子独立思考，理出一个头绪。何况我当时的确做过怪梦，经常发出各种叫声，白天坐在小桌前面，拿起笔也写不了几个字，把这些字连贯起来，似乎比登天还难。我没有为第十四卷留下什么，我不想看见梦痕。其实把我和徐开垒同志的《对话》移到前面就说明为什么来一个大转折，换一支笔写新社会、新人、新事嘛。固然是"歌功颂德"，但大半出自真实的感情。我接触了新的生活，见到了新的人，尽管我不熟悉他们，我控制不住自己，我要在他们身上吸取力量。不少热情的场面点燃我心里的火种，就这样一本一本的"豪言壮语"产生了。我使用豪言壮语不仅鼓舞别人，也在激励自己。起初我还注意"节制"，也珍惜这种感情，也爱惜自己的文章。后来经验多了，才懂得写文章也为了保护自己。五八年写的《法斯特的悲剧》没有收进《赞歌集》就说明一切。同样《谈〈洼地上的战役〉》给刊物编者修改成"大批判"的文章，加上一些不是我自己的句子和顺手给人戴上的帽子，我反而去信称赞编者负责。难道这也不是在保护自己？！

我翻阅过去某个时期的文章，那许多豪言壮语使我精神振奋。但是回

讲真话的书 （1986—1999）

想当初写作的情景，我不由得不皱起眉头。我是在战战兢兢地过着日子，一篇文章发表后，只要有三两读者出来说话，表示不满，或者刊物编者要我表态，我就给吓得马上低头哈腰承认错误，心想我认错，你就可以不讲了。关于《法斯特》我给《文艺报》编辑部的信就是这样，我希望《文艺报》以后"不再讲"《悲剧》的事，让我过点安静的日子。到了"文革"时期，我的"邪书"十四卷受到批判，大街闹市竖起专栏，我看见自己的名字就脸红，就胆战心惊。我不敢承认自己是邪书的作者，甚至后悔写了那些"邪书"。后来我反复思考，为什么会有这样的心境？我很奇怪，在如临深渊的时候，哪里有那么多的豪情？只有在完成五卷书（《随想录》）的工作中我才明白：越是空虚，越需要装饰。印好的书不会自己消亡，印上我的名字在市上发卖，我应当负责。我绝不存心吹牛，究竟讲了多少真话，不妨用五卷书来衡量，用不着我一一地指明了。

芾甘
四月十二日

《巴金全集》第二十一卷代跋
（致树基）

树基：

　　现在轮着我来谈第二十一卷了。关于这一卷我有话可说。但是编印全集，收进这三本著作，原非我的本意。我常有这样的感觉，作为作家对待自己的旧作我不够严格，却每每笔下留情。写作这三本书的时间都是在《灭亡》的前前后后。它们都是写在练习本上的，用练习本写作，这说明我是学生，不是作家。我翻开书页，就仿佛听见巴黎圣母院的沉重的钟声。

　　三本书中《断头台上》最先完成，这是一部报告文学的集子，也写到我当时参加的"萨珂—樊塞蒂事件"和我在法国的那一段生活。第二年十二月我回到上海，生活告一段落，集子也印出来了。第二本书是《俄罗斯十女杰》我离开沙多-吉里拉封丹中学时就脱稿了。索非没有能推销出去，我就把原稿拿回来送到我们熟悉的太平洋书店编辑部，稿子马上给接受了，因为我不要稿费。这书问世在《灭亡》之前，太平洋书店印过两版，共二千册。不过作者署名不同，不曾引起读者的注意。第三本书出版较迟，在三六年，也印过两版，是作为巴金的著作出版的。其实它是一部残稿，我二八年动笔，当时打算写一部五本头的《俄国社会革命运动史》，可是只写了一本就搁下了。在沙多-吉里那个中学里，我读书较多，大都是关于俄国革命者的著作，是伦敦自由社的一位英国朋友托马

讲真话的书 *(1986—1999)*

斯·基尔（ThomasKeell）替我借来或买来的。我以前也读过这一类的书，现在收集的正是同一类的材料。读者不难看出三本书中重复的地方。固然苏菲亚·柏罗夫斯加亚是我当时最崇敬的人，我也用不着同时写两篇她的传记，在另一本书中保留一个目录或摘要就行了。可见我经常不动脑筋，不肯独立思考。但是我五六岁的时候，俄罗斯革命运动的影响实在太大了。先入为主，我至今还不曾摆脱它。

三本书都是在沙多－吉里写成的。材料的来源是共同的，写作时的心境也是类似的，的确出自一个人的笔下。十一年前我意外地重来这个地方，依旧是中学饭厅的楼上，依旧是漆着白色的宽敞房间，似乎"哲学家"还在隔壁吟诵陆游的诗，我只停留了那么短的时间！我不由自主地到处寻找一位老太太慈祥的笑脸。我始终忘不了中学的看门人古然夫人，一九二八年我和"哲学家"离开学校时仿佛离开了自己的母亲，我带着她的祝福回国，很遗憾，重访玛伦河畔，我没有能在她的墓前献一束鲜花。

就是在这十分短暂的时间里，我也曾想起在饭厅楼上写成的书。年轻时候我写小说像在寒夜点燃篝火，一心要它燃烧到天明。但是过了几十年我再回想旧作，只能断断续续地挖开记忆的坟墓，在骨灰盒里找寻残灰了。

通过上面那些话我只想说明：了解我六十年前的旧作可能比当时困难。在同一时期、同一环境、用同一材料写成的几部作品为什么不能互相启发、互相解释呢？可以用我自己的话来回答：我的生活里充满矛盾，我的作品中也如此。第四卷付印的时候，我对你谈起我的处女作《灭亡》，我说这也是一部分青年挣扎着前进的声音，虽然幼稚，却又是多么真诚。今天最后一次回顾过去，我在六十年前的"残灰"中又看到自己的面目。爱国主义、人道主义、无政府主义一直在燃烧，留下一堆一堆的灰，一部作品不过是一个灰堆。尽管幼稚，但是它们真诚，而且或多或少的，灰堆中有火星。

在那个时期有两位朋友给我很大帮助，对我影响较深。他们就是与我

一九九〇年

同去法国的卫和在巴黎的里昂车站迎接我们的吴。他们对我非常慷慨，我用在书中的一些知识、一些议论、一些生活，不少来自他们。我吸收了各种养料，至今不曾感谢他们。只有声明搁笔的时候躺在病床上我想着：倘使当初我的生活里没有他们，那么我今天必然一无所有。

　　路的确是人走出来的。

巴金
六月二十五日

《巴金全集》第十六卷代跋
（致树基）

树基：

《随想录》终于收在全集里面问世了。大家为它操了几年的心，有人担心它被人暗算，半路夭折。有人想方设法不让它"长命百岁"。我给它算了命：五年。但一百五十篇"随想"却消耗了我八年的时光。我总算讲出了心里的话。这是一场艰苦的斗争，处处时时都有人堵我的嘴、拉我的手。

我不再像以前那样天真了。既然斗争，我就得准备斗一下，也得讲点斗争的艺术。别人喜欢吱吱喳喳，就让他们去训这个、骂那个吧。我必须讲道理、分清是非，抓紧这一段时间完成我的五卷书。我已经有了这样的想法：五卷书联在一起才有力量。我只有用道理说服人，不能浪费别人的时间。

的确有好几次我动了感情，我决定搁笔，撤销专栏，像《鹰之歌》的鹰那样爬上悬崖滚下海去。幸而我控制了自己，继续写作，连载不曾中断，终于完成了五卷书，我现在不再害怕，可以说我是给武装起来了。

我回想起二十四年前的情景。那个时候我赤手空拳，一件武器也没有。每次别人一念"勒令"，我就得举手投降。有件事今天觉得古怪、可笑，当时却觉得可怕、不理解。运动一开始，大家都说自己有罪或者别人有罪，在这之前我从未想到或者听到这个罪字。它明明是别人给我装上去的东西。分明不是我自己的东西。我早已习惯不用自己的脑子思索了。我一开始就承认自己有罪，也是为了保护自己。我想保护自己只是根据一点经验（大老爷审案我太熟悉了），其实我连保护自己的武器也没有，人家打过来，我甚至无法招架，更谈不上还手。在"牛棚"里我挨斗挨批，受折磨受侮辱，结结巴巴，十分狼狈。不知怎样我竟然变成给人玩弄的小丑，在长夜不眠、痛苦难堪的时候，我才决定解剖自己，分清是非，通过受苦，净化心灵。

就这样我发表了我的专栏《随想录》，但这已是"四人帮"垮台以后的事情，整整十一年的时间里我发不了一篇文章。不过我已有思想准备，只要有机会我就写，绝不放过。这一次我算是对自己负了责，拿起笔我便走自己的思路。我想我的，不需要别人给我出主意。

我写得痛快，有话就说，无话沉默。一篇接一篇，为了编成集子，我把他们积起来，第一卷还不曾写到一半，我就看出我是在给自己铸造武器。这发现对我的确是受苦受罪之后的"深刻的教育"。从此我有了自己使用的武器库。

这样我可以放胆地用自己的脑子思考了。

巴金
八月四日

《巴金全集》第十七卷代跋（一）
（致树基）

树基：

第十七卷的目录看过，我同意你那样编排。其实我已经让步了，你还提到遗漏，我却想动笔删除。提起序跋，我忘不了自己的毛病，优秀的作家惜墨如金，他宁愿留一点时间给读者思考，让读者自己判断。有的人连写序跋也嫌啰唆，不声不响用书中人的遭遇去打动读者。也有人不喜欢一本书的前言后记对读者的干扰。

我年轻时候就爱唠叨，一开头便翻来覆去讲个不停，唯恐别人不理解我的用意。翻译一篇短文我也要加些讲解或说明，这些文字今天看来大半是多余，所以容忍它们我自己感到痛苦。朋友说："为了把你走过的路程记下来，就需要保存它们。""真有这必要么？"我常常这样想。我写了几十年，想了几十年，现在才明白为什么一句顶一万句，为什么沉默胜过哀号。我知道力量并不来自言多，文章写得长绝非胜利。我还有一位作文老师，那就是我的二叔，二十年代初期每天晚上我和三哥到他的书斋听他讲解《春秋左传》，他得意地宣传所谓"春秋笔法"。当时我似乎一窍不通，今天我却也懂得只要瞄准箭垛，一个字更能诛心，用不着那些旁敲侧击的吱吱喳喳。我又不是在玩文字游戏，何必搬运辞藻，浪费时间！请原谅我又暴露了自己的矛盾。我既"同意"，又"让步"；既"沉默"，又"哀号";不能"容忍",又想"一字诛心"。中国人爱谈"中国特色",那么"春秋笔法"也应当是"中国特色"吧。无论如何,更多的文字,更少的内容,一大堆空话,白纸上写满黑字,我就这样浪费了六十年的生命,现在才明白编印全集是对自己的一种惩罚。我真愿意我不曾写过那么多的文章!听见人谈起我的作品,我的确有愧对读者的感觉。

六月十二日

还有,你决定把那三本小画册编入第十七卷,我也同意,篇幅的问题有时也要照顾到。三本画册中对《纳粹杀人工厂》我看用不着多作解释,不过对两位西班牙画家的画我倒想加一点说明。我指的是《西班牙的血》和《西班牙的曙光》,关于这两位画家的生平和艺术成就我一无所知。当时西班牙内战十分激烈,我翻印他们的作品,只是因为受到艺术魅力的感染,用这些画作武器来打击纳粹——法西斯。

我翻印的第一本画册是西班牙北部加里西亚省画家加斯特劳的《受难的加里西亚》[①]。原书是友人庄重寄赠的,薄薄的一册共有《祷告》等画十幅。一九三八年初我到广州文化生活出版社工作,就拿它们缩小制版翻印出来。原画只有标题,没有说明,我改用了一个书名:《西班牙的血》。

后来我因事回上海,见到友人陆圣泉,他在编辑半月刊《少年读物》,想转载加斯特劳的画,不过他提了一个意见:最好加点说明,否则年轻读者不容易理解。我就给每幅画写了短短的解说,写得短,因为完全根据自己的想象,对不对并无把握。其实我当时也不会考虑对不对,只要我能用它作武器,我写出来,印出来再说。

---

① *CASTEL AOZ GAL TCIA MATIR.*

讲真话的书 （1986—1999）

《西班牙的血》我在上海重版了不止一次，因为广州印的书刚刚由印刷厂送齐，日军就打进市区，我从广东逃到广西，然后从桂林赴金华，转温州去上海。在上海住到一九四〇年七月，写完了《秋》，看见这小说印出来，在租界的烟纸店里出售，我便搭太古轮船去海防，然后乘滇越路火车去河口转昆明，身边只带了一本《秋》。

在上海的两年中我又得到一本加斯特劳的画册，还是反映加里西亚人灾难的，共有《看以后谁还敢举起拳头》等十幅画。当时我刚刚重印了《西班牙的血》，便把这一册也加上我写的解说，用《西班牙的苦难》作书名出版。那些日子在上海"孤岛"印刷厂生意清淡，印书不难，我印这两本画册，用较好的道林纸印，每种印一千，我留一百册或者多一点送人，其余的就交给文化生活出版社批发部卖出去，收回本钱印别的书。

加斯特劳的画我就只翻印过这两本。后来在一九四八年我又把它们合并成一册，加上意大利文序和标题，改名《西班牙的血》（IL SANGUE DI SPAGNA）重印了一版，印数可能只有四五百，是寄出去，托美国旧金山的华侨朋友钟时在国外散发的。

除加斯特劳的画册外，在上海我还翻印过另一画家辛门（Sim）的水彩画若干幅。辛门的画册是钟时寄给我的，他的画和加斯特劳的不同，加斯特劳描绘一场决死的战斗，法西斯恶魔怎样凶残地屠杀人民。辛门则告诉人："革命也有快乐的时刻，微笑的面容，还有生命和青春。"我喜欢辛门的画，我也分两次把它们全印出来，前一本是《西班牙的黎明》，后一本叫《西班牙的曙光》。一九四八年也出版过合订本，我只保留了一个名字：《西班牙的曙光》（L'AURORADI SPAGNA）但也在书前加了意大利文的献辞，是从原书翻译过来的。

建国后我的兄弟李采臣创办平明出版社，我给他帮忙担任过该社总编辑，为平明出版社编过两本画册，一是《纳粹杀人工厂》，另一册便是《西班牙的血》（不用说，加斯特劳的画）。我手边没有新的材料，关于那两位西班牙画家，我至今仍然别无所知，我怀念他们，可是什么也说不

一九九○年

出来。寄赠原书给我的两位朋友庄重和钟时都已远离人世，埋骨他乡，我这里没有任何可以作为纪念他们的东西，那么就让这两本画册长留在我的心上吧。

巴金
八月十七日

作家靠读者养活[1]
——关于传记及某些文艺现象与徐开垒的谈话

徐开垒：巴老，传记（指《巴金传》）我已写完了上半部，《小说界》双月刊连载也已有一年，不知您是不是每期都看？这样写，行吗？想再听听您的意见。

巴金：我是个病人，没有精力按期翻看传记，也没有时间和你常交谈，很抱歉。书中个别情节与事实有些出入，以后最好修改一下。如有关成都老家三叔的记述，有些描写过头。文章中说："在大家庭中，三叔则串通五叔或黄姨太，制造各种事端，使人感到不安。"其实，三叔不过是脾气不好，起初与我们兄弟相处得也还是不错的。我记得一到冬天，我和三哥还有濮家表哥常常到他的房里，围着火炉喝茶谈天，有时还看他写字吟诗。他与二叔都是日本留学生。二叔教过我读《春秋左传》，未曾教过我日文。三叔在二叔的律师事务所工作过，事务所里还有一个姓郑的书记（秘书），吃过晚饭后我常去找郑下象棋，有时也和三叔下。郑是江津人，有一回郑请假回家，三叔写了一首诗跟我开玩笑："跃马人何在，争车愿又乖，电灯光如雪，唯有四公来。"当时家人叫我"四公爷"。至于后来认识的三哥的朋友施居甫，和他们一起办《平民之声》，那是事实；

---

[1] 本篇由巴金与徐开垒共同署名发表于一九八九年一月《文汇》月刊第一期。——编者注。

但在此之前，与我一起参加过活动的，只有袁诗尧、吴先忧等人，并不曾有他，他年纪比我大。

徐开垒： 一九二三年五月，您从成都初次到上海，经过情况我在传记中写了一些，也可能有些道听途说的东西，您能够讲讲当时的情形吗？

巴金： 我和我三哥李尧林一起从成都到上海来，主要是李尧林先有这个主意。当时他比我有办法，他早就有离家读书的打算。我当时还不曾想到过要离开成都去读高中和大学。是他先向我提出两个人同去，我们商量定了，才由他向大哥和继母提出要求。我们从成都出发，先乘木船到宜宾，然后经泸州到重庆，再换长江上的大轮船，经过宜昌、汉口，到达上海的十六铺码头。到了上海，旅馆的接客人上船来拉生意，给我们雇了马车（不是人力车）。哪知路上马车与一辆人力车相撞，触犯了交通规章，巡捕把车夫和乘客连同马车一起拉到四马路（福州路）的巡捕房里，罚了一元六毛钱。当晚，我们兄弟俩就住在"神仙世界"①对面的一家小旅馆里。第二天，我们才在《新申报》社找到了那个叫李玉书的亲戚。他是浙江嘉兴人，曾到四川成都去过，二叔、大哥和他熟悉，在我们临行时给我们安排去看他。他见到我们后，便把我们介绍到与《新申报》社相近的申江旅馆住宿。后来我们又跟着他去过嘉兴，在年逾八十的伯叔父家中住了几天，因为嘉兴是我们李姓家族世居之地，这里有我们许多远房亲族。回沪后，我们去见二叔的在海关工作的姓丁的朋友，他介绍我们住到武昌路一个叫"景林堂谈道宿舍"的学生宿舍里，与许多学生住在一起，准备过了暑假考学校。后来我们考进南洋中学，三哥尧林读三年级，我读二年级。当时我们都准备读理工科，打算从头学起。

徐开垒： 您在离开成都之前，曾在一九二二年郑振铎编的《时事新报》附刊《文学旬刊》上发表过十二首短诗，这些作品可不可以称作是你在文学创作上的"处女作"？

---

① 神仙世界：当时的一家娱乐场名。

讲真话的书 （1986—1999）

巴金：我不这样看。当时我们大家庭里的几个兄弟，读了"五四"以后的一些作品，受了一点影响。其中冰心等人写的诗如《繁星》等，我们都很喜欢，我就跟着也写了一些。还不止我一个人，堂弟李西舲也写。我后来还写过几篇东西，不成功，没有能发表，也就不写了。小说《灭亡》才是我的处女作，这些小诗原来我早丢失了，近年来由研究者从旧报刊找了出来，我才记起来了。

徐开垒：上次我还问过你母亲的原籍……

巴金：我这个人很奇怪。我竟从来不曾想到过我母亲是哪里人。接到你的信，我问了我的两个妹妹，才知道母亲是浙江人。但她们也说不清浙江哪个县。过去我连自己的生日也记不住，还是萧珊帮我查清的。至于我的出生时间，大概在晌午以后。

徐开垒：研究作家的生平，看他们创作进程的顺逆与时代脉搏的起伏，是很有意思的。这里既可以看到作家的崛起与成熟，也可以看到作家的挫折与衰退，以及重振与复甦；同时更不难由此窥测时代风云的变幻。当然，从这里还可以看到作家之间既有相似的境遇，又有个性、才能、素质的差异。研究您的写作史，首先使我惊奇的是您一开始就出现的犹如排山倒海似的创作流量。显然，那是"五四"时期的思想解放运动，为人们带来了自由创作的环境；但是您的写作才能，从文学基础上来讲，究竟是从哪里来的？

巴金：说实在，我并没有才能。我写小说，主要是小说看得多。

童年时代我读了不少中国旧小说，少年时代还读了很多从欧美翻译的小说，包括商务印书馆出版的一套丛书（《说部丛书》），后来又读英文版的外国小说。但我读小说，不过是为了消遣。当然，鲁迅的短篇集《呐喊》和《彷徨》以及他翻译的好些短篇，都可以说是我的启蒙先生。我的外国老师是狄更斯、屠格涅夫、高尔基、罗曼·罗兰、卢梭、雨果、左拉……

徐开垒：您在古典文学上的造诣，无疑也是您驾驭文字的基础。

巴金：我看的书比较杂，缺乏鲁迅、茅盾那样有系统的修养。至于古书，也无非"四书""五经"、《古文观止》之类，都是私塾时代的必读书。我确实在那时背熟了几本书，不但背熟，而且背得烂熟。这也许在写作上也有点帮助。后来主要还是看小说。此外，在信仰无政府主义时，也通过翻译《伦理学》，读了一些有关政治、经济方面的书。我喜欢读革命家的传记及回忆录。

徐开垒：巴老，我们对无政府主义问题是否可以这样看法：它比共产主义更早传入中国，由于它反对权力和权威，主张个人绝对自由，所以当时一些在旧中国对封建主义、帝国主义统治感到不满的青年，都欢迎它，许多人受过它的影响。但无政府主义既无严密组织，又无明确教义，各人对它的理解常不相同，中国的无政府主义与欧洲的无政府主义也不完全一样，而中国的无政府主义更是各人有各人的认识。我觉得你在青年时代对无政府主义的了解也仅仅从克鲁泡特金的一本小册子开始，没有经过系统的学习。所以你那时虽自称无政府主义者，却从没有宣扬过无政府主义最根本性的实质问题，这就是厌弃工业化，向往手工业劳动时代，甚至要求回到农村自然中去。您所受到的家庭教育和学校教育，以及所读的书，给您更多的是人道主义、民主主义和爱国主义，所以从您的作品中反映出来，即使早期，也还是这方面的思想感情多。

不知我这样理解，是否正确？

巴金：这也很难说。思想随着现实的考验，总有变化、发展。我的思想不但几十年来在不断变化，即使最近十年来，在我写《随想录》开始时，对有些问题的看法，到目前也有所不同了。所以，我总劝别人读《随想录》，最好能作为整体来看。我对自己的思想，一时也难用几句话来说清楚。我为自己思想做总结，也只能根据自己的认识，一点一滴来做。做一点，是一点。我总希望能把思想挖得深一些，看得深一些。比如我对国家的认识，就有错误、有改正、有发展、有变化，也有进步，我希望能把我们的社会建设好。但到现在，我对有些问题的看法是否成熟，是否已完

讲真话的书 （1986—1999）

全正确，那也难说。对无政府主义我信仰过，但在认识过程中，一接触实际，就逐渐发觉它不能解决问题，所以常常有苦闷，有矛盾，有烦恼。这样，我才从事文学创作。要是我的信仰能解决我的思想问题，那我的心头就没有苦闷，没有矛盾，没有烦恼，我早就去参加实际工作，去参加革命了。但是实际上不是如此。这样我才把文学创作作为我自己主要的工作，由此来抒发自己的感情。在我的思想中有人道主义、民主主义和爱国主义。那是经过人们的分析，我才认识的。这些思想显然不是根据自己主观要求而出现的。比如爱国主义，过去无政府主义者反对爱国主义，但是我后来又是一个爱国主义者。并不是我要有爱国主义就有爱国主义，而是通过实际，在生活的经历上，看到帝国主义对我们的侵略，人民受到欺侮，自己也深受其害，才意识到原来中国人连最起码的权利都没有，这样就觉得要爱护自己的祖国，要反抗外敌的入侵。至于知识分子对解放后的态度，在《上海文论》上有一篇文章谈到这个问题。

徐开垒：那是陈思和写的，他认为《随想录》是你后期思想的一个总结。他对不少问题的分析很好；对我今后写这本传记的后半部将有所启示。他所说的在中国大陆刚解放时我国知识分子的心态，犹如"发现了上帝一样的惊喜"，因此"毫不犹豫地选择了新的道路"。而你的思想发展，正典型地表明了这个历史性的转折。您的选择对您说来是很不容易的。他说当时许多人离开了大陆，而您留了下来，并说服别人如毕修勺放下疑虑，参加社会主义建设。您以您的崇高的威望和声誉，向新中国献了一份厚礼。

巴金：当时确实有很多人劝过我离开大陆，我也有许多朋友离开了大陆，但我看到人民拥护中国共产党，我想我应该与人民在一起，我不能离开人民，这就留了下来。我说，我要改造自己，从头学起。我确也劝说过别人不要离开祖国，但我没有劝说过毕修勺。毕是朱洗劝他留下来的。朱洗同他住在一起。

徐开垒：陈思和的文章还谈到知识分子在革命政权成立后，他们看到人民生活安定,自己又受到社会各方面的尊重,得到"莫大的幸福",却又似乎潜藏了一种危机,作家不再作为一名浮士德式的永不满足的个体探索者,"歌颂性的文学也自然而然地取代了批判性暴露性的文学,而一种自'五四'始就在知识分子中间养成了的、以个性为基点的现实战斗精神悄悄地衰弱了"。而事实上,"受过'五四'精神熏陶的知识分子,大都怀有一颗不安定的灵魂,他们在满足了温饱之余,仍然需要更高的精神渴求,需要独立思考,需要为祖国的未来做出新的探索。但是,这种探索精神在当时的客观上不但没有得到应有的鼓励和保护,相反,它的积极性却因各种缘故而一再受挫"。这使我想起一个问题,这就是在解放以后的十七年中,我们的许多作家,特别是许多在解放前就成名,并有很高成就的作家,如茅盾、叶圣陶、冰心、沈从文、曹禺、夏衍等,也包括老舍和您自己,为什么在创作上进入了一个低潮?不但许多人搁笔不写了,就是继续从事创作的,从数量到质量,都大不如前,这是为什么?

巴金:现在看来,"你出主意,我写作",这样的方式从事创作,总是要失败的。解放初期,我不过四十出头,正当壮年,总想写出点东西来,但总是写不好。可以说,我在十七年中,没有写出一篇使自己满意的作品,我写不好自己不熟悉的生活。茅盾在解放后不是没有从事过创作,他也尝试过,甚至写电影剧本,但没有成功。曹禺写《明朗的天》效果也不好,大家都知道的。刚去世的师陀,解放初期写作劲头很高,但他的长篇连载被一家报纸腰斩;另外一篇小说题目叫《写信》,是他下生活后写的,我看了还不错,但别人对它不满,说描写农村青年给志愿军写信时态度不严肃。看来写作总是以写自己熟悉的题材为好,写不熟悉的生活总没有办法写好。

徐开垒:我在一九三三年上海出版的《社会与教育》上看到徐懋庸写的一篇文章,题目是《巴金到台州》,也谈到当时访问您的时候,您对作家"下生活"提出看法。当时他向您提意见,说您的"作品的结局过于阴暗,使读者找不到出路"。您回答说:"我的作品是艺术,不是宣传品,

讲真话的书 （1986—1999）

我不想把抽象的政论写入我的作品中去。我从人类感到一种普遍的悲哀，我表现这悲哀，要使人类普遍地感到悲哀。感到这悲哀的人，一定会去努力消灭这悲哀的来源的，这就是出路了。"后来他又要求您到农村去找一点新的题材，你回答说："这自然很好，但并非必要：我认为艺术与题材是没有多大关系的，艺术的使命是普遍表现人类的感情和思想。伟大的艺术作品，不拘其题材如何，其给予读者的效果是同样的。"我认为您在那个时候，实际上已对"题材决定论"进行了批判。解放前，您虽然生活在城市，但您也还是多次到农村、到矿井，尽可能争取有扩大视野的机会。解放后更在党的号召下，去战场、去工地，不断"下生活"。但您的主要作品还是《激流》和《寒夜》，而不是《砂丁》《萌芽》和写朝鲜战场的小说。这就证明当年您对徐懋庸表达的关于作家"下生活"，提出"这自然很好，但并非必要"这样看法，是非常正确的。

巴金：是的，我原是同意胡风所提出"到处有生活"的说法，但是解放后我就不敢说了。这也正是我在《随想录》中所说的，证明我在解放后"觉新性格"的存在吧。一个作家如果没有生活，他怎么写得出作品？怎么会成为真正的作家？有了生活，才有作品，才做作家。生活培养作家，不是职称培养作家；作家靠读者养活，不是靠领导养活。这本来是个很浅显的道理。可是我们这么多年放弃自己最熟悉的生活，勉强去写不熟悉的题材，甚至要作家的作品去解释政策，而政策有时又不免有反复，这样要创作丰收，是很难的。作家应该写他最熟悉的生活，写他最使他感动的东西。这是我的几十年经历所得到的教训。当然我并不反对作家到处去看看，对世界有更多的了解。

徐开垒：当前文学批评界的思想活跃，确实使人振奋。过去写的现代文学史，确有许多不正确和不公平的地方。但我觉得"重写文学史"这样的提法，似乎还保持着过去那种只能独家写文学史的"权威"观念。其实文学史的写作，也应该百花齐放，谁都可以写的。

巴金：是的，海外的中国现代文学史写作，各人都写各人的。夏志清的那本，就把沈从文与师陀写进去了。不像我们过去写文学史，要劳师动众，必须集体讨论，搭班子。

徐开垒：师陀在解放前确是很有才华的。抗战时期柯灵同志编《万象》杂志，在"编后记"多次推荐过他的作品，我们都受过影响。当时他的文字的确很好。解放后，他"下生活"特别积极，后来不知怎么，衰退得厉害。在他离世前一个月，我曾到他的新居看他，主要也是为了写传记，因为我知道他也是你的老友。他说，他在一九三六年到上海时，只认识一个靳以，第二天就由靳以介绍，认识了您和陈荒煤。荒煤还给他找了住的房子，您则在永安公司楼上请他吃饭，以后你们经常在一起。他说您是个热情的爱国主义者。

巴金：那时他很用功，他的作品受到重视。他的短篇集《谷》得到《大公报》文艺奖金。他在解放前写的几本集子，如《里门拾记》《马兰》《果园城记》《大马戏团》等都是不错的。解放后他曾一度把主要精力放在电影剧本上。写电影剧本，七稿八稿，把他搞昏了。

徐开垒：最近在《文艺报》上读到一篇题目叫《周扬现象》的文章，和在《中国作家》杂志上发表的李子云追忆周扬的散文，不知巴老看到过没有？那两篇文章基本精神一样，这就是我们过去的文艺政策折腾得连周扬同志都晕头转向。

巴金：文章看了。我还记得一九六五年元旦中午，中国作协书记刘白羽邀请在北京出席"人大"和"政协"的作家吃饭，当时所谓"四条汉子"中的三个人已被点名，只有周扬还在位，饭后他还向我们头头是道地讲了一个下午。回想那时每个人心里战战兢兢，实际上周扬也不例外。

徐开垒：所以我想我写的传记，解放后十七年的部分，如果只从您在十七年中写的作品内容，来反映您的思想、工作和生活，那肯定是不够的。在解放前，或者可以说，您的工作、生活、思想感情大都反映在您的作品中了，而解放后十七年您的作品，不但在数量上，而且在内容上，也只能是反映了您一部分的工作、生活和思想感情。类似周扬现象，我想

讲真话的书　(1986—1999)

在您的实际生活上有时也是有的。我记得萧乾写过一篇文章,谈到他在一九五七年反右运动刚开始时,在北京紫光阁开会,他在自己的单位里已被点名,因而感到局促不安,当他一进会场,别人都不敢理睬他,只有您还和他打招呼,并让他坐在您的身旁。我想知道那时您的心情怎样?

巴金: 不是他坐在我的旁边,是我坐在他的旁边。我后进会场,我也想对他讲话。他是我的老友,我心有不忍,但又无可奈何。

徐开垒: 我想我写的传记如果没有写出您类似的在这样境遇中的这种心情,我的传记就没有完成任务。

巴金: 那么请你多看看《随想录》……

徐开垒: 巴老,不知您对最近在京沪两地播放的《家、春、秋》电视连续剧怎样看法?除了极个别的人以外,我所接触到的人,大都对这部电视剧的评论,觉得还不错。

巴金: 电视剧是一些年轻朋友的再创造,这样摄制出来很不容易了。当然还可以搞得更好些。我同意你在报上发表的那篇影评讲法,这就是《家》中的罪孽,不能把主要责任推在陈姨太、冯乐山身上。特别是冯乐山,他在当时当地不过是一个社会名流,至多是个帮凶。此外,关于觉新的自杀,我同意黄宗江的说法,最好迟一点,把家中大事安排好了再走,否则他会死不瞑目。

徐开垒: 最近上海书市冷落,据说新华书店许多书卖不掉。

巴金: 书店书卖不掉,街头书摊倒是生意兴隆。怎么办?

徐开垒: 现在许多报纸期刊为了争取经济效益,都在找企业家赞助,所谓"赞助",实际就是"资助"。他们还提倡"文艺家与企业家相结合"。像这样的问题,我们应该怎样看法呢?

巴金: 对这样的问题我可以说是一窍不通,毫无经验。我还是那句老话:作为作家,养活我的是读者,不是企业家。

徐开垒: 解放后我们曾将文艺从属于政治,现在有些人又把文艺从属于经济。但报纸期刊经济确不能维持,大家只好出此下策,找企业家帮助。据有些人解释，这与资本主义社会不同，我们搞的社会主义经济，所以请企业家资助，是请社会主义的企业帮助。

巴金：社会主义企业究竟怎么搞法还在摸索，要它与文艺结合，究竟是怎么一回事，更加弄不清楚了。在海外，倒是有些企业家，完全出于热心文化事业，他们资助文化单位，不提任何附加条件，也不要求你在文章中替他做广告，更不要求你替他写报告文学，或者在报刊上登他厂长、经理的言论。在我们国内，有几个企业家有那样的抱负？

徐开垒：即使有，我们的社会主义企业允不允许这个厂长或经理有这样的权利，可以无偿资助文艺事业？税务局、财政局不向上面举报才怪呢。

《巴金小说全集》小序

台北远流出版公司想印我的《小说全集》，要我写几句话，我没有多加考虑就答应了。

笔不听指挥，写几百字也感到困难，我就这样拖下去，到了序文必须交卷的时候，我拿着笔，仿佛面对一群陌生的台湾读者，结结巴巴地用四川话表达我的思想感情。要我讲话，无非希望读者了解我。对那些我的作品接触不多的读者我讲些什么呢？我看，用不着唠唠叨叨，还是掏出心来，交给他们。

希望读者不要迷信那个"全"字。说真话，我的小说中当然有可读的，但也不过一半多一点，其余的就是勉强可读的或者不可读的了。出版小说全集或者全集，并非我的本愿。我曾写信给人民文学出版社全集编者说："编印全集是对我的惩罚。"我不得不重读我那些拙劣的作品。自己都受不了，读者还受得了？！

我从事文学活动六十几年，作品在市面流传不可谓不久。有人说它们反封建已经过时，可以休矣；也有人说高老太爷至今阴魂不散，这些作品便不会自行消亡。现在是它们经受考验的时候，我不希望读者对它们宽大，我倒愿意让它们受一次冲洗给淘汰一部分，全集成为选集，这才符合我的愿望。

九月九日

《巴金短篇小说集》小序

日本友人山口守先生编译我的短篇小说集，要我在书前写几句话。我年轻时候是个爱唠叨的人，过去出版的大小开本的图书，前前后后都有作者的说明，或译者的解释。初版有小序，重版又加后记，唯恐读者不理解我的心思，反反复复，一说再说，经常拿自己的主张填满别人的脑子。却想不到有一天我会否定了自己，完全否定自己，脑子里装满别人的东西，反而扬扬得意，仿佛不用自己脑子思考，倒更省事，倒更聪明。

我的书橱里还有几十本小开本的笔记本，全是我亲笔写下的报告记录，那些年别人就用它们来填我的脑子。一本一本，填啊填啊！还加上不眠的长夜，加上人身侮辱和精神折磨。我写的这些小说都被当作"毒草"，看成"邪书"，我因为写了它们而受到惩罚，而被别人否定，甚至被自己否定。十年梦醒，我才明白这是一场打不完的官司。究竟是不是"毒草"，是不是邪书，有资格说话的还是我自己。

我说过我不是文学家。今天我还是这样地认识自己。我写作，因为我要用文学改变我的生活，改变我的环境，改变我的精神世界。我并不曾玩弄人生，我也不曾美化人生。我在作品中生活，我在作品中奋斗。

就是这几句话。我用不着唠叨了。

十一月二十六日

一
九
九
一
年

《巴金全集》第十七卷代跋（二）
（致树基）

树基：

　　这两天翻看校样，我重读了第十七卷的《代跋》，才明白我的确太老，而且太疲乏了。本卷的目录我看过不止一遍，当时只想到删与不删，或收与不收，我的想法是越少越好，那些过去不曾收入集子的短文，现在也不必全部保留，最好一篇也不收。但是有些做研究工作的朋友不同意，他们需要更多的资料，我发表过的文章，都是我写作道路上的脚印。我也有陷在泥淖中不能自拔的时候。人们更可以根据我的脚印批判我。我不应该逃避责任。

　　这一次我不像编辑十卷本《选集》时候那样固执了。考虑了别人的意见，我作了让步，请你替我解决问题，尽可能地把以前扔掉的文章收进去，在序跋方面也不例外。

　　我的确这样地做了。不过我也有一个失误：我看过目录后没有认真考虑，也没有发表具体的意见，就告诉你："我同意。"这并不是虚假的同意，这是带有让步的同意。我当时的想法是什么？就是这一卷以八二年由广州花城出版社印行的《序跋集》为主，这是我自己编辑的，我本来并未想到编印这样一本书，苏晨同志向我组稿，姜德明同志建议我将过去写的前言后记收集起来，他还寄来一些序跋的复印件，侄女国煣又替我抄录部分的资料。我匆匆编好集子，工作有点草率，虽然有好些是我自己删掉

讲真话的书 (1986—1999)

的，但遗漏的也不少。在全集里把遗漏的补上固然是我的心愿，不过那些连我自己都看不惯的空话废话也给收了进去，对读者可能毫无用处。因此在编"序跋编"最好以《序跋集》为第一辑，"序跋集补"为第二辑，"集外"为第三辑，留下来的空话废话全收在里面，或者再削除一些，将那些唠唠叨叨的附记、追记、后记以及其他什么记之类全部勾掉，那才干净，那才痛快！

当时我应该这样做，可是我没有做，现在来不及了，我只能在这里告诉读者，也告诉你，我有这样一种意见。过两三年我们再来考虑吧，今天不必做什么改动了。

芾甘二月七日

让我再活一次

——写在前面的话[①]

一九二八年在巴黎我对一位朋友说:"我只想活到四十岁。"过了六十二年,我在回答家乡小学生的信中又说:"我愿意再活一次,重新学习,重新工作,让我的生命开花结果。"八十七岁的老人回顾过去,没有成功,也没有失败。我老老实实地走过了这一生,时而向前,时而后退,有时走得快,有时走得慢,无论是在生活中或者在写作上,我都认真地对待自己。我欺骗过自己,也因此受到了惩罚。我不曾玩弄人生,也不曾美化人生。我思考,我探索,我追求。我终于明白生命的意义在于奉献,而不在享受。人活着正是为了给我们生活在其中的社会添一点光彩,这我们办得到,因为我们每个人都有更多的爱、更多的同情、更多的精力、更多的时间,比用来维持我们个人的生存所需要的多得多,为别人花费了它们,我们的生命才会开花结果,否则我们将憔悴地死去。

我仍在思考,仍在探索,仍在追求。我不断地自问:我的生命什么时候开花?那么就让我再活一次吧,再活一次,再活一次!

二月二十四日

[①] 本文为《巴金谈人生》一书的前言。

怀念井上靖先生[①]

一九九一年一月三十日清晨我在病床上听"早新闻"节目，意外地听到了井上靖先生逝世的消息。四周非常安静，屋子里闪着灰白色的亮光。我疑心是在做梦，难道三十年的友情就这样结束？我想着，往事一件一件地出现在我眼前。前些时候我还在等待他去年十月二十七日的访问，天天在计算日期，后来访问推迟，我经常从访日归来的朋友那里打听他的近况，我的儿子从福冈回国的途中也去东京拜望了他。我始终相信还会同他再见。

一九八二年十一月我也等待过他，还做好了接待的准备，可是这月下旬井上先生到达上海，我已因骨折给钉在"牵引架"上不能动弹了。以后又发现患了帕金森氏综合征。不到两年中间他三次到医院探病，当时他正忙着筹备四十七届国际笔会，邀请我出席，盼望我一定参加。朋友们为我的健康担心，我一口答应，就在病房里写了大会的发言稿《核时代的文学——我们为什么写作》，带着它飞到东京，坐在轮椅上给推出机场。迎着井上先生的笑脸，我紧紧握着他的手，高兴地说："我来了！"我实践了诺言。我没有想到这一次在东京是我们最后的相聚，短短的十几天中我们除了在会场见面和会外应酬外，还为电台、为刊物进行过三次对谈。井上先生讲话不多，却常常一句话打动我的心。记得十年"文革"后我从

---

① 为日本《产经新闻》写稿，三月六日晚刊刊出。

"活葬墓"回到人间，一九八〇年我再访东京，在一次招待酒会上我在祝酒辞中讲了井上先生的几件事情。其中有两件，一是一九六三年我们在上海和平饭店一起喝酒（在座还有杜宣），毫无拘束地交谈。他说："比起西方人来，日本人同中国人更容易接近。"一句话像一把钥匙打开了我心灵之门。我们东方人不轻易吐露感情，但是谁触动到我们心灵深处，为了真挚的友情，我们可以奉献一切。一个共同的人民友好的事业把我们的心牢牢地拴在一起。第二件事是"文革"后我们在上海见面，他送给我几本近作，晚上我在家里翻看他的散文集《桃李记》，意外地发现了那篇揭露作家老舍悲剧性死亡的《壶》，是七〇年写成的。第二天早晨到虹桥机场送别，我向他表示感谢，我说中国作家对老舍之死保持沉默的时候，日本作家出来为他们的中国友人雪冤，我一共读到三篇文章，我们真该向日本同行学习交友之道……酒会结束前，我又一次见到他，他告诉我有人问他是不是中国客人都这样讲话，他说："不都是这样。巴金却是这样的。"我说："对朋友应当掏出自己的心。"对真诚的朋友我的确掏出了心来的。

一九八四年东京对谈，我还保留了一盒录音磁带。当时他在写作关于孔子的小说，我们便谈起了孔子。我是五四运动的产儿，我的老师是打"孔家店"的英雄。我在封建大家庭里生活了十九年，从小在私塾中常常因为背不出孔子的书给打手心，长大成人后又受不了要大家"君君臣臣、父父子子"恪守本分的那一套规矩，我总觉得人们抬着孔子的神像在压制我。在老友面前我讲了些过去真实的印象，先生不加反驳始终带笑地谈下去。最后我答应他的书出版后要认真地读一读。在去年十月等待他最后一次访问的时候，他的书出版了，我得到一册中文译本，想起对谈中的诺言，争取时间读完了它，我不由得发出赞叹。他写的孔子也就是我小时候把"他"的著作和讲话读得烂熟的孔夫子，可是我到现在才明白这个孔子爱人民、行仁政，认为人民是国家之本！两千几百年以前就有这样一个人，真了不起！在我们这个时代，花这么多的时间和精力，把孔子放在原来地位上描写出来，这就是井上文学。

　　……往事像长了翅膀似的飞来飞去，已经到了尽头。屋子里渐渐亮起来。播音员的声音还是十分清楚。仿佛有人用针刺痛我的心。这不是梦，这是永别。我那些话他再也听不见了。我痛苦地记起来，四十七届国际笔会闭幕，他到京王广场饭店话别。我注意到大会后他仍然得不到休息，有点担忧，就劝他"节劳"。他含笑说："过一阵子就不忙了。"我听说他会柔术，有惊人的体力，以为应付得了。哪里知道两年后他就因食道癌动了五个小时的大手术。他制服了不治之病，却并没有战胜死亡，他走了，留下了很多美好的东西。三十年并不曾白白地过去，两个作家的友情也不会徒然地消亡，我们为之奋斗了半生的中日人民友好的事业将永放光芒。尊敬的井上先生，您永远活在我的心里。

二月二十六日

《巴金全集》第二十卷代跋
（致树基）

一

树基：

《炸不断的桥》的目录已在六六年日记中查出，抄给你看看。

目　次
并肩前进（代序）
美国飞贼们的下场
越南青年女民兵
炸不断的桥
重访十七度线
一块头巾
明亮的星星
向胜利的旅行
红缎盒
见闻·感觉·印象
附录　春天的来信
后记

《明亮的星星》等五篇给丢失了。《春天的来信》的改订稿也丢了，不过江南的原信还登在《人民文学》三月号上。这个集子的《后记》是六六年四月二十七日写成的，第二天我就把集子编好托济生转给上海文艺出版社。

没有想到不久我就进了"牛棚"，待到十年梦醒，手稿回到身边，一放就是几年，我连翻看它们的兴趣也没有。后来编印《全集》，找出旧稿拿去复印，终于丢失，仿佛命中注定，我毫不惋惜，倒觉得心上一块石头给搬开了。欠债的感觉少一些，心里也轻松些。

其他以后再谈。

芾甘

六月二十八日

二

这一卷还收入一部未发表过的中篇小说《三同志》。关于它我想写一个简短的说明。小说是在一九六一年秋天脱稿的（未发表）。因为我认为它是一部失败之作，缺乏出版或发表的条件。小说写成后，只有萧珊一个人看过我的全部手稿，她也同意我把小说锁在箱子里，不给人看。但是我们不曾交谈过小说失败的原因，有一次她讲过一句话："小说要有点情节。"《三同志》的一个缺点就是缺少"情节"，因为我不熟悉我所写的部队生活，我不理解那些土改后参军的青年战士的心灵。

这是事实。但是我最初动笔写《三同志》的时候，不会承认它，当时我已两次入朝，在志愿军部队中生活了一年多，对战士们有感情，而且交了好些朋友，和他们的谈话记录，还有先后采访来的英雄故事，我也积累了十几册，自己不曾认真考虑，总以为写两三个普通战士不会十分困难。可是一旦拿起了笔，才明白自己懂的实在太少，连外表都描不像，更不用说内心。其实写自己不熟悉的生活，写自己不熟悉的事情，对作家来说是自找苦吃，除非深入生活，把不熟悉的变为熟悉，作家就难写出一个活人，更不要想什么成功的作品了。

我写出失败的作品，出了废品，我得承认自己的无能，本来我没有勇气揭露自己的疮疤，但是同你一块儿编辑《全集》，我不再有什么顾虑，写不出就写不出，写不好就写不好，即使写作了六七十年，我也无法将不熟悉的题材编成美好的故事。

过去我常说我写作因为我有感情，那么我写《三同志》就没有感情？今天回忆那一段生活，我还忘不了杨林同志，对那样的年轻战士，我仍有无限的爱，可是不熟悉他们，对他们光有感情，却不理解，仍然不能把他们写活。这些年我的确犯了一个错误，就是拼命写自己不熟悉的东西，我口口声声"深入生活"，却始终浮在面上，深入不下去，自己不知道怎样下苦功，也不肯下苦功。写完了《三同志》，我对自己的前途绝望了。但是我并不后悔为写这废品花去的时间，和两次入朝的生活体验。这一年的生活我并不是白白度过的，我不是在替自己辩护，虽然没有写出什么作品，我却多懂得人间一些美好的感情。在我这一生，写作与生活是混在一起的，体验生活不单是为了积累资料，也还是为了改变生活。

两次入朝对我的后半生有大的影响。

三

不嫌啰唆，我还要讲一下两次入朝的经过。一九五二年一二月我在上海接到家宝的信，他说丁玲要他动员我参加全国文联组织的赴朝创作组，我征求过萧珊的意见，她同意我去朝鲜，我便给家宝回了信，过了春节我就去北京报到。这个组由丁玲领导并主持学习，她当时是中宣部文艺处长。参加学习的人有二十几个，多数是赴朝的。我们出席了一些座谈会，听了一些报告，做了出发前的准备工作，还打了反应强烈的防疫针。

讲真话的书　(1986—1999)

　　我们换上军服，三月初离开北京。出发前宣布了组员的名单，一共十七人，我担任组长，两位副组长是葛洛和古元。入朝后我们小组先在中国人民志愿军总部活动一个时期，然后访问平壤，同朝鲜文化界人士会见，再后去中国大使馆休息，小组停止了活动，各人到自己挑选的志愿军部队去。因为我第一次到部队，不熟悉战士的生活，兵团政治部还派了一位干部陪同我下去，我们在一起活动了一个时期，他成了我亲密的朋友，今天我还常常想念他，我忘不了那一段生活。

　　我十月中旬回国。说实话，头两天我对国内生活倒有些不习惯了。我在部队有朋友，有感情，有联系，不参加小组我也可以再去朝鲜。

　　第二年我又去了。这一次我住了五个月，最后在平壤乘直达车回国，还准备第三次赴朝。但这个计划并未实现，因此《全集》中的赴朝日记只有两篇，记录了当时的生活体验。

芾甘
七月五日

四

　　这一卷的后一部分是发表过而且收入集子的。两本小书都谈创作，不过《创作回忆录》写得较晚，因此我不曾为它作过自我批判。我写这小书倒是替几位朋友雪冤，洗掉污泥浊水，让那些清白的名字重见天日。我下笔的时候总觉得有一种力量在推动我，我要完成任务，而且我完成了任务，这小书起了作用。

芾甘
七月二十八日

向老托尔斯泰学习[1]

几个月前我给冰心大姐写信发牢骚，抱怨自己的处境。我们通信话都很短，因为彼此熟悉、了解，许多话不需要写出来，发牢骚也不用长篇大论。我讲两三句，她就明白了，或者给我一点安慰，或者批评两句，其实批评的时候极少，我的牢骚常常引起她的共鸣，或者给她带来烦恼。

我从小爱发牢骚，但绝非无病呻吟，而且我不善于言辞，不会表达自己的思想，用嘴讲不出来的，我只好靠笔帮忙，因此走上了写作的路。我不是经过刻苦钻研、勤奋读写，取得若干成就的。我不过借用文字作武器，在作品中生活，在作品中奋斗。不管拿着笔，或者放下笔，我都是在生活。写作几十年我从未想到什么成功，什么成就。摊开稿纸，我只有一个念头：奋笔前进。

我就奋笔前进吧。直到某一天出现了人畜互相转化的"魔法时代"，我给捆住胳膊绑住脚，整整十一年没有能写一篇文章。我真的相信自己给"打翻在地，踏上一脚，永世不得翻身"了，忽然发现那些符咒都失了效力，我的手仍然能写字。在"牛棚"关了十年之后，我还是一个"人"，能用自己的脑子思考。我要继续前进，可是我已年逾古稀，奋笔无力了。

年轻时候我不高兴听见"老"字，我常常对朋友说："我只要活到四十。"岂但四十！不知不觉中我已过了六十，开始感到疲倦，正考虑搁

---

[1] 在《收获》双月刊发表。

讲真话的书 (1986—1999)

笔的时候却被当作"牛鬼"揪到干校，不准言老，也不敢言老了。在干校我和另一个审查对象抬一箩筐菜皮送到猪场，半路上跌进了垄沟，自己从水里爬上来，没有人关心地问一句，我只听见几声大笑。只有十年梦醒我才懂得保护自己；让人称公称老，我才记起自己的年纪；疾病缠身，我才想到搁笔休息。活到八十七岁，我的确感到精疲力尽。但是今天和从前一样，我还得老老实实地活下去。我的原则仍然是讲真话，掏出自己的心。其实这不过老调重弹。我并非自吹自擂独家贩卖真货，或者我在传播真理，我唯一的宗旨是不欺骗读者，自己想说什么就写什么，不停地探索，不断地追求，倘使发现错误，就承认错误，决不坚持错误。读者是我真正的"评委"，我并不要他们跟着我走。有话要讲，我才拿笔。我的手不听指挥，我又把笔放下。我需要安静。我也希望得到安静。但是我会得到安静么？我的时间已经不多，我要好好地利用它。我渴望安静，也只是为了勤奋而有效地使用这支笔。我回顾过去，写作一生，我并未尽责，也未还清欠债，半夜梦醒，在床上想来想去，深感愧对读者，万分激动，我哪里来的安静？当然到了最后一刻我也会撒手而去，可能还有不少套话、大话、废话、空话、假话……把我送上西天，但是我留下的每张稿纸上都有这样三个字：讲真话。

俄罗斯大作家列夫·托尔斯泰被称为十九世纪世界的良心，他标榜"心口一致"，追求"言行一致"，为了讲真话，他以八十高龄离家出走，中途病死在火车站上。向老托尔斯泰学习，我也提倡"讲真话"。我说得明明白白：安徒生童话里的小孩分明看见皇帝陛下"什么衣服也没有穿"，就老老实实地讲了出来。我说的"讲真话"就是这样简单，这里并没有高深的学问。

九月八日

怀念二叔[1]

  近几年我常为自己的《全集》写后记，一年中写三四篇《代跋》，要解释旧作，我有时谈到成都的老家。今年夏天我虽然写得少些，但是我做过一个愉快的梦，在一间有纱窗的木板壁漆成绿色的书房里我和三哥李尧林站在书桌前听二叔讲书。"必讼！"二叔忽然拍着书桌大声说，"说得好！"

  我吃了一惊。在八九年大病之后我总是睡不安稳，也少做梦，就是进入梦境，也恍恍惚惚，脑子并不清楚。这一次却不同，我明明感觉到舒适的夏夜凉风。醒在床上，我还听见二叔的声音，他讲书时常常挂在嘴上的一句话："必讼！"我很激动，一两个小时不能阖眼，我在回忆那些难忘的事情。

  对二叔李华封我了解不多，他平日很少同我和三哥交谈，也不常对我们训话，我们见到他打个招呼，他温和地答应一声。他的住房在后面一进，旁边便是大厨房，前几年我没有进学堂而在私塾中又相当自由的时候，午饭前常常溜到大厨房里看谢厨子烧菜，很少听见二叔房里骂人或吵架的声音。人们说他的脾气不坏。我只知道二叔是本城一位挂牌的大律师，年轻时候在日本东京学过法律，他在成都也有点名气。事务所就设在我们公馆里，三叔是他的助手，另外还有一个年轻的书记员，我和郑书记

---

[1] 在《二十一世纪》双月刊发表。

讲真话的书　(1986—1999)

员熟悉了,晚上没有事就去找他下象棋。郑书记员有一回向我称赞二叔法庭辩护很精彩,他甚至安排我同他一起去法庭旁听。我们的确去了,可是本案审讯临时改期,我以后也没有再去。

我没有听见二叔谈日本的事情,只知道他有一个笔名(也就是室名)叫箱根室主人。他活着的时候我说不出箱根是什么地方。一九六一年我访问日本到了箱根,不由得想起亡故多年的二叔,好像一下子我们的距离缩短了。我当初为什么没有想到他在那个时候就喜欢箱根,我一直以为他是守旧派,甚至把他写成《激流》中的高克明。在小说里我还写了淑贞的缠脚。但我堂妹的脚不久就得到了解放,在我们老家找不到一个老顽固了。

说到二叔,我忘不了的一件事,就是他做过我和三哥的语文老师,在我们离家前两年给我们讲解过《春秋左传》。每天晚上我们到他的书房,讲解告一个段落,我们便告辞回屋。他给我们讲书,因为他对《春秋左传》有兴趣、有研究。此外还有一个原因:他太寂寞,三个儿子都病死了。他可能把希望寄托在三哥和我的身上。

我常说自己是一个充满矛盾的人,我看不少人都是这样。我在二叔身上也看到了矛盾,我对他平日总是敬而远之,并无恶感,但也不亲近。我还记得一件事情:编辑《平民之声》旬刊的时候,我常常把刚刚印好的刊物放在家里,就放在我和三哥住房对面的空屋里。有一天我进屋去拿新送来的报纸,门开着,二叔走过门前便进房来,拿起一张报纸看了看,上面有我介绍"托尔斯泰的生平与学说"的长篇连载,最后还有报社的地址和我的名字:成都双眼井二十一号李芾甘。他不满意地看了我一眼,好像要说话,却什么也没有讲就放下报纸走出去了。我以为他会对大哥提起这件事训我一顿,后来才知道他只是要大哥劝我在外面活动时多加小心。这些话我当时听不进去,以后回想起来才明白这是他的好意。我和三哥出川念书,也得到他的鼓励和帮助。

我想起年轻时候读过一部《说部丛书》,这是当时商务印书馆出版的翻译小说,有文言,有白话,全用四号字排印,一共三集,每集一百种。

这些书打开了我的眼界,使我关在家里也看到外面世界,接触各种生活,理解各样人物。我觉得它们好像给我准备了条件,让我张开双臂去迎接新的思想,迎接新的文化运动。书都是大哥从二叔那里借来的,为了这个我常常想起二叔。"文革"结束,我得到真正的解放后在旧书店买到一部这样的《丛书》,还有未出齐的第四集。我的许多书都捐赠出去了,这丛书我留着,作为感激的纪念,不仅是对二叔,而且也对大哥、对别的许多人,我从他们那里吸收了各种养料。没有从他们那里得来的点点滴滴,就没有今天的我。

我继续回忆,继续思念,好像用一把锄头慢慢地挖,仿佛用一支画笔慢慢地描,二叔在我眼前复活了,两眼闪光,兴奋地说:"说得好,必讼!"他又在讲解《左传》,又在称赞《聊斋》的"春秋笔法"。他向我们介绍蒲松龄的好些作品,给我印象最深的就是那篇告倒冥王的《席方平》。席方平替父申冤备受酷刑,他不怕痛苦坚持上告,一级一级地上控,却始终得不到公道。冥王问他还敢不敢再告状?他答说:"必讼!"酷刑之后再问,他还是:"必讼!"响当当的两个字真有斩钉截铁的力量。但是他吃尽了苦头,最后一次就回答冥王:"不讼了。"他真的不再告状吗?不,他讲了假话,只是为了保护自己,事实上他坚持到底,终于把贪赃枉法的冥王和官吏拉了下来。

我记起来了,二叔说过类似这样的话:"席方平他讲真话受到严刑拷打,讲假话倒放掉了。然而他还是要讲真话。他就是有骨气!写文章要有骨气!"原来二叔也是教我讲真话的一位老师。

怎样写文章,我本来一窍不通,听惯了二叔的讲解分析,我感到一点兴趣,有时也照他的办法分析读过的文章,似乎有较深的理解,懂得一点把文字当作武器使用的奥妙。以后我需要倾吐感情、发泄爱憎的时候,我寂寞、痛苦、愤怒或悲伤的时候,我就拿起笔疯狂地写着,深夜我在自己房里听见大哥一个人坐进放在大厅上的轿子、打碎窗玻璃的时候,我不能控制自己,便在练习簿上写下一些不成篇的长诗。后来我在法国沙多-

讲真话的书 (1986—1999)

吉里读到报道两个意大利工人遭受电刑的时候，我写出小说《灭亡》中一些重要的章节。我写着，自己说仿佛有一根鞭子在我的背上猛抽。我对准痛处用力打击，我的感情仿佛通过我的心、我的手全部灌注在笔下写在纸上，变成了我的呼唤，我的控诉，我的叫号。

最初的年代里我到处跑，只要手中有一支笔我便到处写作。心里想些什么，我就写些什么。我并不苦思苦想，寻找打击要害的有力的字句，我让感情奔放，煽旺心中的火，推动我这支毫无装饰的笔飞越一张一张的稿纸，我没有学会一字诛心的笔法，我走自己的道路。经过几十年的风风雨雨，我终于从荆棘丛中走了出来。

我一再声明，反复解释，我不是文学家，也不懂艺术。有人嫌我啰唆，其实我不过在讲真话。"文革"期间我曾几次被赶出文坛，又偷偷地溜了回来。现在我还不知道是否已在文坛"定居"。但是自己早有思想准备，不会太久了！

接连几个不眠的长夜，我睁着眼睛在思索，在回忆。灰堆里还闪亮着火星。我不是怀念亡故的亲人，难道是在为自己结账，准备还清欠债？

那么是时候了。

又想到了二叔，关于他许多事情我都记不起来了。我父亲只活了四十四岁。二叔活过了五十，但是他做五十大寿的时候我早已离开成都，现在连他的忌辰也弄不清楚了。我们出川后还同他通过三四封信，"文革"之后只剩下一页无尾的残笺，他的手迹对我还是十分亲切，使我想起他那些勤奋治学的教诲。最近我把六十几年前这一页旧信赠给成都的"慧园"，说明我今天还不曾忘记我的这位老师。

我记不起我搁笔有几年了。写字困难，我便开动脑筋，怀旧的思想在活动，眼前出现一张一张亲切的脸。我的确在为自己结账。我忽然想再翻一下《春秋左传》。多年不逛书店了，我请友人黄裳替我买来一部有注解的新版本，不厚不薄，一共四册，我拿着翻看，翻过一册又是一册。我忽然停住，低声念了起来："太史书曰，'崔杼弑其君。'崔子杀之。其弟嗣书，而死者二人。其弟又书，乃舍之。南史氏闻太史尽死，执简以往，闻既书矣，乃还。"

我不再往后翻看了，我仿佛又站在二叔的写字台前。熟悉的人，熟悉的事。治学有骨气，做人也有骨气。人说真话，史官记实事，第一个死了，第二个站出来，杀了三个，还有第四、第五……两千五百三十九年前的崔杼懂得这个道理，他便没有让"太史尽死"。

崔杼是个聪明人，他当然知道即使不放过一个史官，他也阻止不了"执简以往"的人。二叔知道这个，我也知道这个，他的确是我的老师。

十一月十五日

一九九二年

《巴金小说精选》后记

有一天我和女儿小林谈起浙江文艺出版社编选的我的散文集，小林说："还可以编选一本篇幅差不多的小说集。"我说："那么你来试一下。"现在她把小说集的全稿送到了我面前，厚厚的一册，我翻看了一遍，无法拒绝她的要求：为这本小说集写几句话。

我年轻时候编集子、出书，总喜欢在书前或书后写一些心里话，好像害怕读者不懂自己的用意，还拉住他们喋喋不休。别人说我啰唆，我并不在乎。话越积越多，也是厚厚的一册。

大概是这样吧：人年纪越大，讲话越少。我写来写去，也感觉到笔重千斤挥动无力了。很奇怪，在广州出版的那本《序跋集》是怎样编成的！？

不管怎样，我还要为这本小说集写几句话。于是我又翻开这部稿子。我一眼看到"莫东先生"几个字，这是我早期短篇小说《复仇》的第一页。莫东先生是一个讲故事的人物，真实的生活里他是沙多-吉里拉·封丹中学的德语教员，我在他的班上学习了一年。一九二八年暑假后我离开中学，他已到南方避暑去了，以后便没有再看见他。一九七九年我重访沙多-吉里，中学似乎改变不大，但是我见不到一个熟人。人们和我谈起校长赖威格、总学监热沃米尼，都是几十年前的事情。还有人满面笑容地谈到莫东先生，我觉得眼前一亮，马上记起来五十一年前身材高大的莫东先生就在学校的院子里跟我告别，他惋惜不能同我在一起继续学德语，他希

讲真话的书 （1986—1999）

望我回国后不要放弃学习，他送给我一本巴黎出版的德语课本作为纪念。

　　我对这位老师有较深的感情，我经常把他的礼物带在身边，有空便拿出来朗读。一九四〇年我去西南，也带了它去，从昆明到重庆，给自己印象最深的，就是我住在沙坪坝的时候，几乎每天拿着这德语课本一个人在茶楼上消磨大半个寂静的上午。后来从成都回重庆，我写了《爱尔克的灯光》。爱尔克的故事就是在德语课本中看到的。姐姐爱尔克每夜在窗前点着长明灯，给航海的弟弟照路，最后她带着希望进入坟墓。在我的想象中她闭上眼睛前叹了一口气，说了一句"我有信仰"，她相信她的亲人还在海上。

　　抗战胜利后我回到上海，丢失了从沙多-吉里带回来的德语课本。德语并未学成，而唯一把我和老师的纪念连在一起的东西也消亡了。我为那些失去的记忆感到惋惜。

　　那些记忆真的失去了吗？怎么我又在这本集子里见到了《爱尔克的灯光》？我明明看见莫东先生在学校院子里。不，记忆永远不会消失。我为每一本书所写的前言后记都是挂在窗前的一盏小灯，不是为读者，而是为作者自己照亮道路。

五月三十日

《巴金全集》第十九卷代跋（一）
（致树基）

一

树基：

关于佚文我在十八卷中讲了一点。我觉得我那个想法（让批判与佚文共存）并非毫无道理。回顾七十年的创作道路，我承认自己是在大批判的气氛中成长起来的。我创作力最旺盛的时期也就是我挨骂最多的时期。有时四周静了下来，我感到寂寞，我的声音哑了。于是出现无声的文章。这种文章十八卷有，十九卷也有，内容并不一样，但都是靠别人脑子思考写成的。今天的读者可能得出这样一个结论：浪费。几十年的长时间，那么多的写了等于不写的文章，还有数不清的冠冕堂皇的标题，加上没完没了的、从不兑现的豪言壮语，我能够对读者说这是"繁荣"，不是"浪费"吗？不，倘使完全由我自己安排，我很有可能将它们一笔勾掉，仿佛我并未写过这种文章，事情就变得十分简单。这些年人人都这么做，大家都习惯了。因此提倡讲真话反倒使人大惊小怪。我常常想不通，为什么讲真话会遭到围攻。但是不管怎样我还是不赖账。

既然我同意把那些无声的文章留下来，就让它们给拿去示众吧。首先读者会用自己的脑子对付它们。我看为了辨清是非，也值得再受一次围

讲真话的书 (1986—1999)

攻,我再一次说出我的想法:出一本佚文集就加一本批判集,后者可以减少前者的消极作用。过去为我的作品发表了那么多的批判文章,我才放心让作品流传下去。作品销行越多,我越忧心忡忡。长期的恐惧,加上十载的噩梦,梦醒之后我找回自己的脑子,写出了讲真话的书。我不再为过去留下的任何文字增加精神上的负担了。我开始用自己写的"五卷书"来衡量我的言行。

二

唠唠叨叨,我越扯越远,应当在这里打住了。读者不见得会喜欢听别人的啰唆,因此我只拣出几篇文章来说明一些事实。

你根据我给李致的信把一九八一年在国际笔会第四十五届大会上的讲话删除了,你删得对!因为讲话稿不是我起草,我也不曾改动什么。但四十七届大会上的讲话却是我自己写的。

还有,一九八二年的两篇书面讲话也不是由我执笔的。严格地说我并没有资格参加"军事题材文学创作座谈会",不过既然答应挂了名又给安排发言,虽是别人写的稿子,我只做了一些文字上的改动,也就用我的名义发表了。另一篇《祝贺与希望》在"茅盾文学奖"首届授奖大会上宣读的时候,我已经摔断左腿给拴在牵引架上,昏昏沉沉,一句话也写不出来。

这类文章过去我都不收入集子,也不看成是自己的作品,即使我在会上宣读过,我也只是照别人写好的稿子念。有时我会念自己写的稿子,却反映别人的意见,例如一九七八年在文联全国委员会三次扩大会议上的讲话第二部分便采用了上海文联的材料,大讲"作家要下去,创作要上去"。这不会是我自己的主张。这一卷佚文中讲话之外还有一些开幕词和闭幕词,里面有我的文字,更多是别人的文字,即使是我写的,也没有写出我的想法,我认为会越少开越好。我不开会的时候,却留下很多的作品,长期坐在主席台上我习惯了宣读文件,即使它们有各种各样的内容,即使我有时也加入自己的意见，我仍然没有依靠独立思考。

我一九五六年就提出独立思考，可是只有在"十年浩劫"之后，才找到了它。一部"五卷书"就是我的追求的记录。这一卷佚文中还有一些我和客人的对谈、文学创作的答问、海外文友的漫谈、记者的采访，等等，等等，关于这一类文章你的看法可能跟我的不同，譬如有一篇同某教授的对谈，我讲话记录不清楚，你要我动笔修改。我想记录不清楚，是自己讲话吞吞吐吐、含含糊糊。我当时确是如此，那么就让我这狼狈相保留下来，这不过是个开始，我在走自己的路。态度鲜明就容易讲清楚了。

以上一类谈话和答问给放在一起，也可以说明我对文学的看法。尽管我一再声明自己不是文学家，但是我是一个用文学打动人心的人。要打动别人的心，我先掏出自己的心，掏出自己鲜红的心容易说明一件事实：

没有独立思考，就写不出好的作品。

芾甘

七月九日

《巴金全集》第十九卷代跋（二）
（致树基）

树基：

　　我在去年写的关于《三同志》的《代跋》里没有提到短篇小说《杨林同志》，这是我一时的疏忽。其实我并没有创作《杨林同志》的计划。一九七七年五月我在《文汇报》发表《一封信》的时候，还不知道怎样处理《三同志》那一堆手稿。当时上海作协恢复，准备创刊《上海文艺》，罗荪同志向我组稿，建议我从《三同志》中抽出几章发表，我答应了他。后来刊物催稿，我便找出旧作，从头到尾读了一遍，越读心越凉，最后不得不下决心，丢开这个废品，根据杨林的事迹另写一个短篇。

　　于是我找出一本空白的小学生用的练习簿写下了杨林的故事，这是"十年浩劫"后我第一次写的小说。一九二七—二八年在法国写处女作《灭亡》时用的也是小学生的练习簿，不过是法国小学生的练习簿。

芾甘

七月十八日

《巴金全集》第十八卷代跋
（致树基）

一

树基：

这几年我同你长途跋涉，回顾了六七十年的创作道路，我说应该给自己做总结，路已经到了尽头了。其实不是前面无路可走，而是我没有时间，也没有精力移动脚步。我浪费了那么多的珍贵的东西，留下的只是疲劳和叹息。我怎样给自己下结论呢？一卷一卷的书就是用来判断的物证吧。

摆在我面前的这两卷"佚文"（十八卷和十九卷）可以说是意外的收获。我并不因为这收获感到喜悦，是我丢失了它们，或者当初我有意扔掉它们。总之，我早已忘记了它们，现在它们一下子全给找了出来，要我一一介绍，并为它们作种种解释，我有点为难。究竟要或者不要？我一直在考虑这个问题。大批判、大揭发还未到来的时候，我经常战战兢兢，感觉到过去许多作品都是压在自己身上的罪证。终于"文革"来临，无限上纲，冤冤相报，每个人都为自己留下的任何东西付出代价，即使是扔在垃圾箱里的几十年前的佚文，我也无法不拾起它们，记入账册。既然把这些佚文保留起来，那么就准备再接受一次更大的批判吧。我有一个想法：把

讲真话的书 （1986—1999）

一次又一次对我的批判集中起来，大概不止这么两卷。为什么不把它们同我的作品编在一起呢，它们从来不让我的作品单独存在，可能我的作品需要这样的养料。我觉得这样安排也很有意思。但我也知道你不会同意这个古怪的想法，而且我也得尊重著作权，不能随意采用别人的文章。我打消了这个念头。

二

请原谅，我不是在开玩笑、搞文字游戏，我是在认真地思考。我写这多卷的书，我编这多卷的书，无非为了争取别人对我的理解，我要给自己做总结，回顾一生的道路，我为什么在泥泞的巷子里长途跋涉？我没有双翼，不能展翅高飞，必须顺着一条道路向前或后退或拐弯。我不可能忽天忽地。为了求得读者的理解，我应当解释清楚，让人们看见我是怎样走过来的。我无法掩盖自己的脚印。我从"牛棚"回到家，还有勇气重新拿笔。我用不着吞吞吐吐顾前顾后了，我写自己想说的话。我得用自己的脑子思考怎样写出文章。

梦醒之后我写过好几篇"讲真话"的文章，当时害怕引起误会，还一再解释：我并非在传播真理，只是讲心里话，我的日子已经不多，我不想骗人骗己，浪费时间。既然我的脑子还可以使用，为什么不好好利用它？为什么不讲自己的话？我这一生写过多少这样的"佚文"，我自己也说不清楚。总之不止这么两卷，内容复杂，有时甚至互相矛盾，而且最初在成都《半月》上发表的三篇短文都是东抄西凑写成的。我自己害怕翻看旧账，所以请你替我把住"关"。我曾几次要求严格。你的确比较"严格"。我想，你能够理解我，我就放心了。讲真话，不是搞什么阴谋，只是希望得到理解。没有料到有人听说"讲真话"以为要挖别人祖坟，连忙打开他们的"聚宝瓶"，放出各种各样的吱吱喳喳，明枪暗箭一起出动，想堵住真话的路，让大家说假话过日子。可是中国人并不认为讲假话是光

一九九二年

彩的事情。讲真话和提倡讲真话并不犯罪，我没有被骂倒，仍然活下去，我的作品照样存在。它们能活不能活，要看它们是真话还是假话。作品本身也有生命，它也在成长，也在发展。我们在作品中看到艺术家的良心。倘使没有这种良心，作品就会枯死。

批判并不起作用。我还是要讲真话。

三

三十年代我就常说自己不是文学家，又说是个门外汉，今天我仍然不是文学家，但根据六七十年的写作经验，我对文学也并非一无所知。几十年来我就记住这样的话："讲真话，掏出自己的心。"这就是我的座右铭，希望读者根据它来判断我写出的一切，当然也包括所有的佚文。最后我还要说：请根据这个座右铭来回顾我的创作道路吧。我希望读者理解文学，也理解我。

芾甘
九月二日

《巴金全集》第二十五卷代跋
（致树基）

树基：

　　关于日记我不想多说。这次收进《全集》的日记共有两卷，"文革"中造反派抄走的和后来散失的，还有"文革"后访问欧洲的一些待整理的"记要"，加在一起也不到三卷，但散失了的不见得就会给找回来，先出两卷也就够了。

　　在这之前，四川的出版社曾向我组稿，要求单印我的日记，我答应了李致，后来忽然想起我写的日记只是写给自己的备忘录，明明是为自己服务的，并无出版单行本的必要，便通知李致收回了诺言。

　　我年轻时候很少写日记，我只记得一九二六年在上海写过两三页日记，夹在一本书里带到了法国，后来在沙多-吉里创作《灭亡》就作为杜大心的日记写进了小说第十二章。这便是保留下来的我最早的日记，只有这么两页，我当时就借用它们来"倾吐感情""发泄爱憎"。

　　接着在一九三一年我写《灭亡》的续篇《新生》，全部小说都是主人公李冷的日记，后面一小部分是根据一位朋友的日记改写成的，前面一大部分则是出于我的编造。我在替李冷写日记，有时难免把自己的感情放进去，我说的是感情，不是我做过的事情。

　　这以后好多年我都不曾写过日记。生活忙忙碌碌，而且八年抗战，身经百"炸"，几次全"军"覆没，即使写出也不会保存到今天。总之，除了小说和散文，我什么也没有写。

一九五二年我参加全国文联赴朝创作组到中国人民志愿军采访。我第一次下部队，对军人生活很不熟悉，为了便于记忆，我随身带了一个小本子，简要地记下每天的生活：一些人和事，尽可能写得简短，只求对自己有用。衣袋里装着小本子，上上下下，跑来跑去，这一次我在朝鲜住了七个月，十月十五日回到北京，下了火车，我就把小本子收起来了。到第二年（一九五三）八月我再访朝鲜，才又把它带去，这一回只留下五个月的日记。以后我就没有机会再过鸭绿江。

成都日记则是一九六〇年回家乡小住四个月的记录。这之后便是从一九六二年十一月开始的上海日记，当时我下了决心要把这记录写下去，绝不中途搁笔。可是不到四年就发生了"文化大革命"，机关的造反派来抄了我的家，首先就抄走我的日记。写好的给拿走了，我在"牛棚"里续写新的。于是造反派又对"牛棚"采取所谓"革命行动"，没收了新的日记。

这样我连写日记的权利也被完全剥夺了。一直到一九七七年五月，我得到"第二次的解放"，才找回自己的笔，又把日记写下去，这就是所谓"文革后日记"。我想这以后不会再有任何的干扰了，我还可以奋笔写作。"文革"中拿走的日记大部分都给要了回来，为了编印《全集》，我还等着收回散失了的那一部分和没收了的小本子。我是能够等待的。

这一等待就是十五年，时间不可谓不长，可是失去的东西并不曾给送回来，而奋笔续写的精力又逐渐丧失，终于疾病缠身不写日记也已十年，连访问欧洲的几篇"记要"也未能整理，不知放到哪里去了，那么就让我的日记以残缺的形体和读者见面吧。反正这日记是为我自己写的备忘录。

其实在这十五年中间我还在写我的另一种日记，那就是五卷本的《随想录》，它才是我的真实的"日记"。它不是"备忘录"，它是我的"忏悔录"。我掏出自己的心，让自己看，也让别人看。我好像把心放在清水池里不断地冲洗。我努力不讲假话，我要理解人，也希望得到别人理解。

巴金

九月十五日

《巴金全集》第二十二卷代跋
（致树基）

树基：

　　关于书信我用不着多说了。三四年前我曾经为现代文学馆编过一本《巴金书信集》，书前有一篇小序，文字不多，却也讲出了我对出版书信的意见，序文已经收在《序跋编》里了。

　　另外我还建议将三卷书信集放在《全集》的最后。我对书信的用法、看法有了改变，我要一直写到闭上眼睛。可能我骨已成灰还有人为我编印《书信集补遗》……

　　我有幸找到了讲真话的路。我拿起笔就是为了写真话、讲真话。真话是讲不完的，真话是封不住的。即使我搁下了笔，即使嘴上贴了封条，脑子照样在思考真话，真话也仍然飞向四方。我说过我不曾用笔写完的，我要用行为来完成。每当午夜梦回，我反复思索用什么样的行为实现自己的理想。我多么愿意再活一次。

　　朋友们批评我不该使自己这样痛苦，却不知我正是在痛苦中净化心灵，才不得不严格对待自己。七十年的创作生涯中我从不曾追求文学技巧，用它来装饰自己。我写，我是在掏出我那颗满是伤痕的赤诚的心。

　　写到这里，我收到你病后的来信，你为我的书带病工作了这些年，一个字一个字认真地、仔细地编写、校读，忍住腰痛，坚持坐在书桌前，或者腿架在凳子上，为了我的《全集》你花费了多少时间，多少心血，多少

一九九二年

精力，现在最后一卷就要发稿……想到这些，我决定收回前面的建议。就照你的意思办吧。

我的书橱里有不少朋友的信件，其中有一大叠上面用圆珠笔写满了蓝色小字，字越写越小，读起来很费力，但也很亲切。不用说这是你的来信，我生活忙乱，常常把信分放在几个地方。我有一种奇怪的感觉，那里好像有什么东西在发光。这不是什么幻想，这闪光是存在的。我明白了。它正是我多年追求而没有达到的目标：生命的开花。是你默默地在给我引路。

不管留给我的日子还有多少，不管我能不能再活一次，我默默地献出最后的一切，让我的生命也开一次花。

芾甘

十一月二十一日

一九九三年

最后的话[1]

一

树基：

　　书出到末卷，我可以讲最后的话了。树基，感谢你接受我的委托编辑这个《全集》。我把《全集》交给你，因为我相信你会把它编成一部对读者有用的书。我写书有我的需要，每一篇都是如此。读者读书也有自己的需要。我认为你懂得两方面的需要，容易帮助读者接触作者的心灵。你对我的作品有时也坦率地发表意见，而且你和我同一个时期在桂林、重庆生活过。后来在上海和北京我们还有更多交谈的机会。你给我写来那么多的信，对我的生活和我的文章，甚至一些字句也很关心，很注意。我并不常常听从你的意见，但我总是认真地考虑它们。

　　现在对自己的作品我打算再认真考虑一次。我要回头看看我一生走过的道路。

　　我说过我搁笔了，但又几次拿起墨水快干的笔。写几个叫人看得清楚的字，我感到吃力，但吐出心中的块垒，我很痛快。积累了多年的爱憎总要倾吐干净！因此我常常觉得自己文章写得太多，也曾有过计划，只出版

---

[1] 本文即《〈巴金全集〉后记》。

讲真话的书 （1986—1999）

十卷本选集，其余概不重印。

你向我组稿，要编印我的《全集》。你说你打算把我这部书作为你最后的工作。你的话里流露出深的感情。你的确应该休息了，却又忘不了我的书。为了出版我的《全集》，你找我谈过几次。你的热情和决心打动了我，你的编辑、出版计划说服了我，一年后我终于同意了。我起初抱着消极的态度，以为每年看到一册，等书出齐，我已不在人世，不必为这些文字操心了。我的确不曾把这件事放在心上。可是后来看见书一本一本地印出来，经过书市转到读者手中，又仿佛心上压着什么，开始感到坐立不安了。究竟是我写的东西，不管好坏，总不能把责任完全推给你，好像跟我自己毫无关系。今天它们给带到读者面前接受审判，受罚的应当是我。你可能不同意这个"罚"字，那么就加一个"赏"字，有赏有罚吧。但无论如何，批评总是多于"赞赏"，而且我这里所谓"赞赏"也只是读者的"接受"，倘使受到读者普遍的拒绝，你的努力岂不完全浪费，而我的内疚也就更深了。

这样的遭遇《全集》也可能碰到。是糟粕，就让它毁灭，扔进垃圾堆里也行，我并无怨言。你应当有充分准备。

为了让你对我有更多的理解，我得谈一点有关我写作的事情。我自小就不聪慧，智力也不发达。即使记忆力不差，但作文课上成绩平平，毫无文采。"五四"以后，我学习白话文，给当地刊物写了几篇文章，也无非东抄西凑，自己反而理直气壮，认为我只是宣传新的思想，并不想成名成家。刊物停下来，我也就搁了笔。后来又写了些小诗、散文或不成篇的长诗，有的受了当时文学作品的影响，有的（如长诗）就只是为了发泄自己某一时期的感情。记得一九二二或二三年有几个深夜，大哥悄悄地坐进停放在大厅上的轿子，打碎轿帘上的玻璃。我的房间跟大厅只隔着一排木门，轿子里的声音，我听得清清楚楚。我感到痛苦，却没有办法。读书读不进，便拿起笔写点什么，竟然写了一首写不完的长诗《一个灵魂的呻吟》。大约有三四个这样的夜，笔记本上写了又涂，涂了又写，都是些不成行的断句。四年后，在巴黎，夜深人静，听到圣母院的钟声，想念许多人和许多事，坐立不安，就从床下旧皮箱里找出那首不成篇的诗文接着写下去，到第二年终于作为"未完成的诗"在小说《灭亡》中出现了。这说明我的第一篇小说是在寂寞、痛苦中写成的。其实所有我的作品都是在寂寞、痛苦中写成的。我写，是在倾吐我的感情，讲我心里的话。我没有才能，求学期中并无成就，不曾学会驾驭文字的本领。大哥帮助我出川求学，希望我专攻一门学问，可是到了巴黎，从哪里做起，我既无打算，更无把握。每夜，每夜，圣母院的钟声敲在我的心上，仿佛在质问我："怎么办？"

我写《灭亡》从开始到终卷，写了又停，停了又写，我并未想染指于文艺。我无技巧，又不懂艺术，因此也不想为自己说的话装饰。我希望得到人们的理解，文章能起一点作用。我愿意掏出心给人看，我还想把我的所见所闻和我所知道的一切全写出来，不掩饰地露出自己，不逃避地接受批评。

我写出了一本接一本的书。心中的火不灭，我不能不写，虽然肤浅、幼稚，而且啰唆，但是读者鼓励我写，读者不嫌弃地接受它们。年轻人说我讲出了他们心中的话。三十年代、四十年代的青年把我当作他们的朋友。我的见闻、我的呼喊，甚至我那些不成篇的牢骚，它们都是真话，我不会存心欺骗读者。但是不能说我不曾欺骗过我自己。那么我怎么能说年轻朋友们就不曾受过骗？在十八九岁的日子，热情像一锅煮沸的油，谁也愿意献出自己宝贵的血。我写了一本又一本的书，一次又一次地送到年轻读者的手中，我感觉到我们之间友谊的加深，但是二十年后，五十年代到八十年代的青年不再理解我了。我感到寂寞、孤独，因为我老了，我的书也老了，无论怎样修饰、加工，也不能给它们增加多少生命。

你不用替我惋惜，不是他们离开我，是我离开了他们。我的时代可能已经过去。我理解了自己，就不会感到遗憾。也希望读者理解我。

要求理解，并非要求宽容。理解之后，读者也许会把全书四分之二扔在垃圾箱里，那么我这一生写作上的努力就得到公平的待遇了。

巴金
七月二十八日

二

树基：

你把我三年前写好的《全集》的《后记》寄还给我，问我有没有改动，要不要作什么补充。我的回答是：另写一篇，不是改动，也不是补充，那么就算《后记》之二吧。我已经没有夸夸其谈的时间了，伸出手来，我准备一次紧握。我饶舌了六七十年，不想再浪费读者宝贵的时光。人走了，但是印在纸上的字抹杀不了。我要为自己写的东西负责。不管我说真话还是讲假话，不管我的思想变化或未变，它总是在动，我也总有一条思路，我写文章绝非无话硬写，那是编造谎言。

你了解我，我为什么不止一次地告诉你编印《全集》就是对我自己的惩罚呢？我不能容忍编造的谎言，不管是"独家采访"，或是"人云亦云"。我为什么坚持在十四卷末作为附录插进与徐开垒同志的对谈呢？我想让读者明白一件事情：我不能离开人民，我准备"改造自己，从头做起"。说是换一支笔写新人新事，我"毫不犹豫地选择了新的路"。这样才可以解释我的思想、我的文笔的改变，我甚至承认自己投降。从此我转了一个一百八十度的大弯，发表了新的文章。这些文章被称为"歌德派"，回顾它们的产生，我并不后悔我写了它们，即使我写了自己不想说的话，即使我写了自己所不理解的事情，我也希望对我的国家和人民，我的文章会起一点好作用，我的感情是真诚的。不少的知识分子都是这样，

一九九三年

经过一次接一次的运动,我跟读者的距离越来越远了。最有趣的是五八年春天,我在自己的院子里草地上捧着铜盆敲了整整一个下午,我是在响应号召"除四害"打麻雀。我的集子里还保留了不少这一类的豪言壮语,我写它们,只是为了完成别人给我的任务,当时我们是在互相鼓励,今天却说明我如何制造废品。

说到废品你不同意,你以为我谦虚。你不同意我那百分之五十的废品的看法。但是重读过去的文章,我绝不能宽恕自己。人们责问我为什么把自己搞得这样痛苦,正因为我无法使笔下的豪行壮举成为现实。难道我存心撒谎,为了保护自己?!难道借口真话不是真理我可以信口开河?!我反复解说只想用真话把我的心交给读者。可是我究竟说了多少真话?我究竟让多少人看到我的心?

一句话,这二十六本集子里有多少真,又有多少假?我自己没有回答。有人说:"那么看看《随想录》吧。"

《随想录》是我最后的著作,是解释自己、解剖自己的书,但这也只是刚刚开始,本来还想写《再思录》,却没有办法,"来日无多"了。我还需要讲什么呢?反反复复、唠唠叨叨,我把书一本一本地堆起来,也不见得就能说服读者。我又想起了老托尔斯泰,他写了那么多的书,他的《全集》有九十大册,他还是得不到人们理解,为了说服读者,他八十一岁带着一个女儿离家出走。他决心改变自己的生活,却没有想到中途染病死在火车站上。[①]

这是俄罗斯大作家给我指出的一条路。改变自己的生活,消除言行的矛盾,这就是讲真话。

现在我看清楚了这样一条路,我要走下去,不回头。但是对我来说,这已经太迟了。我讲话吃力,写字困难;笔在我手里重如千斤;无穷无尽

[①] 据说托尔斯泰离家的信写好锁在抽屉里二十五年,最后出走,只能说是实现他的决心,可是他还没有改变他的生活。

讲真话的书　(1986—1999)

的感情也只好咽在肚里。不需要千言万语,让我们紧紧地握一次手无言地告别吧。

最后一段话是对敬爱的读者讲的,对他们我只要说:"我爱你们。"是的,我永远忘不了他们。

巴金
一月五日

端端编《巴金散文选》小序

我的散文集或散文选已经印过不少,有的是我自己编辑,但更多的则是由别人编选成书。几十年来我常有这样一种看法:编书的人年纪比我大,而读者的年纪总是比我小。

这次我看到的却是一个例外。这本集子的编辑是个离开中学不久的年轻人,我的书她念得不多,大概为了编选这本小书才找出我的一些集子翻阅了一遍。但是在这里我仍然看到一锅煮沸的油。

从三十年代开始,我写了这些文章,靠了它们,两代的青年把我当成他们的朋友,说是我讲出了他们心中的话。在十八九岁的日子,为了人民谁都甘心慷慨地献出自己宝贵的血。我在全集的后记《最后的话》中坦率地吐露我搁笔时的心情:

"我写了一本又一本的书,一次又一次地送到年轻读者的手中,我感觉到我们之间友谊的加深。但是二十年后,五十年代到七十年代的青年不再理解我了。我感到寂寞、孤独,因为我老了,我的书也老了,不用替我惋惜,不是他们离开我,是我离开他们。

"我理解了自己。也希望读者理解我。"

那是三年前我的自白。今天读到这本新编的小书,我好像回到了三十年代……四十年代……七十年代……八十年代……我重新认识了自己。我不再感到寂寞、孤独,我的书并没有老。正如我在《后记》的最后所说:

讲真话的书 （1986—1999）

"不需要千言万语，让我们紧紧握一次手无言地告别吧。"这是对读者讲的，对他们我只说这一句："我热爱你们。"是的，我永远忘不了他们。我永远离不开我的年轻读者。

四月二十一日

没有神

我明明记得我曾经由人变兽,有人告诉我这不过是十年一梦。还会再做梦吗?为什么不会呢?我的心还在发痛,它还在出血。但是我不要再做梦了。我不会忘记自己是一个人,也下定决心不再变为兽,无论谁拿着鞭子在我背上鞭打,我也不再进入梦乡。当然我也不再相信梦话!

没有神,也就没有兽。大家都是人。

七月六日

《随想录》线装本后记

有人对我说:"你写的书中印刷的版本最多的是《随想录》,有九种印本,可是书市里出售的很少。买不到书。"最近我同华夏出版社的朋友谈起,他说:"我还想为你出一种线装本,你同意不同意?""我同意。"我连声说。我正想编一部新的《随想录》。这将是版本的第十种,我要把来不及收进合订本的两篇随想也附印在里面。我不曾同哪一家出版社订过合同,因此我还有这一点自由。

这次增补的两篇文章是:

《怀念从文》

《怀念二叔》

七月十九日

一九九四年

西湖之梦
——写给端端

一

　　这一卷是你从上海给我带来的，那么我就在这里做我的西湖之梦吧。六十八年过去了，好像快，又好像慢，我还不曾忘记一九三○年十月的一个月夜，我坐了小船到"三潭印月"。那是我第一次游西湖，我离开小船走了一圈，的确似梦非梦。许多同样喜欢西湖的朋友，我们一起登山、划船，淋着细雨走过六桥三竺。我更不能忘记我和尧林三哥怎样把脚迹留在九溪十八涧。三十年代到一九三七年为止，我每年至少来西湖两次。然后在一九五九年即是在远离西湖二十二年之后，我参加上海作家访问新安江工地代表团经过杭州，又到了西湖。这一次是和萧珊同来的，她看到西湖特别激动。方令孺大姐在杭州工作，担任省文联主席，她从上海调来不久，颇感寂寞，我们也相信她，便经常来看望。她住在白乐桥一号，门前流水潺潺，院内有一棵老银杏树。我们愉快地谈着往事，也谈着未来，等待夜幕降临。在炎热的日子里我们喜欢到花港的竹亭或者灵隐寺外的冷泉亭坐一个小时，难忘的回忆至今还给我的心带来温暖。

　　第二次的西湖之梦只有短短的六七年，一九六六年七月底我到杭州接待外宾，竟然见不到一位本地作家，更不用说已经"靠边"的"九

讲真话的书 (1986—1999)

姑"了。

参加了"湖上灯会"之后,把外宾送到上海,外宾一走,我就给关进"牛棚",一晃又是十二年。

第三次的西湖之梦开始的时候,我已精疲力尽、劳累不堪。我的身边失去了萧珊,白乐桥畔再也不见九姑的影子。我不是拄着木拐在宾馆门前徘徊,就是坐在阳台上静静地遥望白堤、苏堤的花树。第三次的梦是一种完全不同的梦,每次我都怀着告别的心情来到这里,每次我带着希望离开,但是我时时感觉到我要躺下来休息了。

(五月四日,杭州,写在《巴金全集》第二十三卷扉页上)

二

这一卷书不是你给我带来的,我却用你的笔写了我想对你说的话。西湖之梦是做不完的。

去年金秋时节我坐在轮椅上到了岳坟,到了灵隐,我说我来向西湖告别。我看得出我来这里有多大困难。可是朋友们推着轮椅,抬着我上上下下。我好像满身是劲,甚至到了许多以前不曾去过的地方。朋友们的帮助、集体的力量为我克服了困难,我又回到那些梦的日子。我说过我爱西湖是把人和地连在一起,是把风景和历史人物连在一起……我竟然想起了一九四四年在桂林丢失的那本小说《松岗小史》,我在小小年纪就让小说家引到杭州,做了岳坟的梦。如今我活到九十还仿佛跟着翟新珍在岳王墓前纵身捕捉鸣蝉。我看过一些谈西湖的书,但记得牢牢的还是这一段。有人说这里坟多,简直是"与鬼为邻",为了"伸张人气",他们搬走一些古墓。岳王坟明明是"衣冠冢",他们却不敢动它。还有许多名字:于谦、张煌言、秋瑾……还有诗人苏曼殊、画家陶元庆……许多、许多。

我今天还在怀念老友卫惠林伉俪,三十年代他们在俞楼住过一个时期，有一回我们的同学"哲学家"詹剑峰从法国回来，要我和他同游西湖，我们到了俞楼，三个人在一起登山畅谈巴黎的往事。我和詹剑峰的劲头很大，南山北山，从上午走到傍晚，中途脱掉皮鞋在半山休息，相当狼狈，但事后又觉得痛快。"哲学家"先离杭州，我多留了一天，为了携带若干西湖活鱼到上海送给索非夫妇，鱼是卫夫人高宛玉准备的。这一夜我就住在卫家，鱼放在一个大饼干筒里，盛满了水，盖子盖得紧紧，上面给弄了些小孔。我一夜没有闭眼，只是注意筒里有什么声音，时而担心小猫来抓鱼，时而害怕鱼给闷死在筒里，第二天大清早我离开了俞楼，带了一筒西湖鱼到上海索非家，鱼活着，但已奄奄一息了。

三

想说的话很多，我只再说一件事。一九三七年我来西湖不止一次两次，大概在第三次，卞之琳和师陀两位去天目山，我送他们到杭州。我回上海的前一天，我们三个人在杭州天香楼吃饭，大家谈得高兴，我就讲了过去在日本报上看到的故事。

两个好友被迫分离，临行相约十年后某日某时在一个地方会见。十年后的那一天到了，留在东京的朋友已经结婚，他的妻子见他要认真践约，便竭力劝阻。但没有用！就在那天早晨他来到约定的地点，首都著名的某桥头。他等了好久，不见人来，他感到失望了。忽然听见有人问话，一个送电报的人拿着一份电报问他这是不是他的名字，他接过电报看，上面写着："我生病，不能来东京践约，请原谅。请写信来，告诉我你的地址，我仍是孤零零的一个人。"

收报人的地址是：某年某月某时在东京某桥头徘徊的人。电报到了收报人的手里，友情之火在燃烧。师陀当时还不曾用这个名字，我们都叫他做芦焚，这是他接受《大公报》文学奖时用的笔名，他笑着说："我们也订个约，十年后在这里见面吧。"我说，"好，就在杭州天香楼，菜单也有了：鱼头豆腐、龙井虾仁、东坡肉、西湖鱼……"

十年以后我并未去杭州，天香楼之约早已忘得一干二净。之琳去英国讲学，师陀在剧校教书，相当忙碌，时而香港，时而浙江，似乎在追求什么。芦焚的笔名因别人冒用也已作废。但是在他改编的《大马戏团》上演之后，师陀的笔名也是响当当的了。师陀有才华，又很勤奋，却未能献出自己心灵中的宝贝，写出本来属于他的文学精品。解放初期上海某报腰斩《历史无情》对他是不公平的。

交往几十年他对我并不客气，也很坦率，有什么事总要来找我，抗战初期萧乾留给他的房子被别人占了，他也来找我帮忙要回来。他常常挖苦我，我却把他当作一位诤友。有一个时期，我在华东医院治病，他也住在南楼病房，上午他常来聊天，我们谈起作协分会煤气间的特殊生活感触很多，我为他的后半生感到惋惜，也为自己珍贵时间的浪费深感痛苦。后来他突然的死去是一桩意外的事故。我要写一篇怀念文章，开了头却没有写下去。我想起了一件事，在上海成为孤岛、我的小说继续在开明书店出版的时候，有一天师陀带笑问我："你那个姑少爷是不是写我？"我连忙摇头："不！"但是我想到那个从后面看去好像没有颈项似的年轻人，不觉哈哈笑起来，原来他是这样敏感。我并无意伤害他，当时如此，现在仍是如此！

（五月六日，杭州，写在《巴金全集》第二十四卷扉页上）

关于《全集·书信编》

《书信编》应该是讲真话的书，可惜书信散失最多、保存最少，有的正是因为讲了真话让别人拿去烧掉了，有的则是我自己偷偷撕毁。但自己究竟讲了多少真话，我很难算清这笔账，而且在真话倒霉的时候我也曾想到不认账，因为害怕背上黑锅，背上包袱。

我还记得一件事情。一九六二年姚文元在上海报上发表了批判所谓"杂家"的文章，姚文元写文章就像在打棍子，大家对他都有反感，北京一位搞编辑工作的朋友写信给我说："你们上海那根棍子又在乱打人了。"大家都知道在信里多讲话也会给自己找来麻烦，我却忍不住，还是在回信中答了一句："棍子就是用来打人的嘛。"

原信留在抽屉里。几年过去了，出现了"文化大革命"，声势浩大，而且是有领导的。我越来越害怕，看看要来抄我的家了，我就打开抽屉拿出朋友的信撕毁了，也就忘了我写回信的事情。一直到我给关进"牛棚"揪到干校，有一天"打巴组"的一位同志要我"交代"写信"诬蔑"姚文元的"滔天大罪"，我才记起那封毁了的信。我当然不会承认自己撕毁了的东西。但是"打巴组"揪住我不放，还抛出一些线索，我知道我那封信一定还在别人手中，便作了简单的交代。反正我已戴上了几顶"反革命"帽子，这个罪名不算什么了。

又过了几年，"文革"被彻底否定了。我和那位朋友继续通信，两个人都未提到写信骂姚的快事。有一天另一位做编辑的朋友从北京寄信来，

讲真话的书 (1986—1999)

信里有这样的一句："当心某某人,他揭发了你。"

　　我感谢这位朋友,但是我也原谅另一个友人。我常常想："责任在谁?"

五月二十日

怀念亲友

我活到九十，绝非奇迹。我的精神的发展与成长少不了亲友们慷慨的帮助。这些人的名字仿佛刻在我的心上，我一直不能忘记。

想到表哥濮季云，我就看见成都正通顺街一个小小房间里，一张方桌旁。一盏清油灯下，两个年轻人摊开一本缩本原著《大卫·考伯菲尔》。他不单是我的英语的启蒙老师，他还让我懂得许多事情。可是一九三三年他到上海我就不能帮忙他找到工作。六〇年我回成都，他已退休，还染上了肺结核。我不能减轻他的痛苦，只有袖手旁观。对一位正直、善良的知识分子的死亡，我感到遗憾。

想到吴先忧，这位五四时期的老朋友。他不是我的启蒙老师，但是他把我引到言行一致的道路。他是外专本科的学生，为了向托尔斯泰学习，他到一家成衣店拜裁缝为师。我最后一次回成都，靠轮椅活动，没有能到他墓前献一束鲜花，表示我对这位老教育家的感激之情，请求他原谅我。

五月二十日

关于克刚

  我记不清楚在哪一卷上写过关于克刚的几句话。我希望他看到了它们。八九年克刚回国，我在华东医院治病，他多次来病房看我。我们没有谈过去的事，他不知道我对他仍然怀有感激之情，他也不知道我以前写小说讽刺过他，自己感到后悔。他今天还在写《九十老人回忆录》，他的兴致很高。他身体好，又会瑜伽功，一定比我长寿。那么我再说一遍："我在巴黎短短几个月里受到他们的影响，我才有今天！"另一个人是卫惠林，他回到了祖国，在泉州病逝。

五月二十日

《巴金译文全集》序

有人听见"讲真话"就头痛,其实我讲真话,总是从自己做起。我有声音就不会沉默。声音哑了,我还会使用颤抖得厉害的手。到了既不能说又不能写的时候,我还可以借用过去积累的那些东西,我说它们是我捡来的武器,我曾经用来战斗了一生。现在全集印成,给我留下的只有编印译文集的工作了。

一九九○年我有了编辑译文全集的计划,这年秋天我答应了朋友树基的要求在全集出齐之后继续合作,完成第二个"全集"。可是八年的编校工作使我疲惫不堪,何况树基又是带病工作,我还听说他把腿架在凳上看校样,我感到内疚,考虑再三,我决定放弃出版译文全集的打算,并通知了树基。其间三联书店编印的译文选集问世了。六年前我为这个选集写的序文好像在谈今天的事情。我这样写道:

"我记得一位外国记者问过我,作家一般只搞创作,为什么我和一些前辈花费不少时间做翻译工作。我回答说:我写作只是为了战斗。当初我向一切腐朽、落后的东西进攻,跟封建、专制、压迫、迷信战斗,需要使用各式各样的武器……我用自己的武器,也用捡来的别人的武器。在今天搁笔的时候,我还不能说已经取得多大的战果,封建的幽灵明明在我四周徘徊,即使十分疲乏,我也可能重上战场。回顾过去,我对几十年中使用过的武器仍有深的感情,我虽然称它们为'试译',我重读它们,还是十分激动,它们仍然打动我的心,即使这是不高明的译文,它们也曾帮助我

讲真话的书　(1986—1999)

进行'战斗'，它们也可以说是我的生活的一部分。"

　　这便是我对自己译文的看法，六年前是这样，今天也还是这样。它们的确已经成了我的生活的一部分。它们都是真话。我要摔掉它们也办不到，连我一九二二年在成都《草堂》月刊上发表的第一篇翻译小说《信号》也给人挖了出来。事情总有人来做，或者照别人的意见，或者依我的想法，除非我自己有个计划。我不再迟疑了。我又一次向树基伸出了手。我张开双臂将我用过的武器全收在一起，我打开仓库老老实实让大家看个明白，我究竟有没有宝藏。

　　我就在选集的基础上编印我的译文全集。做法仍然是把一本一本的书稿交给朋友树基，仍然是同样一句话：

　　"一切拜托你了。"

　　其他，序文里讲得清清楚楚，不用我唠叨了。

巴金
五月二十八日

怀念卫惠林

最近翻看《全集》，在二十一卷的代跋中我读到一段自己的心里话。话很简单，是关于两位老友的，他们就是与我同船去法国的卫惠林和在巴黎火车站迎接我和卫的吴克刚。我说："那个时期他们对我有大的帮助，我用在书中的一些知识、一些议论、一些生活，都是来自他们，我吸收了各式各样的养料，没有感谢过他们。只有声明搁笔的时候，躺在病床上我想着：倘使当初我的生活里没有他们，那么我今天必然一无所有。"

的确我没有忘记他们。本年五月在杭州养病，我曾坐车经过俞楼的旧址，只有一片草地，我好像看见一对中年夫妻从黑色楼房里走出来，向我招手。我睁大眼睛，还是一片绿色。原来我又想起了过去的事情。我和卫一九二五年在上海认识，后来同去巴黎，住了一个时期。我们是好朋友，都翻译过克鲁泡特金的《伦理学》。可是我们之间常有分歧，差不多天天争论，彼此都不能说服对方。分开了还要通信争辩。我的《爱情的三部曲》在《文艺月刊》连载的时候，他写了几封信发表意见。我们讨论，也可以说他在帮忙我写这部小说，他劝阻我不要沉浸在阴郁的心情中写小说，他担心我的"文学生命"不能持续下去，也是出于好意。我们常常这样各行其是。四八年底卫全家南迁广州，我曾去麦根路车站看望他们。这以后音书断绝几十年，然后"小胖"回国讲学。"小胖"是惠林的小女儿，我的脑子里没有一点她的印象。她来上海，我正外出开会，未见到她，她再次经过上海，在机场给我通了电话，过几天她就住到我家里来

讲真话的书 (1986—1999)

了。其实也只住了几天。她乐观、活泼、热情。她在天津南开大学参加了有关建筑学的会议,她很想回国工作。我不理解她的打算,还劝她多加考虑。

接着卫惠林也在八二年回来了。几次见面谈得融洽。他去各处作民俗学方面的学术报告,很忙,也很愉快。一天,他在我家吃晚饭,谈起一件小事,不知怎样他忽然生了气,批评我不敢讲真话。我不接受批评,但也不曾反驳。这样一来我有些准备好的心里话也没有机会倾吐了。

他去了四川,我们通过电话告别。他后来又到南方。万想不到这年十一月上旬的一个夜晚我在家摔跤骨折,住医院七个月,也未能找人同他联系。第二年春节期间他到广东曲江探亲,中风发病,"小胖"回国接他返美治疗。这些我以后才知道。我后来还听说"小胖"要回国工作移家泉州,担任黎明大学教授,一面照顾父亲。她的信来了,原来她患了不治之症,靠药物延续生命,她要找一个有意义的事业来投入,不愿白白地浪费有限的生命。她学了一点本事,是一位建筑设计师,她要在先人生长的故土上修建广厦千万间。

她的信好像拴住我的心,拼命拿它震摇。原来她在和晚期癌症作斗争,争夺时间。我盼望她得到胜利,然而她失败了。我的身体也一天天地坏起来。手不听指挥,写字更困难,音讯又断了。

就在这个时候又传来了好消息,卫惠林由儿子卫西陵陪伴回国,在泉州定居。我见到他的几张照片,那是一个小老头,一个陌生的小老头,脸上木然的表情。……我不便旅行,但我的兄弟李济生不久要去黎明大学开会,他会让我知道卫的情况,没有想到不等到会议开幕,我就收到泉州发来的电报,卫西陵通知我:父亲病逝了。我马上发出了唁电,里面有这样的表示感谢的句子:对于我的人格的发展他有大的帮助。只有这么一句,卫西陵是不会理解的,卫惠林又没有机会见到它,我想用这句心里话和老友告别,为什么不早讲出来、写出来,让他知道?现在反复地讲,重复地写,甚至在书市流传,我们二三十年代的友情也已无人理解了。我只好把那一切想说而未能说出来的话永远咽在肚里了。永远！永远！

我为这个"永远"感到痛苦。心里一片空虚。我又求助于照片，我又把泉州寄来的那几张在面前摊开。一个同我一样的陌生的小老头，一张同样没有表情的脸……我能够坚持下去？

惠林走了，我留不住他。"小胖"走了，我也留她不住。他们热爱生活，为争取生命进行斗争没有取得胜利，但是"小胖"在我的园子里留下了什么，那就是四十年开一朵花的沙漠植物。

我不知道有这样一种植物，也不曾见过这种花，可是我好像成天听见她那年轻的声音反复对我解释：只有开出花来，生命才有意义！

七月二十九日

我永远忘不了他[①]

　　章靳以同志是一位深受读者敬爱的优秀的现实主义的作家。他正直善良，热爱生活，他把他心灵中美好的事物完全献给祖国的文艺事业，勤奋写作，笔端凝聚着他对人民的爱。他不幸过早离开人世，但也为读者留下几百万字的作品。他还从事过语文教育的工作，培养了不少优秀的教师和青年文学工作者。他还是一位杰出的编辑，二十几年中间他连续编出十几种大型期刊和文艺副刊，介绍不少的作家登上文坛。他创刊的文学双月刊《收获》今天还在文艺界中活跃。我永远忘不了他，看到他的作品，我还感觉到他那颗热烈的心在跳动。

　　章靳以同志仍然活在我们中间。

十月十五日

[①] 原题为《敬祝大会圆满成功》，刊于一九九四年十一月二十四日《文学报》。

一九九五年

《再思录》序

  躺在病床，无法拿笔，讲话无声，似乎前途渺茫。听着柴可夫斯基的《第四交响乐》，想起他的话。他说过："如果你在自己身上找不到欢乐，你就到人民中去吧，你会相信在苦难的生活中仍然存在着欢乐。"他讲得多好啊！我想到我的读者。这个时候，我要对他们说的，也就是这几句话。

  我再说一次，这并不是最后的话。我相信，我还有机会拿起笔。

一月十二日

《十年一梦》增订本序

十年一梦！我给赶入了梦乡，我给骗入了梦乡，我受尽了折磨，滴着血挨着不眠的长夜。多么沉的梦，多么难挨的日子！我不断地看见带着血的手掌，我想念我失去的萧珊。梦露出吃人的白牙向我扑来。

在痛苦难熬的时候，我接连听到一些友人的噩耗，他们都是用自己的手结束生命的。梦的代价实在太大了。

我不是战士，我能够活到今天，并非由于我的勇敢，只是我相信一个真理：

任何梦，都是会醒的。

六月二十三日

《巴金译文全集》第一卷代跋

一

树基：

我讲过，我不是翻译家，又不曾精通一种外语，我做翻译工作，只是为了借用别人制造的武器。那些武器帮助过我，我愿意把它们介绍给我的读者。

译文的第一卷《我的自传》出版较早，是我译过的三卷克鲁泡特金的著作中文学性最强的一种，对我的影响极大。初版时我写过一篇"代序"，说是写给我的弟弟看的，主要还是谈我自己的感受。这篇"代序"以后编入了散文集《生之忏悔》，就被我从《自传》里抽去，后来各版中都不见"代序"了。

《自传》在中国虽然销路不大，可是也有好几种版本。初版由上海启明书店发行，只印了一千册，那是一九三〇年的事。后来上海出版合作社在一九三四年又印了一版，作为"插图本克鲁泡特金全集"的首卷，用的却是启明书店的旧纸型。

一九三九年初我在南方身经百炸之后，回到上海，在"孤岛"进行小说《秋》的写作。这其间我把一些旧的译文校改一遍，交给相熟的书店重版，这本修改过的《自传》就交给了开明书店，一直发行到一九四九年。我在本卷中保留了开明版的前记。

最近的一个版本则是一九八五年由三联书店印行的。书中增加了一篇"附录"，那是一九六六年俄文本的前言，是B.A.特瓦尔朵夫斯卡娅撰写的，我没有征求三联编辑部的同意，不便转录在本卷中。

讲真话的书 (1986—1999)

最后我想谈谈本书翻译的经过。

本书是在一九三〇年初译成的，大约也就在前一年开始翻译。一九二七年我初到巴黎的时候，友人吴克刚正在翻译《自传》。他那间小屋子里一张小圆桌上堆了一大堆从学生练习簿上撕下来的散页，上面写满了字，歪歪斜斜，又不太密。这是初稿，而且只是最后的一部分，旁边还摊开一本法文的《自传》。原来他是从讲西欧的一部分开始的，这里有他熟悉的人和故事，如格拉佛，他还带我到郊外去探望过这位老人，他对我说过有疑问可以写信去向老人求教。可是不到三个月，吴克刚又因参加国际活动被法国政府驱逐出境，后来回到上海，担任劳动大学教授。我和他通信不多，我同老人的联系也就中断了。第二年我也回国，在上海见到吴，我最关心还是那一堆写满钢笔字的散页（他的初稿）。不用多说我便带走了一个大纸包，另外还有一本法文旧书《我的自传》。他把这个工作交给我了。一年以后我交了卷，将启明版《自传》送给吴，并感谢他的译稿对我的帮助（我今天还想对他说："对我的人格发展他有大的帮助。"）。他淡淡一笑，以后我们也没有再谈这个。但是我一直体会到一部书牢牢系住两个中国知识分子的友情。

《自传》以各种版本问世，一晃就是六十多年。我常常记起过去一些有血有肉的日子，想到久别的朋友，想念最深的时候，吴忽然出现在我面前。不幸的是我因骨折第二次住院治疗，躺在病床讲话有气无力，几次谈话都没有说出我的意思。我期待着未来，我抱着一个信念——我总会下床的。哪知不到我下床他又离开了大陆。

我在病床上讲得少却想得多，除了我的"著作全集"外还有"译文全集"。关于"译文全集"，你知道，我一直拿不定主意。我起初答应了你，以后又迟疑起来。我的病使我放弃了赫尔岑的回忆录的翻译，因为我没有精力和能力，也没有时间。现在轮到我来给自己做总结了。改不改？出不出？我自己找不到一个痛快的回答。最后我决定下来并且写了序言的时候，我还因没有找吴克刚校订《自传》而感到遗憾。更不幸的是我的病情逐渐加重，不能作为你的助手参加第二部全集的工作。正在为难的时候，我遇见一位酷爱翻译的朋友，他刚从新华社国际部退下来，不用说有时间有精力也有能力，他愿为我校订《自传》，我便拿了一本一九〇六年的英国普及版给他。我译《自传》根据的是我那本十二版美国的原著，英国普及本多了一篇著者一九〇六年的新序，据说这一版被帝俄政府全部买去，外面流传很少，马宗融大哥有一本当成宝贝不肯借人，却为吴用打字机打了一个复本。我的"跋"就是根据这个复本翻译的。一九三五年我在日本东京的旧书店得到一本英国普及版，我也当作宝贝。这次我把它交给徐成时，只要求他简单地看一遍，可是他工作认真负责，又关心克鲁泡特金的著作，他不仅指出我的错误，并且改正了不少译文不妥的地方。接到他寄来的改订稿，我感到自己的愿望实现了，为了这个，我感谢我这位老友。

二

　　写完上面的话准备搁笔的时候，忽然觉得好像有什么东西拖住了我的手、揪住了我的心。我记起来了，我的眼前出现了过去的生活、远去了的朋友。一张大大的圆脸，一连串朗朗的笑声，坦率、真诚，他对人讲话，仿佛把心也给了别人似的。就是这样一个人，他从读者成为我的朋友，从投稿人成为出版社的主要翻译者。他走上翻译道路，我鼓励了他，我把他的一本本的译文送到读者手里。他热爱翻译，每天通宵工作，即使在"文革"期间受虐待的恶劣条件下，他仍然坚持翻译契诃夫全集，他让中国读者懂得热爱那位反对庸俗的俄罗斯作家。他为翻译事业奉献了自己的下半生，奉献了一切，甚至他的健康。他配得上翻译家这个称号。

　　"文革"后他看见我忙忙碌碌，曾经对我说："你翻译工作搞不完，我接着给你搞。"他很有信心，我也相信他，我比他年长十二岁，我以为自己一定走在他的前头。他热爱文学，淡泊名利，我们趣味相同，我愿意

讲真话的书 *(1986—1999)*

接受他的帮助。谁知他偏偏先走了，而且去得那么快，不给我一点时间，表示理解，更不用说我的感谢了。不然的话，现在"译文全集"编成首卷问世的时候，我会感到轻松。当初他离开人世的时候，我在病中，沉默地接受了这个噩耗，今天我将这卷书献给他——翻译家汝龙，作为对他的纪念。

七月十九日

《巴金译文全集》第二卷代跋
（致树基）

树基：

　　现在我来谈翻译屠格涅夫长篇小说的经过。上海文化生活出版社成立后一年，一九三七年四月我们几个从事编辑工作的朋友约好游览西湖。我们住在湖滨小旅馆里，白天爬山游湖，晚上聚在小小的房间里聊天。丽尼和陆蠡也在这些人中间。当时文生社正在编印《译文丛书》，出版了《果戈理选集》，首先印出了鲁迅先生译的《死魂灵》，引起读者的注意。我们谈到出版更多的俄罗斯文学名著，大家同意再出一个《屠格涅夫选集》，丽尼翻译过《贵族之家》，稿子还在手里。屠格涅夫的六大长篇那时都已有了中译本，销路不大，新译稿一时不易找到出路。我们都主张先把长篇译出来，照我们自己的意思出下去，先出选集，以后还可以出全集。大家谈得高兴，当时就决定了选题，我们三个人每人分到两种，丽尼第一个报名，选了《贵族之家》和《前夜》，陆蠡便选了《罗亭》和《烟》，剩下的《父与子》和《处女地》就归我负责。我回到上海，就找出参考书来，花了一夜的工夫写了一篇介绍屠格涅夫六大长篇的广告，译者的名字也公布了。

　　我仍然忙我的杂事。丽尼开始修改《贵族之家》的译稿，陆蠡在杭州湖滨租了一间房子闭门译起《罗亭》来。他们两位都很快交出了稿子，而且很快出版了，反应很好。他们还在继续工作，我有点着急，可是我还是解决不了那些杂事。抗战期间上海成为"孤岛"，我曾经逃往南方，后

讲真话的书 （1986—1999）

来又回上海住了一年半，完成我的"激流三部曲"。这时候没有杂事干扰了，但是我仍然没有时间来翻译屠格涅夫。丽尼他们完成了任务，只有我一个人失约了。

这次在上海我只有工夫把《父与子》的英译本匆匆翻看了一遍，打算下次回来便动手翻译。我坐上太古公司的海轮离开上海码头，我的哥李尧林和陆蠡在码头上对着我不停地挥手。

第二年十二月太平洋战争爆发。"孤岛"沦陷，陆蠡身陷日本侵略军牢笼生死不明，我同尧林的联系也从此中断。我为文生社的业务跑了重庆、桂林等地，终于在桂林定居下来。我四二年就在那里开始翻译《父与子》，当时我手边只有一本苏联版普及本屠格涅夫选集（大本，它还是重庆秦抱朴夫人送我的），还有一本加尔奈特夫人的《父与子》英译本，我主要依靠这个英译本，然后参照普及版原著进行工作。那是在桂林的事，我的生活比较有规律。文生社的宿舍在东门外，我的老友林憾庐从香港撤退到桂林在东郊租了一处小小的楼房，他分了一间给我。我每天晚上在文生社吃过晚饭回到这里，点起一盏小小煤油灯进行工作，到十二点就上床睡觉，每夜都是如此。夜非常静，我的工作也很顺利，用的是毛笔，后来也用蘸水钢笔。译好了一半，就送到印刷局去排印，作为《父与子》的上卷出版。因为当时邮局寄递书报只收小卷邮件，《父与子》分为上下二册也便于销售。《处女地》较长，就得分印三小册。《父与子》这部书翻译还不到一半，林憾庐就因病搬出东郊小屋。我一个人在小屋继续工作一个短时期，也搬回文化生活社宿舍，仍然和林憾庐为邻。林憾庐的病情恶化，他住在宇宙风社。起初他自己开方服药，由家属护理。不久终于倒下，请名医出诊，病不见起色，在旧历大除夕的凌晨离开人世。他的家人忙了一夜，他们的忙碌行动我听得清清楚楚。我就是在这种痛苦的环境中翻译《父与子》的。这是初稿。紧接着就翻译《处女地》。我手边连加尔奈特夫人的英译本也没有，我是根据一本《万人丛书》版的英译本开始工作的。后来才找到加尔奈特夫人的译本，还是设法托人从上海家中带出来

一九九五年

的。我准备改变生活，四四年五月去贵阳、重庆同萧珊蜜月旅行，在动身之前译好《处女地》。因此桂林撤退，《处女地》译稿并未损失，只是译笔草率，又未根据原著校对，这样才有六七十年代重译的事。关于《处女地》我以后还要谈到它（在第三卷的代跋上），现在先在这里表示歉意，请求读者原谅。

《父与子》最初用土纸本印刷，为两卷，抗战胜利后在上海印报纸合订本。仍由文生社发行。

建国后五三年在上海为平明出版社组稿，我把《父与子》校改一遍交给平明出版，付印前还请一位前辈友人替我通读全书，挑出一些文字不妥的地方。《父与子》在平明印过几版。以后平明并入新文艺出版社，我的译稿转给人民文学出版社时，我又改了一遍，这就是现在奉献给读者的版本。我不会再改动什么了，我已经没有精力，也没有能力工作了。

对于屠格涅夫我并无研究，除了两部长篇外还译过两个中篇[1]和一部分散文诗。我不曾写过论文，因为我写不出，我是通过翻译向他学习的。我说我只是一个读者，我每改一次译文感受就深一些，最大的感受就是两代人中间的隔膜，就是我们所谓的"代沟"。我最初读耿济之的译本就有很深的印象。我时时注意到家里的长辈们跟我的、跟我们的想法总是不同，总是冲突。我一事一事地思考，把长辈们的讲法和做法跟我们的想法一一对照，我对封建思想的反感已在逐渐形成，我不仅是向《父与子》，也向许多同时代的书，还向教我念英文的表哥濮季云，向许多朋友寻求帮助。我一直注意我和读者之间的代沟，消除我们之间的隔阂，甚至在今天我躺在病床上接近死亡的时候，我仍然在寻求读者们的理解，同时也感觉到得到理解的幸福。坦白地说，我比屠格涅夫幸福。

八月十七日

---

[1] 两个中篇指《木木》《普宁与巴布林》。

《巴金译文全集》第三卷代跋
（致树基）

树基：

现在继续谈有关《处女地》的事情。五十年前日本侵略军兵败投降。四五年底我回到上海，眼前还摇晃着两个人的手，可是尧林三哥已经躺在病床上热度不退，托朋友介绍住进医院，也只活了一个星期。至于生死不明的友人圣泉，仍然生死不明，我们一直等待他的归来，其实他早已遭日军毒手。我翻看从重庆带来的《处女地》，就不能不想到一个正直善良而有才华的朋友的遭遇，我践了约带着两本屠格涅夫的长篇回上海，可是我到哪里去找我的朋友呢？

两部书都由文生社印了出来。《处女地》来不及交给平明出版社重排，主要原因是书中译文不妥处很多，我没有时间进行修改。

我的杂事又多了起来。但我也不能拿这个"借口"来拖延我应该做的事情。我终于在六十年代初期下了改译《处女地》的决心。有时我到北京开会也把改译的本子带了去，准备抽空进行"工作"。然而我还是只能"抽空"，因此即使带来带去改得也很少。后来我两次去越南采访，回来又得赶写散文报道，自己对改译的工作完全绝望了。正在这个时候，爆发了"文化大革命"。我感觉到一阵狂风带着大片的乌云迎面吹来，我像罪人似的给定为"反动学术权威"揪进了"牛棚"，抄了家，进行游斗甚至电视批斗，受尽精神折磨和人身侮辱。我的妻子还挨了北京红卫兵的铜头皮带。她想不通，得了不治之症，又不能及时得到治疗，早早离开了人世。我不相信假话，坚持要看到最后，我终于活了下来，不用说也终于看到"四人帮"受审。

萧珊逝世后一年，我的"问题"得到处理，结论是：敌我矛盾作人民内部矛盾处理，不戴帽子，做翻译工作。

这是"四人帮"的上海"市委"决定的，第二次的处理则是推翻这个"结论"，不用说那是人民的决定了。

第一次的决定是由进驻上海作协的工宣队"书记"当面念给我听的，他还讲了"不给工作，参加学习"。我就问："可以搞点翻译吗？"他说："可以，可以。"第二天他在作协学习小组会上宣布我参加学习时就多了这么一句："搞翻译。"

我再也不用为时间发愁了！我再也不必偷偷摸摸躲在汽车间楼上的小房间里翻译"四旧"①了。我的书房仍旧给封闭着，我便利用那小屋的破书桌安心工作。

说是安心，其实也是提心吊胆，工宣队老师傅的话不见得可信，谁能保证他明天不来把稿纸通通搜去？但是我也有一个打算，我的译文现在不会有人出版的，我在书本上改译，然后抄在稿纸上，还可以用复写纸抄写两份送给图书馆。总之我的努力不会是白费的。即使丽尼在"文革"后期终于因受尽折磨痛苦地死去，他译的书今天还在读者中间流传。一九七八年，《处女地》在北京人民文学出版社出版，我的手稿也送到图书馆了。最近我在杭州养病，望着门外一片湖水，我不能不想起五十八年前的一次春游，屠格涅夫的长篇小说还在我的手边，它们还在叙说三个知识分子的友情。我想念远去了的亡友，这友情永远不会消失。现在正是译文全集发稿的时候，请允许我把我译的两部长篇小说分别献给两位遭遇不幸的亡友（陆蠡和丽尼），愿他们的亡灵得到永恒的安息！

八月二十七日

---

① 在红卫兵眼里，屠格涅夫的作品为"四旧"。

《巴金译文全集》第四卷代跋
（致树基）

树基：

关于赫尔岑的回忆录，我本来有不少的话可说，可是已经没有太多的时间让我夸夸其谈了。好在我写过两篇后记，最近又找出几位友人的信，它们可以告诉读者一些事情。我自己也许没有想到我完成不了这部书的翻译，一九二八年我第一次读到回忆录的英译本，我充满信心要把这部巨著译出来。一九三六年我开始选译回忆录的片断，我还向鲁迅先生说过，我要全部翻译这部"大书"。一九四〇年我在上海翻译了《家庭的戏剧》；"文革"后期我开始翻译回忆录的第一卷，我把它当成我这一生最后的一件工作，我在散文《一封信》中也表示了做完这件工作的决心。你可以想到当我告诉项星耀同志我无法完成这件工作时我心里是多么难过！项星耀同志当时已经翻译了四卷，他把译稿送给我，支持我翻译出版。我很感激他，但我把他的译稿送还给他，让他继续翻译下去，现在他的译文已经全部出版，这是一件令人高兴的事，正如我在给他的信中说的："再高的黄金潮也冲不垮崇高的理想。"我谢谢他替我偿还了一笔欠了几十年的债。

我和臧仲伦同志的友谊同样是建立在赫尔岑回忆录的基础上的。

仲伦同志在北大教书，没有见过我，他也是一位赫尔岑的爱好者，他知道我翻译赫尔岑回忆录就主动与我联系，他愿意替我的译文校对。他读过我译的《家庭的戏剧》，曾提出宝贵意见。他为我校阅了第一册的译稿，回忆录的书名《往事与沉思》，我便是根据他的建议改为《往事与随想》。从这里我得到启发，我为我晚年的主要著作《随想录》找到了名字。因为这些，我衷心感谢他。我记得，后来我因病住院，他还到华东医院探望过我，他为我不能译完全书感到惋惜。我希望他继续把赫尔岑介绍过来，中国读者需要这类的著作。

附录中还收了我给周朴之同志的信。他是《往事与随想》（第一册）的责任编辑。他抱病工作，为我的译文花费了很多精力。他早已离开了我们，最近重读我给他的信的复印件，想到一些事情，抑止不住思念之情。

我常说，我是一个充满矛盾的人，为什么我反复讲我要译完全书，因为我担心自己完成不了这件工作。人说我很有毅力、很坚强，其实我很软弱，我写了许多文章，翻译过不少作品，这都是与自己斗争的结果。我也有失败的时候，那就失信于读者，欠下了还不清的债。除了这部书之外，还有妃格念尔的回忆录《俄罗斯的暗夜》，克鲁泡特金的《俄法狱中记》，前者只留下一章《我的幼年》，而后者译好的一章也已不知散失在哪里了。这十年来，我经常在回答朋友的书信中抱怨杂事的干扰，我也不断地与杂事斗争，我想抓住有限的时间，可是我的身体越来越虚弱，许多想做的事情都无法完成了。我没有精力校阅全部译文，这第二个"全集"能够出版，全靠你的支持和帮助，你了解我，我用不着在这里表示感谢了。

十月十六日

《巴金译文全集》第五卷代跋
（致树基）

树基：

　　这一卷主要收了高尔基的早期作品。重读这些短篇，我又想起一些往事，我更不能忘记一个人，他就是我的表哥濮季云。我还记得，我在赠给端端的全集的扉页上写过一段话："我就看见成都正通顺街一个小小房间里一张方桌旁，一盏清油灯下，两个年轻人摊开一本（缩本）《大卫·考伯菲尔》。他不单是我的英语的启蒙老师，他还让我懂得很多事情……"我最初读到的高尔基小说的英文译本，也是他介绍给我的。他从上海商务印书馆函购了《草原故事》的英译本，他让我带到上海。这本小书，跟着我到过法国，后来又跟着我回到上海。这本小书唤起我对俄罗斯草原的渴望，对自由的渴望。每当我受到现实生活折磨的时候，我就想到俄罗斯草原沁人心脾的香气，我摊开稿纸，开始翻译高尔基的《草原故事》。东方杂志社的朋友向我索稿，我陆续把译文交给他们发表。后来我把它们编成一本小书，根据英译本原文，内容如下：《马加尔·周达》《因了单调的缘故》《不能死的人》。我当时并不知道英译本是意译的，删掉了不少段落，其中《不能死的人》只是《伊则吉尔老婆子》的第一节，连"丹柯的心"也没有了。这本小书出版后得到读者的接受。在经历了五家书店之后，我终于下决心重译，恢复原著的面貌。那就是开明书店出版的《草原集》。我还记得，一九五〇年秋我带着清样到福州路开明编辑部找周予同先生。他是复旦大学教授、著名的史学家，那时兼管开明书店的编辑工作。他是一位知名的民主人士，曾经参加过五四运动，没有想到十多年后，在所谓的"文化大革命"中，竟被首批抛出来，作为"靶子"，遭到残酷迫害，含冤而死。开明书店不久和中国青年出版社合并，《草原集》停印。后来中青社出版《高尔基选集》，采用了我的这几篇译文，并要我翻译《阿尔希普爷爷和廖恩卡》。五九年人民文学出版社向我组稿，我在开会之余又翻译了高尔基的另外几篇小说，完成了这本《〈草原故事〉及其他》。

老实说，我还不能直接翻译高尔基的原著，要靠英译本做参考。我每翻译一篇总要修改几次，只能说我写出了自己对高尔基的理解，并不一定能表达高尔基的原意。通过翻译我不断向高尔基学习，通过翻译我才理解了高尔基那颗"丹柯的心"。我并不崇拜名人，不过这些短篇实在是精品，真正的精品！

现在说到《文学写照》。当初平明出版社要稿件，我为他们翻译了《回忆契诃夫》，接着又翻译了《回忆托尔斯泰》。两本书都是从法译本转译的。后来借到一本苏联出版的英译本《文学写照》，我便翻译了全文。《文学写照》不是我自己编辑的，因此只有一个"出版说明"，这次我把它删去了。

关于这一部分，我只想说，高尔基替托尔斯泰夫人说了几句公平话。托尔斯泰家庭的悲剧，有个时期成了热门的话题，各有各的说法，两方面争论得很厉害。托尔斯泰是一个贵族大地主，有一大堆儿女，还有不少食客。要管理这样一个家很不容易。托尔斯泰夫人把全部精力都花在照料托尔斯泰和管理这个家上。她崇拜托尔斯泰，她曾为托尔斯泰抄过七次《战争与和平》的稿子。托尔斯泰不满意这种贵族生活，他要改变生活方式，几次想离家出走，却下不了决心。托尔斯泰不是软弱的人，但身上充满了矛盾，据说他晚年离家出走时留给夫人的那封信，已锁在抽屉里长达二十五年。托尔斯泰在艺术上成就越高、名气越大，就越是想做到言行

讲真话的书 （1986—1999）

一致。他甚至认为艺术创造是"罪恶"，他想离开艺术，只是为了资助他的信徒"灵魂的战士"移居加拿大，他才继续写作，创作了长篇小说《复活》——他的三大杰作之一。托尔斯泰放弃版权，他的夫人却不得不出版他的著作以维持家用。我读过一篇文章，叙述托尔斯泰的家庭生活，说他们开饭的时候，托尔斯泰一坐上桌子，就皱起眉头，他的夫人紧张地问他：是不是菜不好？托尔斯泰苦笑着回答：菜太好了。托尔斯泰还发现，他的夫人偷看他的日记，其实她只是为了想了解他，以便更好地照顾他。她还想保护托尔斯泰，免受他那些狂热的"弟子们"的操纵和歪曲。而事实上，她越是想理解他，却越是难以理解他，他们的思想是背道而驰的。八十二岁高龄的托尔斯泰在小女儿亚历山德拉帮助下离家出走，病死在火车站上。托尔斯泰夫人受到很大打击，整个人都改变了。她在临死的时候，对亚历山德拉说："我爱他，整整爱了一辈子，我始终是他的忠实的妻子。"我同意高尔基的看法："她也是他的亲密的、忠实的，而且我相信还是唯一的朋友。"最后再转回到我的表哥濮季云身上。我最后一次看见他是在三十五年前。他是以公务员的身份从都江堰退休回来，我和他在成都少城公园喝茶谈天。我以为他可以平静安详地度过晚年，谁知道过了几天去看他，他已病倒在床上，床前放着一碗药汤，说是肝火太旺。又过一些时候，我去看他，他已迁居城外，据说患了晚期肺结核。没等我再去看他，他就离开了人世。对于他，我什么话也没有机会说，许多话藏在心里。他是我的第一个引路人，我如今找到自己的道路，却忘记了他。他一九三三年在上海要我帮他找工作，我没有办到，今天再一次想到往事，我责备自己是一个忘恩的人。现在把这卷书献给他，表示我的内疚。

十二月七日

一九九六年

《巴金译文全集》第六卷代跋
（致树基）

一

树基：

前几年有人在一九二三年成都出版的《草堂》文艺月刊上发现我翻译的短篇小说。原来我在那时发表了一篇迦尔洵的小说。我在成都就只译过这一篇作品，是从英译本《俄罗斯短篇小说集》中译过来的，至于我在哪里找来这本书，连我自己也记不清楚。我只记得我表哥当时已经结婚移居乐山。这年我同三哥去上海，坐木船经过乐山。木船靠岸后，我们上岸去看望姑母和表哥。这是礼节性的拜望，我们离船的时间又不能长，姑母问了一些事，三哥答了一些话，就匆匆告辞走了。表哥讲话很少，显得消沉，我觉得他已经背上家庭的包袱了。

我说过，我常靠翻译来学习，我翻译迦尔洵的短篇小说《信号》（原译《旗号》），他在作品中表现的人道主义思想使我感动。那个怀着满肚子怨气，抱怨"狼不吃狼，人却活生生地吃掉了人"的查道工瓦西里，他受到上级不公正的待遇后，带着工具去撬铁轨，被他的同事谢明发现了。这个好心的邻人跑到铁轨那里，从自己的帽子上撕下一块棉布做成一面小旗，又从靴筒里抽出刀来，戳进他的左臂，用他的鲜血染红了小旗，并高

讲真话的书 （1986—1999）

举红旗阻止火车的前进。当火车头已经看得见时，他眼前一片黑，红旗也被扔掉，可红旗没落地，另一个人的手抓住了它。火车停住了，人们从车上跳下来，围成一大群。瓦西里埋下头，努力地说："绑住我，我撬开了一节铁轨。"他的旁边躺着一个在血泊中失去知觉的人。《信号》就是这样一个故事。

这篇译文我没有留下底稿，后来重译了它，那是解放初期的事。当时师陀替上海出版公司编辑丛书，向我组稿。我译了几个短篇给他，一共出版了三小册，他很欣赏迦尔洵。八十年代我又把它们编成《红花集》，交给三联书店印行。师陀催稿的情景就在眼前。《红花集》出版，他已不在人世。师陀是一位有名的现实主义小说家，他讲究文体、一笔不苟，他本来应该写出更多的好作品，可是他没有机会发展他的才华。他受到不公平的待遇，小说《历史无情》被腰斩。十年大梦中，又备受摧残，后来默默地死去，读者几乎忘记了他。最近听说有人要重印他的作品，希望这是事实。师陀的作品一定会流传下去。

二

我翻译王尔德童话也是为了学习，不过这是学习做人。我最爱的是王尔德的《快乐王子》。冬天来了，快乐王子的塑像"站得高，看得远"，什么地方什么人生活困难，他都看在眼里，他要求在他身上栖息的即将飞往南方的小燕子把他身上的宝贝取下来送给那些需要帮助的人，直到身上有价值的东西分散干净，小燕子也冻死在他脚下。

王尔德是有名的美文家。他那几篇童话有独特的风格，充满美丽的辞藻。快乐王子心碎而死，又被请进天堂，在为文与为人两方面，我都没有条件学习。因此拖到四二年我才拿起笔碰一碰王尔德的童话。我一个人在去成都的旅途中，身边只带了一本"王尔德"。我在当时发表的《旅途杂记》中写着"因为爱惜明媚的阳光，我还翻译了王尔德的一篇题作《自私的巨人》的童话,那一年我还在重庆翻译了《快乐王子》"。什么事都怕开头,一开头就会接下去。虽然以后我把书放回书架,但是两个人物一直拴住我。为了巨人和王子,我又把"王尔德"放在身边。

一年一年地过去,我感到寂寞痛苦的时候便求助于"王尔德",译稿在一页一页地增加。几年后,书完成了,我对两个人物的理解加深了。这就是我的学习。

三

我少年时期就喜欢念斯托姆的小说,特别是郭沫若翻译的《茵梦湖》。二五年我学习世界语的时候也曾背诵过世界语译文,这本书我去法国时带在身边,却没有想到邮船过印度洋时,我在三等舱甲板上失手把这本书落在海里。我极为懊丧。几年后我在上海友人那里看到一本《迟开的蔷薇》,是日本出版的袖珍本,作为德文自修课本用的,还有日文的解说。我向朋友把书要了来放在外衣口袋里,有空就拿出来念几段,我还可以背出一些。

记得一九三三年,我从天津三哥宿舍去北京沈从文家时,《迟开的蔷薇》就放在我的口袋里。所以,我的一篇散文《平津道上》里面引用了德国小说家的文字。

四三年我在桂林,从朋友陈占元那里借到斯托姆的《夏天的故事》(德文)拿回家去随意朗诵,有时动笔翻译几段,居然把《蜂湖》(《茵梦湖》)等两篇译完了。后来选出《迟开的蔷薇》等三篇集成了一个小册子在桂林发行。我曾写"后记"介绍,我说:"我不想把它介绍给广大的读者。不过对一些劳瘁的心灵,这清丽的文笔,简单的结构,纯真的感情也许可以给少许安慰吧。"这是我当时的看法,今天我还是这样想。《在厅子里》这一篇也是从《夏天的故事》里翻译出来的,在友人熊佛西编的刊物上发表过,不曾收入集子。这次来不及修改了,就收在这个集子里面吧。

四

现在谈《六人》，这本书不是小说，也不是文学评论，它仍然是一部艺术作品。当时曾在范泉同志编的《文艺春秋》上连载过。后来又在文化生活出版社出版，"文革"后由三联书店重印。关于它，我在"文化生活"初版本上写过一个说明。已经过去五十年，我还想在这里借用一次，就抄在下面：

> 人生的目的和意义究竟是什么？德国革命者洛克尔从世界文学名著中借用了六个人物和六个解答——六条路，来说明他的人生观，来阐明他的改造世界的理想。六人便是他对那个曾经苦恼着无数人的大问题的一个答案。
>
> 浮士德在书斋中探求人生的秘密；唐璜在纵欲生活中享乐人生；疑惑腐蚀了哈姆雷特的生活力；堂吉诃德的勇敢行动又缺乏心灵来指引；麦达尔都斯始终只想着自己，反而毁了他自己；冯·阿夫特尔丁根完全牺牲自我，却也不能救助人们。
>
> 但是最后六个人联合在一块儿了。六条路合成了一条路。
>
> 新的国土的门打开了。新的人踏着新的土地。新的太阳带着万丈光芒上升。

我在病床上看到的也还是这样。

一月十二日

《巴金译文全集》第七卷代跋
（致树基）

树基：

　　这一卷包含七部作品，即四个剧本、一个中篇、一部短篇小说集和一部诗集。除四幕剧《夜未央》外，其他三个剧本都是从世界语译过来的。中篇小说《秋天里的春天》是世界语的原著。短篇集《笑》，其中有两篇是从世界语翻译的；《叛逆者之歌》中那首俄国民歌《伏尔加伏尔加》也是从世界语转译的。

　　我是一九二四、二五年在南京开始自学世界语的，这之前在成都我就写过推荐世界语的文章。二八年底我回到上海经朋友索非介绍，参加上海世界语学会，并在学会住了将近一个月，直到我租到房子为止。那时索非刚刚成家，也要租房子，我们就合租在一起。在宝光里，我住后楼，在楼下客堂工作。索非仍在世学会任干事，晚上到世学会办公，他拉我同去。

　　晚饭后我们一起散步到鸿兴坊，在那里只有一个公务员。我批改函授学校学生的作业。作业不多，也容易处理。我高兴的是这里有两个书橱的图书和报刊，都是世界语的。我当时工作不多，有机会读这么多世界语书刊，我很满意。这个时期我看了好些书，写了不少文章。

　　我们星期天下午也去，参加会员活动，交了好些朋友，我很喜欢这个地方。可是不到三年，九一八事变后，索非搬了家，不再去鸿兴坊。鸿兴坊世学会连同两书橱的珍贵图书不久被日本侵略军的炮火毁掉。从此我渐

讲真话的书 （1986—1999）

渐地失去了同那些感情真挚的朋友的联系，我至今还想念他们。

我翻译世界语作品，也是从那时开始的。短短的三四年时间，译出了这四部作品。除《骷髅的跳舞》外，原著都是从鸿兴坊借来的。

《骷髅的跳舞》正如"译者序"上所说，是在巴黎塞纳河畔的旧书摊上买的。这个世界语译本收了三个短剧，作者秋田雨雀是位世界语者。人类爱的思想，打动了我的心。若干年以后，我在东京遇见了秋田雨雀先生。他来参加中国作家代表团的告别酒会，想不到一九六一年的第一次见面，就是最后的一次见面。一位七十八岁的老人，仍然充满了人类爱的感情；仍然相信春天不会灭亡；仍然相信为全世界所有的喷泉和草原。他的外孙女自杀了，他为青年人组织了"不死鸟"会，鼓励他们追求真理、坚持斗争、绝不放弃责任、绝不在困难面前低头。他热情地对日本青年说："在任何困难的情况下都要珍惜自己的生命，热爱生活，努力改造今天的社会。"

《骷髅的跳舞》这本书在开明书店印了两版，译者署名"一切"，读者不知他是谁，以后也没有重印。其他三部译文：亚米契斯的《过客之花》，一九三〇年在《小说月报》上发表过，后来交索非印了一本小册，早已绝版。四〇年收入文化生活出版社的"翻译小文库"，重印了一版。阿·托尔斯泰的《丹东之死》交给开明出版时，编者要我写一篇介绍法国大革命的故事。这本书也已绝版了。只有匈牙利世界语作家尤利·巴基的中篇小说《秋天里的春天》，还流传至今。这是两个孤儿相遇于集市上在秋天里看见了春天的故事。三十年代曾经吸引了不少年轻人的心。编这卷书，即使是请朋友轻轻地念一遍，也使我想起许多事情。

鸿兴坊毁掉以后，在十年大梦期间，我有机会重温世界语文学。梦醒之后，我还说我要把最后的精力用在包括世界语运动在内的社会事业上。一九八〇年，我受敬爱的亡友胡愈之的鼓励，去斯德哥尔摩参加国际会议的时候，我还相信可以为世界语事业做很多事情。瑞典会议的见闻鼓舞了我的信念，同朋友们在一起，我看见前途的光明，我相信世界共同的语言

一九九六年

能迅速发展。没想到八二年摔伤骨折，又查出患帕金森氏症，体力日渐衰退，目前已和疾病斗争了十年以上，为世界语尽力的承诺成了一句空话。想到朋友们对我的失望，我十分惭愧，编这卷书用的底本，也是根据许善述同志编印的《巴金与世界语》中校订过的译文。许善述同志我没有见过面，只通过几封信。他编这本书，收集译文十分认真。他抱病工作，书印出来时，他却见不到了。校订者是李士俊同志，我感谢他纠正我的错误。我行动不便，写字困难，想说的话很多，不能畅快地写出来，我把这卷书献给世界语运动的朋友，让这短短的一段话，代替我说不尽的感激，向世界语的朋友告别，你们都在我的心中，我祝福你们，世界语的前途无量。

一月二十九日

《巴金译文全集》第八卷代跋
（致树基）

一

树基：

全集出到第八卷，已经接近尾声了。

第一部分俄国民粹派革命家司特普尼亚克的名著《地下的俄罗斯》，是我年轻时候最喜欢的一部书，我的《断头台上》就是根据它写成的。我最初看到的是宫崎龙介的日文译本。到了巴黎后我才得到一部英译本，那是朋友钟时从美国寄来的。钟时是在旧金山打工的华侨。我在南京时，经一位广东朋友的介绍，开始和他通信。我们之间书信往来直到一九五〇年。我们在信上谈话虽然很简单，但感情真挚。一九二八年，我从马赛搭乘法国邮船四等舱回国，还是他送的路费。平时我需要什么书，总是找他帮忙。我收藏的一些绝版书大多是他给我寄来的。我没见过他，后来听说他回国，托人打听，才知道他已远离人世。但是他寄来的书仍在我手边，有的已经保存在国家图书馆了。三十年代初期，我翻译了《地下的俄罗斯》，交启智书局出版。三七年我又修改了一遍，连书名也改为《俄国虚无主义运动史话》，由文化生活出版社重印了一版。这部书描写了十九世纪的俄国青年男女"到民间去"，献身革命。其中有许多动人故事，我至今还不能忘记。

二

《我的生活故事》是意大利工人巴·樊塞蒂的自传。这个人，我曾经称他为先生。一九二七年，他和朋友萨珂被关在美国波士顿的查尔斯顿监狱里。我初到巴黎的时候，全世界正掀起纠正对两个意大利工人的冤案的运动，要求释放樊塞蒂和萨珂。报刊上传来了死囚犯的声音：

> 你们的休戚相关果然会把我们从地狱，从刽子手的手中救出来么？他们果然会把我们送回我们所爱的人们那里么？把我们送回到阳光，到自由的风，到生活，到我们的奋斗么？
>
> 我们现在不知道——不过我们明白如果我们回来了，我们决不会像一个忘恩的人、胆小的人回来；如果我们死在电椅上了，我们的感激也要和我们死在一起的。我们的思想是：不自由，毋宁死。

这些话揪住我的心，我拿起笔在巴黎一家小公寓的五层楼上给樊塞蒂和萨珂写信。樊塞蒂回了信，并且寄了这本"自传"给我。我当时就把它翻译出来，并且收在《断头台上》里面。

一九二七年八月二十三日，樊塞蒂和萨珂在波士顿监狱被处以电刑。一九七九年，他们的冤案才得到平反。我为他们写过两篇小说《电梯》和《我的眼泪》。

三

《西班牙问题小丛书》（六本），是抗战时期一个朋友替我编印的。

讲真话的书 (1986—1999)

这是根据西班牙三年的国内战争期间期刊上发表的作品编译的。当时的刊物已经散失,而这些文章保留着人民争自由、求正义的愿望,纳粹法西斯终于失败了。我想起八年抗战,想起身经百炸的日子。我的眼前一片光明。

二月四日

《巴金译文全集》第九卷代跋
（致树基）

树基：

　　这一卷收了三本书：柏克曼的《狱中记》、妃格念尔的《狱中二十年》、克鲁泡特金的《面包与自由》，好像在编一部散文集。三个人都是革命家，却写一手好的散文。《面包与自由》是我翻译的第一本书，最初的名字是《面包略取》，我的译文中另外一些古怪的字眼，后来在新版中改正了。这本书是作者写的政论，左拉称赞它是一部"真的诗"。他用诗的笔调，描写我们拥有的财富，怎样可以给万人带来安乐。这部译文一九二六年由上海自由书店出版，一九四〇年重印过一次，一九八二年又由商务印书馆发行一版。

　　《狱中记》是节译本。这本书和克鲁泡特金的自传一样，也是在南京向商务印书馆函购的。二七年，我同吴克刚曾去巴黎郊外柏克曼的寓所拜望他。三五年，我去日本，住在东京中华青年会，怀念祖国的时候，找出这本书来，翻译一两篇，寄回国内给黄源在《译文月刊》上发表。我回国以后，文化生活出版社开办，我在上海虹口公寓住了半个月，编译了这个节本《狱中记》。我很喜欢他的文章，可惜他所写的美国监狱生活，我译起来相当吃力，因此，介绍全译本的计划无法实现，我感到遗憾。最近，洁思替我看了一遍，我要感谢她。提到《狱中二十年》，我又得向读者道歉，这是妃格念尔的回忆录。一九二八年我得到"回忆录"的英译本，我

277

说是要把它全译出来。后来又得到"回忆录"的一本德译本（德译本比较完整），但我只翻了其中的第二部分《狱中二十年》。现在附在后面的《我的幼年》，就是"回忆录"第一部分的开篇。妃格念尔的文章更使我感动，我在长篇小说《雨》里面，介绍了她的为人，我写散文很受她的影响。

二月十二日

《巴金译文全集》第十卷代跋

(致树基)

树基:

《伦理学》是我最早的译本,但把它编入第十卷也很合适。本书作者到晚年才感觉到建立伦理学的必要,他大半生流亡国外,俄国革命以后回国,住在莫斯科郊外彼得罗夫村,在供应十分困难、参考资料缺乏的条件下,勤勤恳恳地写他感到迫切需要的伦理学。那时他已又老又病,第一卷还没有写完,第二卷才开了个头,就离开了人世。本书还是他的朋友替他整理出版的。然而我们知道,本书作者平日就注意道德问题,《伦理学》的第一部是伦理学的起源和发展;第二部——也是最重要的部分,是道德规范和它的目标。道德不是一门学问,它是做人的道理,是整个社会的支柱。本书作者认为,道德的基础是社会本能发展起来的,构成道德的三个要素,也是三个阶段:第一是休戚相关、互相帮助,这是社会本能;第二是正义和公道,这是人与人相处的准则;第三是自我牺牲、自我奉献,这就是道德。

我也是这样看法。我平时喜欢引用法国哲学家居友的话,我们每个人有更多的同情,更多的爱,比维持我们生存需要的多得多,我们应该把它分散给别人,这就是生命开花。(大意)所以道德规范的最高目标就是奉献自己。一个人要想长久活下去,只有把生命奉献给社会,奉献给人民。道德不只是利他的,也是利己的;奉献不仅是为别人,也是为自己,生命

讲真话的书 *(1986—1999)*

的意义就在于奉献。我们每个人都需要生命开花，每棵树都需要雨露滋润，离开了社会，我们都会枯死。有了道德，人生才会开花。

这次将它编入全集时，老友成时又认真地代我校订了一遍，我在这里感谢他。

二月二十三日

《杂文自选集》自序

　　天津百花文艺出版社要出版我的杂文选,来信组稿。我躺在病床上,坐在轮椅上,看书不便,写字困难。南南①替我做完这本集子的编辑工作,我很感谢她。

　　对读者,我只有一句话:我把心交给他们。

四月二十日

---

① 南南:章洁思,作家靳以的女儿。

告别读者

　　《译文全集》编好，十篇《代跋》交卷，我真的应该告别了，何况我疾病缠身，工作能力已经丧失。我常说自己不是一个文学家，我写作、我翻译外国文学作品，并非我有才华，也不是我精通外文，只是我有感情，对我的国家和人民，我有无限的爱，为了表达这种感情，我才拿起笔。

　　最近，我常常半夜醒来，想起几十年来给我厚爱的读者，就无法再睡下去。我欠读者的债太多了！我的作品还不清我的欠债。病夺走了我的笔，我还有一颗心，它还在燃烧，它要永远燃烧。我把它奉献给读者。

七月二十三日

一九九七年

《巴金书简》小序

  我生活，我写作，总离不开朋友，树基就是其中的一位。可以说，我的不少书都有他的心血，特别是我的两个《全集》，他更是花费了大量的精力。我没有感谢他，但是我记住了他为我做的一切。现在，我把这本书献给他。

  这是一本友情的书。半个多世纪以来，我们相互关心，相互勉励。友情始终温暖着我们的心。如今我已九十三岁了，他也七十六了，尽管我衰老病残，可我想，我们仍然有勇气跨入下一个世纪。

九月九日

一九九八年

怀念曹禺

一

家宝逝世后，我给李玉茹、万方发了个电报："请不要悲痛，家宝并没有去，他永远活在观众和读者的心中！"话很平常，不能表达我的痛苦，我想多说一点，可颤抖的手捏不住小小的笔，许许多多的话和着眼泪咽进了肚里。

躺在病床上，我经常想起家宝。六十几年的往事历历在目。北平三座门大街十四号南屋，故事是从这里开始。靳以把家宝的一部稿子交给我看，那时家宝还是清华大学的一个学生。在南屋客厅旁那间用蓝纸糊壁的阴暗小屋里，我一口气读完了数百页的草稿。一幕人生的大悲剧在我面前展开，我被深深地震动了！就像从前看托尔斯泰的小说《复活》一样，剧本抓住了我的灵魂，我为它落了泪。我曾这样描述过我当时的心情："不错，我流过泪，但是落泪之后我感到一阵舒畅，而且我还感到一种渴望，一种力量在身内产生了，我想做一件事情，一件帮助人的事情，我想找个机会不自私地献出我的精力。《雷雨》是这样地感动过我。"然而，这却是我从靳以手里接过《雷雨》手稿时所未曾想到的。我由衷佩服家宝，他有大的才华，我马上把我的看法告诉靳以，让他分享我的喜悦。《文学季刊》破例一期全文刊载了《雷雨》，引起广大读者的注意。第二年，我旅居

讲真话的书 （1986—1999）

日本，在东京看了由中国留学生演出的《雷雨》，那时候，《雷雨》已经轰动，国内也有剧团把它搬上舞台。我连着看了三天戏，我为家宝高兴。

一九三六年靳以在上海创刊《文季月刊》，家宝在上面连载四幕剧《日出》，同样引起轰动。三七年靳以又创办《文丛》，家宝发表了《原野》。我和家宝一起在上海看了《原野》的演出，这时，抗战爆发了。家宝在南京教书，我在上海搞文化生活出版社，这以后，我们失去了联系。但是我仍然有机会把他的一本本新作编入《文学丛刊》介绍给读者。

一九四〇年，我从上海到昆明，知道家宝的学校已经迁至江安，我可以去看他了。我在江安待了六天，住在家宝家的小楼里。那地方真清静，晚上七点后街上就一片黑暗。我常常和家宝一起聊天，我们隔了一张写字台对面坐着，谈了许多事情，交出了彼此的心。那时他处在创作旺盛时期，接连写出了《蜕变》《北京人》，我们谈起正在上海上演的《家》（由吴天改编、上海剧艺社演出），他表示他也想改编。我鼓励他试一试。他有他的"家"，他有他个人的情感，他完全可以写一部他的《家》。四二年，在泊在重庆附近的一条江轮上，家宝开始写他的《家》。整整一个夏天，他写出了他所有的爱和痛苦。那些充满激情的优美的台词，是从他心底深处流淌出来的，那里面有他的爱，有他的恨，有他的眼泪，有他的灵魂的呼号。他为自己的真实感情奋斗。我在桂林读完他的手稿，不能不赞叹他的才华，他是一位真正的艺术家！我当时就想写封信给他，希望他把心灵中的宝贝都掏出来，可这封信一拖就是很多年，直到一九七八年，我才把我心里想说的话告诉他。但这时他已经满身创伤，我也伤痕遍体了。

二

一九六六年夏天，我们参加了亚非作家北京紧急会议。那时"文革"已经爆发。一连两个多月，我和家宝在一起工作，我们去唐山，去武汉，去杭州，最后大会在上海闭幕。送走了外宾，我们的心情并没有轻松，家宝马上要回北京参加运动，我也得回机关学习，我们都不清楚等待我们的将是什么。分手时，两人心里都有很多话，可是却没有机会说出来。这之后不久，我们便都进了"牛棚"。等到我们再见面，已是十二年后了。我失去了萧珊，他失去了方瑞，两个多么善良的人！

在难熬的痛苦的长夜，我也想念过家宝，不知他怎么挨过这段艰难的日子。听说他靠安眠药度日，我很为他担心。我们终于还是挺过来了。相见时没有大悲大喜，几句简简单单的话说尽了千言万语。我们都想向前看，甚至来不及抚平身上的伤痕，就急着要把失去的时间追回来。我有不少东西准备写，他也有许多创作计划。当时他已完成了《王昭君》，我希望他把《桥》写完。《桥》是他在抗战胜利前不久写的，只写了两幕，后来他去美国讲学就搁下了。他也打算续写《桥》，以后几次来上海收集材料。那段时候，我们谈得很多。他时常抱怨，不能做自己想做的事情。我劝他少些顾虑，少开会，少写表态文章，多给后人留一点东西。我至今怀念那些日子：我们两人一起游豫园，走累了便在湖心亭喝茶，到老饭店吃"糟钵头"；我们在北京逛东风市场，买几根棒冰，边走边吃，随心所欲地闲聊……那时我们头上还没有这么多头衔，身边也少有干扰，脚步似乎还算轻松，我们总以为我们还能做许多事情，那感觉就好像是又回到了三十年代北平三座门大街。

但是，我们毕竟老了。被损坏的机体不可能再回复到原貌。眼看着精力一点一点从我们身上消失，病魔又缠住了我们，笔在我们手里一天天重起来，那些美好的计划越来越遥远，最终成了不可触摸的梦。我住进了医院，不久，家宝也离不开医院了。起初我们还有机会住在同一家医院，每天一起在走廊上散步，在病房里倾谈往事。我说话有气无力，他耳朵更加聋了，我用力大声说，他还是听不明白，结果常常是各说各的。但就是这样，我们仍然了解彼此的心。

我的身体越来越差，他的病情也加重了。我去不了北京，他无法来

讲真话的书 (1986—1999)

上海，见面成了奢望，我们只能靠通信互相问好。九三年，一些热心的朋友想创造条件让我们在杭州会面，我期待着这次聚会，结果因医生不同意，家宝没能成行。这年的中秋之夜，我在杭州和他通了电话，我清清楚楚地听到他的声音，还是那么响亮，中气十足。我说："我们共有一个月亮。"他说："我们共吃一个月饼。"这是我最后一次听到他的声音。

三

  我和家宝都在与疾病斗争。我相信我们还有时间。家宝小我六岁，他会活得比我长久。我太自信了。我心里的一些话，本来都可以讲出来，他不能到杭州，我可以争取去北京，可以和他见一面，和他话别。

  消息来得太突然。一屋子严肃的面容，让我透不过气。我无法思索，无法开口，大家说了很多安慰的话，可我脑子里却是一片空白。我不能接受这个事实，前些天北京来的友人还告诉我，家宝健康有好转，他写了发言稿，准备出席六次文代会的开幕式。仅仅只过了几天！李玉茹在电话里说，家宝走得很安详，是在睡梦中平静地离去的。那么他是真的走了。十多年前家宝在给我的一封信中，写了这样的话："我要死在你的前面，让痛苦留给你……"我想，他把痛苦留给了他的朋友，留给了所有爱他的人，带走了他心灵中的宝贝，他真能走得那样安详吗？

三月

一九九九年

怀念振铎[①]

一

一九五八年振铎在苏联遇难,当时我正在莫斯科,得到消息最早,我总疑心是在做梦。考虑半天,我才对冰心大姐讲了,她同我一起站在大会主席台上,旁边还有几位苏联作家,我们不便大声讲话,我只记得冰心说了一句:"我想他最后在想什么。"她没有告诉我她的想法,我也没有多问。第二天在回国的航机上,我一直想着振铎,我想知道,他最后在想什么。

在北京分别的情景还在眼前。我们竟会变得那样简单,那样幼稚,会相信两三个月后在共产主义社会再见。那个中午,他约我在一家小饭馆吃饭,我们头脑都有些发热,当时他谈得最多的就是这个。他忽然提起要为亿万人的幸福献身。他很少讲这一类的话,但是从他的一举一动我经常感受到他那种为国家、为人民献身的精神。不为自己,我认识他以前,读他的文章,就熟悉了他的为人。他星一样闪烁的目光注视着我,我能感觉到他那颗火热的心。机窗外大朵大朵的白云飘过,不过三个月的时间,难道

[①] 未完稿。此稿于一九八九年春动笔,一九九八年十二月至一九九九年一月修改、续写,尚未完稿,即因病住院,再也未能提起笔来……

讲真话的书　(1986—1999)

我们就只能在这一片"棉花"中再见了？

　　我安全地回到北京，机场上看不到任何熟悉的面孔，眼前有只大手若隐若现仿佛等着和我握手，我心里一惊，伸出手去，什么也没有。真的告别了！

　　进了城见到曹禺，他刚说出"振铎"二字声音就变了。我本来想从他那里求得一线希望，结果是我们两人含着泪奔赴郑家。在阴暗的屋子里，面对用手绢掩了眼睛、小声哭泣的郑大嫂，我的每句话都显得很笨拙，而且刺痛自己的心。匆匆地逃出来，我拉着曹禺的手要奔往"共产主义"，我不知道它在什么地方，失去的老友约我在那里相见。回旅馆我一夜没有闭眼。我发现平日讲惯了的豪言壮语全是空话。

　　我参加了振铎的追悼会。大厅里看见不少严肃的面容，听到不少令人尊敬又使人揪心的悼词，我的眼光却找不到一个朋友，连曹禺也没有来。我非常寂寞。永别了，我无法找到他约我见面的那个地方！

二

　　四十年过去了。四十年中，我只写过一篇哀悼他的文章，是从莫斯科回来后为报社匆匆写成的，只简单地写出我心目中的郑振铎。以后有机会重读，头一两次还觉得可以应付过去，多读几遍，忽然感到内疚，好像侮辱了朋友。这种奇特感觉我也不知道是怎样来的，但有一件事我永远忘记不了，同他在一起，或者吵架或者谈过去的感情，他从不为自己。我看到敌伪时期他住过的小屋，为了"抢救"宝贵的图书，他宁愿过艰苦的生活，甚至拿生命冒险。看到他那些成就，即使像我这样一个外行，我也愿以公民的身份，向他表示感谢。他为我们民族保存了多少财富！振铎是因公逝世的。后来听见一位朋友说，本来要批判他，文章已经印好，又给抽掉了。这句话使我很不舒服。一九五八年我们在北京分别的时候，几座大的博物馆正在那里兴建。他谈起以后开馆的计划，他是那么兴奋。他多年来的心愿就要成为现实，那样堂皇庄严的建筑将体现一个民族的过去和将来。多么光辉的未来。仿佛有一股热、一道光从他身上传过来。以后我每次上北京开会，看到耸立在眼前的博物馆，我第一个念头便是振铎满脸笑容走出来迎接我。"又来了"，我伸出手去，却什么也没有。一切梦都消失了。我还是不能忘记他。

我手边有不少他的著作，书上有他的签名。我们应当是多年的朋友了。有一天和几位友人闲谈，有一位中年朋友质问我说："你记得不记得介绍你进文艺界的是郑振铎，不是别人！"他说得对，振铎给上海《时事新报》编辑《文学旬刊》时，我用佩竿的名字寄去小诗《被虐待者底呼声》和散文《可爱的人》，都给发表了，我还给振铎写过两封短信，也得到回答。但不知怎样，我忽然写不下去，也就搁下笔了。我还记得我在成都的最后一年（一九二二至二三年），深夜伏案写诗，隔一道门大哥坐在轿内或者打碎窗玻璃，或者低声呻吟，我的笔只能跟着他的声音动，并不听我指挥，一些似懂非懂的句子落在纸上，刺痛我的心。大哥的病又发作了。几个晚上都写不成一首诗，也就无法再给振铎寄稿。离家乡初期常常想家，又写过一些小诗投寄给一些大小刊物，在妇女杂志和成都的《孤吟》发表过。以后在上海武昌路景林堂谈道寄宿舍住下来补习功课，整天就在一张小桌和一张小床前后活动，哪里想得到"小诗"，也不用说文学作品，更不曾给振铎写过信。不但当时我忘记了它们，就是在今天我也没有承认它们是文学作品。否则我就会把《灭亡》手稿直接寄给振铎了。圣陶先生的童话《稻草人》我倒很喜欢，但我当时并没有想到圣陶先生，他是在开明书店索非那里偶然发现我的手稿的。我尊敬他为"先生"，因为他不仅把我送进了文艺界，而且他经常注意我陆续发表的作品，关心我的言行。他不教训，他只引路，树立榜样。今天他已不在人间，而我拿笔的机会也已不多，但每一执笔总觉得他在我身后看我写些什么，我不敢不认真思考。

讲真话的书 (1986—1999)

三

  我不曾参加文学研究会，圣陶和振铎都是我的前辈。有一段时期我经常同振铎一起搞文学编辑工作。起初我有些偏执，就文论稿，常常固执己见，他比我宽松、厚道，喜欢帮助年轻人，我很少见他动怒，但是对人对事他也认真。我同他合作较多，中间也有吵架的时候。其实不是吵架，是我批评他，我为那几篇文章今天还感到遗憾。在《文学季刊》停刊的话中有一段批评他的文字，当然没有写出他的姓名，我只是训斥那些翻印古书、推销古书的人，我根据传闻，误认为停刊《文学季刊》是他的主意。

  我这段文字并不曾与读者见面。不久《文学季刊》停刊号在上海印刷，振铎发现那段文字就把它删去了，杂志印出来，我也没有别的办法，只是在另一本刊物上针对他发表了一篇杂感。但他并不作声，好像不曾读过。我和振铎之间往来少了些，可是友谊并未受到损伤，他仍然关心我，鼓励我。

  日子久了，了解较深，他搜集古籍，"抢救"古书，完全出于爱国心，甚至是强烈的爱国心。他后来的确在这方面做出了极大的努力。

  我看够了日本侵略军的阴谋活动，我熟悉《四世同堂》中老少人物的各种生活。敌人的枪刺越来越近了，我认为不能抱着古书保护自己，即使是稀世瑰宝，在必要的时候也不惜让它与敌人同归于尽。当时是我想得太简单了，缺乏冷静的思考。我只讲了一些空话。他从未提及它们，他也不曾批评我。后来我感觉到没有争论的必要，过去的分歧很快地消失了。那时我们都在上海，各人做自己的工作，也有在一起的时候，我还记得一九三六年十月鲁迅先生的遗体在万国殡仪馆大厅大殓时，振铎站在我身边用颤抖的手指抓住我的膀子，浑身发抖。不能让先生离开我们！——我们有共同的感情。

  以后还有类似这样的事情。我似乎更多地了解他了。

四

　　不仅是了解他，我更了解我自己。也可以说我开始了解自己。我常常回想过去，我觉得我了解别人还是从了解自己开始的。有一种力量逼着我拿自己同他相比，他做了些什么，我做了些什么，他是怎样做的，我是怎样做的，是真是假，一眼看明。

　　我渐渐注意到我对自己的要求有了一些改变，我看一个作家更重视他的人品，我更加明确做人比为文更重要。我不知说过多少次在纸上写字是在浪费生命，我不能尽说空话，我要争取做到言行一致。写了若干年的文章，论别人，也讲自己，好像有了一点心得，最要紧的就是：写文章为了改变生活；说得到也要做得到。话是为了做才说的。了解这些，花了我不少时间，但究竟了解多少还难说。

　　我批评他"抢救"古书，批评他保存国宝，我当时并不理解他，直到后来我看见他保存下来的一本本珍贵图书，我听见关于他过着类似小商人生活，在最艰难、最黑暗的日子里，用种种办法保存善本图书的故事，我才了解他那番苦心。我承认我不会做他那种事情，但是我把他花费苦心收集起来、翻印出来的一套一套的线装书送给欧洲国家文化机构时，我又带着自豪的感情想起了振铎。

五

　　回顾自己的言行，认真分析每一句话，看每一件事情，我得了一些好处，这也就是一点进步吧。不用别人提说，自己就明白有了什么失误，动脑筋想办法改正错误。不过我并不曾作道歉或改正的表示。

　　这是内心的自省。我交朋友即使感到有负于人，即使受良心的折磨，我也不作形式上的悔过。这种痛苦超过良心的责备。但十七年中间发生了变化，自己不知从什么地方找到一种面具，戴上它用刻刀在上面刻上奇形怪状，反而以丑为美。再发展下去，便是残害人类的十年，将人作狗。我受了不少折磨和屈辱。我接触了种种不能忍受的非人生活。振铎有幸，未受到这种耻辱。近年来我和朋友们经常谈起这位亡友，都说他即使活到"文革"，也过不了那一关。我反复思索，为什么我过得了关而他过不了？我终于想出来了：他比我好；他正，正直而公正。他有一身的火，要烧掉从各方来的明枪暗箭。站在批判台上，"造反派"逼我承认自己从未说过的假话。那种吃人模样的威逼严训像用油锅熬煎我的脑子，我忍受了这个活下来，我低头弯腰承认了他们编造的那一切胡话，这样我才可以顺利过关。否则我的骨灰也不知丢在哪里去了。根据这几十年的经验，我能忍才能过那一个一个的难关。这并不是容易的事：忍受奇耻大辱。我一直认为，活着是重要的，活着才能保护自己，伸张正义。而不少在"运动"中，在"文革"中被人整死的人和所谓"自绝于人民"的人，就再找不到说话的机会，也不能替自己辩护了。关于他可以由人随意编造故事，创写回忆，一时出现多少知己。

我忍受了十年的侮辱。固然我因为活下去，才积累了经验，才有机会写出它们；但我明白了一点：倘使人人都保持独立思考，不唯唯诺诺，说真话、信真理，那一切丑恶、虚假的东西一定会减少很多。活命哲学和姑息养奸不能说没有联系。以死抗争有时反能产生震撼灵魂的效果。

以上的话在这里也显得多余，因为振铎没有能够等到"文革"。我参加了"文革"，每一次遭受屈辱，就想到他，也想到其他许多人，拿自己同他们比较，比来比去，多少有点鼓舞的作用。努力学习别人的长处，我绝不忘记。

六

今天又想起了振铎，是在病房里，我已经住了四年多医院了。病上加病，对什么事都毫无兴趣，只想闭上眼睛，进入长梦。到这时候才知道自己是个无能的弱者，几十年的光阴没有能好好地利用，到了结账的时候，要撒手也办不到。悔恨就像一锅油在火上煮沸，我的心就又给放在锅里煎熬。我对自己说："这该是我的最后的机会了。"我感觉到记忆摆脱了我的控制，像骑着骏马向前奔逃，不久就将留给我一片模糊。

……

附 录

从"存目"谈起
——兼致范用[1]兄

李 致

在摧毁文化的"文化大革命"中，几乎所有的作家都成了被"革命"的对象，被迫停笔。粉碎"四人帮"之后，广大读者迫切希望了解作家，特别是老作家的信息，渴望读到他们的文章。四川人民出版社察觉到读者的感情和需要，出版了老作家的《近作》，首先出版的是《巴金近作》。《巴金近作》之后出了四本，分别为《巴金近作》（第二集）、《心里话》《探索与回忆》及近作合集《讲真话的书》。《讲真话的书》书名是时任四川文艺出版社总编辑杨字心同志建议的。

改革开放的前十年，极左思潮时隐时现。对巴金的《随想录》，有人指责他不该赞同赵丹"管得太具体，文艺没希望"的遗言；指责他几次谈"小骗子"，揭露了"阴暗面"；指责他主张讲真话，因为"真话不等于真理"；等等。曾经有人企图把巴金作为资产阶级自由化的代表人物，更有甚者，叫嚷要"枪毙巴……"出版巴金的书难免没有一点风险。幸好任白戈[2]非常关心四川的出版工作。当我们谈到这些为难之处时，他说：

---

[1] 范用，资深出版人，曾任生活·读书·新知三联书店总经理。

[2] 任白戈：曾任中共重庆市委书记、西南局书记处书记，"文革"中在全国被点名批判，80年代初任四川省政协主席。

讲真话的书 （1986—1999）

"巴金是国内外有影响的作家，他的某些见解，有人一时不理解。但巴金送来的书稿，出版社一定要出版。如有人反对，我会出来为你们说话。"他的支持，增强了我们出书的勇气。书的发行量大，影响更大。

在出版《讲真话的书》之前，正碰上一次不是运动的运动，极左思潮再度抬头。我时任中共四川省委宣传部副部长，分管文艺和出版工作。和省委常委、宣传部长许川一起，从实际出发并为稳定人心，公开表示四川文艺界的主流是好的，尚未发现资产阶级自由化的代表人物，即有人指责我们包庇有问题的人，助长"资产阶级自由化"的倾向。当时，文艺出版社曾被停业整顿，刚恢复出书不久。……在这种形势下，我几次去上海与巴老商量：一、推迟出书时间；二、用"存目"的方法出书，即抽掉三篇文章，在目录上保留题目，注明"存目"二字。1987年4月14日，巴老来信说："在这段时间里，我最好保持沉默，沉默对我养病有好处。因此《近作》暂时不出也好。对所谓《巴金传》我也是这样的看法。我现在考虑的是国家民族的前途，不是个人的名义。"以后，巴老认为，不要因为两三篇文章，影响到其他大量文章不能与读者见面，原则上决定采用"存目"的办法。1989年8月26日，巴老在给我的信中，一开始就说："我同意用'存目'的办法，反正你是责任编辑[①]。我不会让你为难。"在编书的过程中，我认为原拟抽掉的三篇文章中的两篇文章，可能不会让别人抓住辫子，只决定把《"文革"博物馆》一篇"存目"。因为在这篇文章里，巴老不赞成前几年的"清除精神污染"。为此，我委托去北京参加会议的张仲炎[②]，代我请示时任中宣部分管文艺的副部长贺敬之。仲炎回成都后告诉我："敬之同志说完全相信李致会处理好这个问题。"这样，巴老从粉碎"四人帮"到1990年的全部著作（包括《随想录》在内），以《讲真话的书》为名，终于出版了。

1990年12月25日，巴老在给我的信中说："书三十二册收到，你们辛

---

① 李致是特约编辑，责任编辑是戴安常。
② 张仲炎：时任中共四川省委宣传部副部长。

苦了，印刷装帧都还过得去，我相当满意。感到遗憾的是漏掉了几篇文章（如译文选集小序等），和用'存目'的办法删去了一篇'随想'。特别是后者，这一办法本身就是一篇'随想'。读者会明白这个意思。这次寄来的是精装本。三十二册已经够了。一定还有平装本，也寄点来吧。在四川恐怕这是我的最后一本书了。"

"存目"的办法，我是从巴老那里学来的。1980年，主管意识形态的最高官员提出不写"文革"的主张，巴老在香港《大公报》发表的《随想录七十二·怀念鲁迅先生》一文，其中不仅涉及"文革"的话被删去，"甚至鲁迅先生讲过的他是'一条牛，吃的是草，挤出来的是奶、血'的话也一笔勾销了，因为'牛'和'牛棚'有关"。巴老很不高兴，决定终止为《大公报》写专栏。巴老给主管意识形态的最高官员写信，表示"我就是你这个主张的受害者"。这是当年巴老告诉我的。以后，《大公报》有关人员向巴老表示歉意，巴老才继续为专栏写稿。巴老为此写了《"鹰之歌"》说明此事。在香港出版《真话集》时，巴老在目录《"鹰之歌"》下，用了"存目"的办法。

1992年，小平同志在南方作了重要谈话，政治环境较为宽松。《讲真话的书》再版时补收了《"文革"博物馆》，去掉了"存目"。一些人开始议论《讲真话的书》初版所采用"存目"的办法。其中多数人不了解事情的由来，认为巴老的文章非常重要，怎么能抽去一篇呢？我完全理解他们关注和尊重巴老的心情。只是有的人，不知出于什么目的，对"存目"这种做法，专门发表文章[①]，将矛头直指时任宣传部副部长的我，说我是背着巴老干的（或强迫巴老同意的）；又指责说，"存目"者，"开天窗"也，只有在解放前对国民党采用这种办法。解放后的书，没有出现过"开天窗"，这

[①] "专门发表文章"的人系四川省曲艺团的贺星寒，他的文章刊于《炎黄春秋》1993年第7期，责任编辑为杜导正。《炎黄春秋》是我一直订阅和喜爱的杂志，可惜此文失实。

讲真话的书 （1986—1999）

本书创新中国以来"开天窗"之首例。我真不知道是批评我右了还是"左"了，是保守还是冒进，是怯弱还是逞能？……事后一想：这实际上是在向官方"举报"我，但毕竟时代不同了，领导没上当，我也没受到惩罚。

不能说这种指责对我没有干扰。但是，十四年来（1990年至今），我没有发表过巴老的信，也没有写过文章为自己辩护。原因很简单，我不愿意巴老为这本书增添烦恼。同时，我坚信巴老说的："读者会明白这个意思。"随着时间的推移，已逐渐证实这一点。

去年在《文汇读书周报》读到范用兄的文章。尽管范兄不知道"存目"的由来，却说了这样一段话：

> 曾有温姗先生在香港《大公报》副刊发表文章议论此事：
> 把巴老这篇文章免登的做法极不可取；但是，编者仍然"存目"还有可取之处，至少他们有勇气告诉读者这里本来应有如此一篇文章，让读者去思索个"为什么"，而且引火烧身地招来对他们的批评。如果他们干脆连目录都删去，作者、读者更是连话也说不出一句，岂不省事？

这种理解是很可贵的。

早在1981年，巴老就说："我一不怕死，二不怕苦，只是热爱社会主义祖国和人民。长官点名，我不会害怕。倘使一经点名，我就垮下，那算什么作家？""文革"博物馆是巴老倡议的，巴老一直坚持这个主张，从未退缩。巴老为保护出版社，避免授人以"柄"，同意"存目"，是在特定条件下的坚持。我有责任把事情说清楚，以免有人或明或暗地向巴老泼脏水。此时此刻，巴老躺在病床上，我不担心给他增添烦恼了。

这篇短文也是我给范用兄的信。

2004年9月18日

·后　记·

  为纪念巴金诞辰120周年，四川人民出版社再版《讲真话的书》。巴老的著、译作共有1300多万字。我多次对记者表示，年轻人想读巴老的书，两个重点：一是《家》，一是《讲真话的书》。

  《讲真话的书》收录了巴金从1977年到1990年新创作的全部作品。包括《随想录》五卷、《再思录》和绝笔《怀念振铎》。该书自1990年第一次出版后，多次再版。这次再版，为方便阅读，按时间先后分为四册。感谢出版社为读者着想！

李　致

2024年3月6日

扫码共享
走近巴金